JN077661

ラスボス
迷宮最深部から始まる
グルメ探訪記
ぐるめたんぼうき
著 愛山雄町
Omachi Aiyama
画 匈歌ハトリ

ゴウ
本作主人公。本名は江戸川剛。
迷宮脱出後、グルメに目覚める。
礼儀正しく落ち着いた性格だが、
食のことになると我を忘れる面もある。
ウィズ
千年前、迷宮に封印されるまでは、
災厄竜と恐れられていた存在。
迷宮脱出時に初めて女性の姿となった。
古風な喋り方をする。

登場人物紹介
マーロー
エディたちの上司に
当たる管理官。
桁外れの実力のゴウたちに
頭を悩ませる。
エディ
迷宮の出入口を警備する兵士。
ゴウたちが地上に出て初めて出会う人物。
リアとは幼馴染。
トーマス
小人族で、工房を営む鍛冶師。
飲みの席でゴウたちと打ち解け、
行きつけのバーへ案内する。
リア
迷宮管理局の受付職員。
この世界に不慣れなゴウたちをサポートする。
意外とちゃっかりしているところも。

一・迷宮

生まれてから四十二年。その長くも短くもない人生の中で、俺は今、最大の危機を迎えている。

ほんの少し前までは東京のド真ん中にいたはずなんだが、気づいたら目の前にデカい爬虫類（はちゅうるい）が鎮座（ちんざ）していた。子供の頃、博物館で見た恐竜の模型よりもデカい奴がだ。

頭を下げているが、その背中までの高さは二階建ての家の屋根より高い。

だが、未知の生物というわけじゃない。映像なら何度も見たことがある。ただ、あまりに非現実的な状況に頭が理解を拒否しているのだ。

『我の前に辿（たど）り着いたこと、褒（ほ）めてやろう。さあ、我を倒すのだ』

頭の中に突然声が響く。

目の前の存在、巨大な〝竜〟が俺に話しかけてきた。

その声に、俺は答えることができない。未だに状況を掴み切れていないこともあるが、それ以上にこの〝竜〟の存在感に圧倒されていた。

◆

俺、江戸川剛はフリーのフードライターだ。

取材先に移動するため、東京の都心、丸の内の地下にいたが、近道として使っていた商業ビルに入ったところで、軽い目眩に襲われた。

「地震か？」

最初は、震災の時のような長周期の揺れを感じただけだった。しかし次の瞬間、言葉を失った。

目の前の風景があまりに変わっていたのだ。

「……なんだ、ここは……」

俺が立っていたのは明るい商業ビルの地下街ではなく、薄暗い石造りの大きな空間だった。天井までの高さは目測では分からないほど高く、面積も最低百メートル四方はありそうだ。一瞬、自分が小さくなった錯覚に陥ったほど広い空間だった。

その先にいたのが、俺が認識を拒否している件の竜だ。この広い空間の中でも窮屈そうに見えるほど巨大で、背中にある翼は折り畳まれている。

俺が反応しないことに竜もおかしいと思ったのか、僅かに首を傾げた。

『……我を倒しに来たのではないのか？　なぜだ、力を全く感じぬ。だが……な、なんなのだ、このステータスは!?　……なるほど、〝流れ人〟ということか……』

竜は俺を無視して一人で納得している。

「流れ人？」と思わず疑問が口をつく。

『そなたは別の世界から来たのではないか？』

その問い返しに、「あ、えっと……」としか答えられない。

『我がまどろんでいたのは僅か数年。まだ五百階層すら突破しておらぬ者たちがいきなりここに来られるはずがない。それにそなたの能力は低過ぎる。人族のステータスを見たことがあるが、少なくともそなたの百倍はあったはずじゃ』

階層とステータスという言葉が更に疑問を強くする。それと共に、この目の前にいる竜が現実のものであり、高い知性を有していて話ができることに、俺は少しずつ慣れ始めていた。

「……ここは……どこなのでしょうか？」

『アロガンス大陸にあるグリーフ迷宮。その最下層、一千階じゃ』

「アロガンス大陸……迷宮……」

全く聞き覚えのない名前に、夢ではないかと頬をつねってみた。まさか自分がこんなことをするとは思わなかったが、強くつねると確かな痛みを感じる。

「夢じゃない……ってことは、これが現実なのか……ハハハ……」

乾いた笑いが漏れる。しかし、すぐに今の状況を認識し、笑いは止まった。

今の俺の状況は危機的だ。

目の前の竜が現実であり、ここが迷宮というからには、ゲーム的な感覚でいけばこの巨大な竜と戦う必要があるだろう。

逃げるという選択肢もないわけではないが、俺の後ろにある巨大な両開きの扉はしっかりと閉じられているし、第一ここから出られたとしても、千階層もあるという迷宮を自分の足で上っていいかなければならない。当然、襲い掛かってくるモンスターもいるはずだ。

「詰んだ……生き残れるビジョンが思い浮かばねぇ……」

　脱力感にがっくりと膝を突いてしまう。

『確かにその通りじゃな。後ろの扉は内側から開くことはない。ここを出るためには我を倒し、転移魔法陣を起動するしかないのだ』

「無理だ……無理に決まっている……」

『確かに今のそなたでは我を倒すことは叶わぬ。だが、我の助力があればできぬことはないぞ』

　竜の言葉に、俺は思わず顔を上げる。

「助力……ですか？」

『そうじゃ。ここは我が領域（テリトリー）、大抵のことは可能じゃ。我を倒せるようにそなたを鍛（きた）えてやる』

　そこまで聞いて、一つの疑問が生まれた。どうしてこの竜は自分の敵に塩を送るようなことをするのかと。

　俺が知るゲーム的な迷宮なら、目の前の竜はエンディング前の最終関門（ラスボス）だろう。そいつがなぜ俺に力を貸すのか。

『我は千年もの長きにわたり、ここに封じられておる。この狭い空間にただ一人で……我は倦（う）んでおるのだ。この何もない場所で、我を倒しに来る者を待ち続けることに……』

　俺の疑念が分かったようで、竜は悲哀（ひあい）に満ちた思念を送ってきた。

「だから私を鍛えて、自分を倒させると？」

『その通りじゃ。我は呪いにより、自ら命を絶つこともできぬ。そして、人族の勇者がここを訪れるのは何千年も先になるはずじゃ。千年経ってもまだ五百階層にすら届いておらぬのだから……』

竜は、死ぬために俺を鍛えるつもりらしい。

『……そこに流れ人であるそなたが現れた。これは我に与えられし奇跡、考えられぬほどの僥倖(ぎょうこう)なのじゃ』

その思念は先ほどまでとは違い、陽気さを感じるものに変わっていた。

ここまでの会話で、竜に害意がないことは明らかになった。俺がこの危機を乗り越え、日本に帰るためには目の前のモンスターと協力し合うしかない。俺はそう割り切ることにした。

「ちなみにどうやって鍛えるのでしょうか？」

学生時代を最後に、積極的に身体を動かすようなことはしていない。今の俺の身体は腹がポッコリと出た、いわゆるメタボ体型だ。

そんな俺では、どれほど鍛えられてもこの巨大な竜を倒すことなどできないと断言できる。

『懸念(けねん)は無用じゃ。この迷宮の力を最大限に利用すれば、そなたは我を倒せるほどの勇者となれる』

竜は自信ありげにそう言い切った。

『では、まずそなたのことを聞かせてもらおうか』

そこで初めて、自分が名乗っていないことに気づいた。この状況では仕方がないと思うが、社会人として失格だなと場違いなことを考えてしまう。

「私の名は江戸川剛です。エドガワがファミリーネームで、ツヨシがファーストネーム、個人名になります」

『チュヨーシ・エドガー……呼びにくいのぉ』

「では、ゴウと呼んでください。仲間からはそう呼ばれることが多いですから」

江戸川剛（エドガワ・ゴウ）というのが俺のペンネームだ。子供の頃のあだ名をそのまま使っているのだが、それはツヨシより呼びやすいのと、外国人と話す時に〝ゴウ・エドガー〟と言った方が覚えてもらいやすいためだった。

『ではゴウと呼ぼう』

機嫌がよさそうな思念が飛んでくる。しかし、竜自身は名乗ろうとしない。

「あなたのことはどう呼んだらよいのでしょうか？」

『我は古代竜（エンシェントドラゴン）の始祖竜（オリジン）故、名はない。人族は〝豪炎の災厄竜（インフェルノディザスター）〟などと呼ぶらしいがの』

災厄（ディザスター）という言葉に驚きを隠せない。どう考えても縁起（えんぎ）のいい名ではないからだ。それを誤魔化（ごまか）すかのように竜は言葉を続けていく。

『我らしかおらぬのだ。呼び方に拘（こだわ）る必要はあるまい』

昔読んだ小説に、名を付けることでその存在の魂（たましい）を縛るとかなんとかいう設定があったことを思い出す。この場合にそれが合っているかは分からないが、相手がはっきり望まない以上、勝手に付けるわけにもいかないだろう。

俺の考えは竜に伝わっているはずだが、特に何も言ってこない。

それに、できるかどうかは別として、最終的にはこの竜と殺し合わなければならないのだ。その時に情が移っていたらやりにくいだろう。

『最初に注意しておく。我に必要以上に近づくな。近づけば否応なく戦わねばならなくなるからの……』

俺たちの間にある距離は五十メートルほど。どこまで近づいても大丈夫なのか分からない。

すると『よく見ておくのじゃ』と言って竜は頭をゆっくりと上げていく。

そして、大きく口を開けると、真っ赤な炎、ブレスを吐いた。

「うわぁ！」と驚きの声を上げてしまうが、竜は俺を攻撃するのではなく、ブレスで範囲を示そうとしたようだ。部屋のちょうど真ん中辺りに炎で線を引いていく。

『今の場所を忘れるでないぞ。そこを越えれば我の意思に関係なく、そなたを攻撃せねばならん。これは呪いのようなものじゃ』

迷宮のシステムか何かなのだろう。それを教えてくれたようだ。

『では、まずはその箱を開けよ』

竜はそう言って顎で右を示す。

俺が視線を向けた先には、木製の箱が七個置いてあった。大きさは幅五十センチ、奥行き三十センチほどで、枠部分が金属で補強されている。ゲームなどでよく出てくる〝宝箱〟だ。

「いつの間に……」

『鍵は掛かっておらぬ』

言われるまま、宝箱を開ける。

中はスカスカで、リンゴのような果物が一つ入っているだけだった。

『それは〝力の実〟じゃ。そなたの能力の底上げに役立つ。つまり、ステータスを上昇させるアイテムじゃ』

「力の実？　ステータス？」

俺の疑問が伝わったのか、竜は小さく頷く。

『ああ、そうであったな……流れ人の世界にはステータスがないと聞いたことがある……まずはそこからか……』

ステータスと言えばゲームの世界では当たり前だが、どうやらこの世界にもそれがあるらしい。

『自分の能力を知りたいと強く願ってみよ。さすれば見えてくるはずじゃ』

言われるまま目を瞑り、〝ステータス〟と強く念じてみる。すると、頭の中にぼんやりと文字と数字が浮かんできた。

名前と種族、称号が頭に浮かび、更にレベルとステータスと所持スキルが表示される。

（なんだこれは？　レベルにステータス、スキルまで……まるっきりゲームじゃないか……）

浮かんだステータスは軒並み一桁。ゲームにそこまで明るくない俺でも、低いということは分かった。

（さっきの話だと、俺の数値はこの世界の人族の百分の一以下になるのか。まあそうだろうな。日本で平和に暮らしてきた人間と、迷宮で魔物と戦っている人間が同じだったらおかしいし……）

続いてスキル類に目を通す。

（竜と普通に話ができていたのは、特殊スキルの〝言語理解〟って奴のお陰か……それにしてもこの〝状態〟って欄は凄いな。〝内臓疾患（しっかん）〟に〝腰痛〟……そこまで把握されるんだな……）

そんなことを考えていると、竜が話しかけてくる。

『迷宮に来る人族は、自らを〝探索者（シーカー）〟と呼んでおったが……その者たちのステータスは千を超えていたぞ。まあ、そなたと違い、話を聞いただけじゃが……』

竜の話では、竜は〝迷宮の主〟であるため、迷宮内の出来事は把握できるが、俺のように実際に目で見なければ〝鑑定〟まではできないらしい。

そのため、今のは迷宮を攻略するシーカーたちの話から推測した数字だという。さっきの話に出てきた、俺の百倍はあるステータスというのも、迷宮に封印される前に見た農民のものだと教えてくれた。

『その実を食せばステータスが上がる。まずはステータスを上げ、その後に訓練を行うのじゃ』

後から知ったことだが、初期のステータスが高いほど、レベルアップの効果が大きいのだという。竜はそのことを知っており、レベル一という最底辺のレベルであることを逆手（さかて）に取り、ステータスを上げるアイテムを与えたようだ。

◆

こうして十日間、様々な〝能力の実〟を食べ続け、俺のステータスは飛躍的に上昇した。

竜は〝人族〟のステータスについてゴウに語ったが、そこには大いなる誤解があった。

竜が見たのは、今の時代では既に滅亡している〝神人族（ハイヒューム）〟という上位種族だったのだ。

神人族（ハイヒューム）は今のこの世界の人間、すなわち〝普人族（ヒューム）〟に比べ、能力値（ステータス）は十倍以上に及ぶ。戦士ではない一般人であっても、ヒュームのベテラン戦士に匹敵（ひってき）する能力を持っていたのである。

また、竜が聞いたシーカーの話も、誤りでこそないものの、認識としてはいささかおかしい。

竜が聞いたのは迷宮の四百階層付近にいたシーカーの話であり、その階層まで到達できるシーカーはほんの一握りしかいない。

つまり、人類でも最高級の実力を持つ者のステータスを、一般的なものと勘違いしていたのだ。

決して竜に悪気があったわけではない。ただ竜は人類に対して蟻（あり）と同程度の興味しかなく、シーカーたちの会話を真面目に聞いていなかっただけだ。

ちなみにこの世界の人族がステータスを確認する場合、〝パーソナルカード〟と呼ばれるアイテムを使う。竜はそのことを知らず、自分と同じように念じて確認させた。この方法は他の人族でもできないことはないものの、決して一般的な方法ではない。

そして更に大きな認識の誤りがあった。それは〝能力の実〟に関することだ。

〝能力の実〟は、神話に登場する非常に希少（レア）なアイテムである。ここグリーフ迷宮で言えば、七百階より下の階層でなければ現れない。五百階にも到達していない人族の間では、存在自体が疑われているほど貴重なアイテムなのだ。

実際、〝能力の実〟の下位アイテムである〝能力の種〟ですら、国がすべて買い取るレアアイテムとなっている。〝能力の種〟は仮にオークションに出品すれば金貨千枚以上、日本円で言えば一千万円以上で取引される。

それよりも上位のアイテムである〝能力の実〟がもしオークションに出品されたら、その百倍は下らない値が付けられるだろう。

そんな希少なアイテムを毎日食べ続けるという異常さに、二人は気づいていなかった。

◆

力の実を始めとした、ステータスを上げるアイテムを摂取し続け、十日が経った。

このアイテムは一日一回のみ効果を発揮し、計十回までしか使えないのだ。

その十回で、俺のステータスは軒並み百を超えた。これで基礎的な数値は一・般・的・な〝シーカー〟の十分の一ほどになったことになる。

身体能力が上がったことは、数値を見ずとも実感していた。

まず筋力と素早さの上昇で身体がとても軽い。今まではメタボな体型と年齢的な衰(おとろ)えで、立ち上がるだけでも〝よっこらしょ〟と声が出るほどだったが、今ではアクションスターのように仰向けの状態から跳ねるように飛び起きることができる。

精神力の上昇の恩恵も大きい。巨大な竜と共に生活するというストレス満載の状態でも胃が痛むこともなく、普通に暮らせているのだ。

日本にいた頃は、気難しいと言われている取材相手に会うだけで胃が痛んだが、今は俺を一瞬であの世に送れるほど圧倒的な力を持つ相手を前に、平然としていられる。

しかし、よいことばかりではなかった。

この十日間、能力の実以外の固形物を口にしていないのだ。

ここに飛ばされた当時に俺が持っていた物は、カメラやボイスレコーダー、タブレット端末など取材道具が入ったバッグだけ。食べ物はおろかペットボトルのお茶すら持っていなかった。

そんな俺に竜が出してくれた飲み物は〝無限水筒〟という魔法の道具から生み出される水と、〝神酒（ソーマ）〟という名の酒だ。

ソーマは陶器のボトルに入っている少し甘い酒で、不老長寿の霊薬（れいやく）らしい。ただ、どれほどの効果があるのか、最初は竜も知らなかった。

『我にはそもそも寿命という概念がないからの』

そう言いながらも取り出した時に鑑定で調べてくれた。何でも一本飲むとすべての病気が完治し、寿命が十年延びるらしい。

この話が本当なら、既に十本飲んでいるから、少なくとも百四十二歳までは生きられるということになる。もっとも、この迷宮から無事に出ることができればという条件は付くが。

主食である能力の実も、決して不味（まず）いわけではない。

最高級のリンゴのように甘みと酸味のバランスがよく、銀座辺りの高級フルーツショップで買えば一個二千円はするだろう。

ソーマもやや甘いものの、爽やかさがある甘口の白ワインのようで、いずれも最初は美味いと思った。しかし、さすがに十日も続くと飽きがくる。

「他に食べる物はないのか」

最初は敬語で話していたが、今ではタメ口だ。竜から敬語を使う必要はないと言われたこともあるが、開き直ったという面が強い。

『何度同じことを聞くんじゃ。今はそれで我慢せよと何度も言っておろう』

この十日間、食べる時と寝る時以外は、頻繁に竜と会話していた。そのため、互いに気心が知れてきている。

会話の主な目的は暇潰しだ。

スマートフォンもタブレットも、ここでは充電ができない。現状では使う機会もないとは思うが、いざ使いたい時に電池切れで使えないという事態は避けたいと思い、電源を切っているのだ。

他には本が二冊あるが、これは取材に行く予定だった料理研究家の著書だ。何度か読みはしたのだが、料理の写真を見ると食欲が刺激されるため、今では封印している。

暇潰しとはいっても、竜との会話では情報収集もしっかり行っている。

まず、この世界についてだが、名前はないそうだ。地球も世界の名前ではないし、住んでいる者がわざわざ世界に名前を付けることはないというのは理解できる。

この世界には大きな大陸が二つある。一つがここアロガンス大陸で、もう一つは南半球にあるレクレス大陸だ。ただ、どのような国があるかなどは興味がないから知らないという。

続いてこの迷宮だが、グリーフという町にあるため、グリーフ迷宮と呼ばれ、別名は〝無限迷宮〟というらしい。人間たちがどれだけ階層を攻略しても先があるため、そう名付けたんだそうだ。

人間と言ったが、正確には〝人族〟というのが総称らしい。

人族には、地球で馴染（なじ）み深い人間と同じ〝普人族（ヒューム）〟、森に住む長命の種族〝森人族（エルフ）〟、鍛冶（かじ）を得意とする〝小人族（ドワーフ）〟、獣の特徴を持つ〝獣人族（セリアンスロープ）〟、竜の末裔（まつえい）と呼ばれる〝竜人族（ドラゴニュート）〟がいる。

他にも、悪魔のような特徴を持つ〝魔人族（デーモロイド）〟がいたが、彼らは竜に喧嘩を売った種族で、封印される前に滅ぼしたそうだ。

ヒューム、エルフ、ドワーフの上位種族である〝神人族（ハイヒューム）〟、〝神森人族（ハイエルフ）〟、〝古小人族（エルダードワーフ）〟の三種族も魔人族と共に竜に挑んだため、同じような末路を辿ったらしい。

『我を狩るなどとほざいたから、都（みやこ）ごと焼いてやったわ。焼くというより溶かすと言った方がよいかもしれんがの……』

これが〝豪炎の災厄竜（インフェルノディザスター）〟という名の由来らしい。

この十日で分かったことは、この竜の知識は聞きかじったものが多いということだ。

特に人族に関することは本当に興味がなかったらしく、どこまで正確な情報なのか時々怪しくなる。それでも情報源は竜しかないので、信じるほかない。

話し相手がいるので気は紛れるが、ここでの生活は当初、思った以上に厳しかった。そもそもここはラスボスの部屋だ。当たり前だが、人間が生活するという想定はされていない。

寝具もないため、床に直（じか）に座るか寝るかしかなく、硬い石造りの床に寝るのは思った以上に辛い。

トイレやシャワーといったものもなく、遮るものがない広い部屋の一角で過ごし続けるというのも意外にストレスになった。

ただその住環境は、竜が出してくれる魔法の道具――この世界では魔導具というらしいが、それでずいぶん改善した。疲労回復の効果がある折り畳みベッド、温度調整機能のある天幕、シャワーとしても使える無限水筒などだ。

日本にいた時と同じとまではいかないものの、ストレスは大きく減っている。


そんな十日目の昼過ぎ、今日の分の〝能力の実〟を食べ終えたところで竜が話しかけてきた。

『そろそろスキルを覚えてもらおうか』

いつものように宝箱が現れる。

「ようやく次の段階か……で、何が入っているんだ？」

俺がそう言いながら箱を開けると、一枚のカードが入っていた。

『スキルカードじゃ。それを吸収することで技能が覚えられる』

「吸収？　食うのか？」

最近は食べることばかり考えているため、そんな言葉がポロリと出た。

『それが食えるわけなかろう』と、呆れたという感じの思念が届く。

「じゃあ、どうすればいいんだ？」

『それに触れた状態で強く念ずるのじゃ。さすればスキルを得ることができる……と、シーカーたちが言っておった』

言われた通り、両手で挟むようにして強く念じてみた。

頭の中に知識が流れ込んでくる。流れ込むというより、焼き付けられていくという感じで、偏頭痛のように頭がキリキリと痛む。

どのくらいの時間が掛かったのかは分からないが、しばらくして頭痛が消えた。

こめかみを押さえながら、ステータスを確認すると、スキルの欄に〝剣術の心得〟と書かれていた。

『どうやら上手くいったようじゃな』

竜いわく、剣術の心得というのは剣術士になるために最低限必要なスキルらしい。確かに称号の欄を見ると、〝剣術士〟となっていた。

いつの間にか現れていた別の宝箱を開けると、同じようなカードが入っており、一つ修得するとまた新しい箱が現れた。そうして、一日で六十個近いスキルを得ることができた。

竜は自分と戦うことを想定してスキルカードを渡してきたようで、武術に関するもの、魔術に関するもの、探知系や能力向上系などのパッシブスキルなどを得ている。

その中に違和感のあるスキルがあった。

「鑑定と偽装は何で必要なんだ？」

『鑑定は相手の状態を確認するのに必要じゃ。偽装は補助スキルの〝フェイント〟を補強するのに使える……シーカーどもがそのように言っておったのだ。真偽のほどは分からぬが、無駄になっても問題はなかろう……』

この一日で入ってきた膨大な量の知識で頭がクラクラしっぱなしだが、魔術には非常に興味をそそられた。いい歳をしたおっさんが〝魔法〟を使えることにワクワクするのはどうかと思わないでもないが。

『スキルに数字が付いているが、それがスキルレベルじゃな。最大は十じゃが、上位スキルに切り替わるものもある。スキルレベルが上がればより強力な攻撃や魔術が使えるようになるのじゃ……』

竜の説明では、スキルのレベルは使えば使うほど上がるらしい。但し、レベルアップの条件はシーカーたちも知らなかったようで、より強力な魔物と戦ったら上がりやすいとか、ひたすら修業した方がいいとか、いろいろな説があると教えてくれた。

『……そなたの場合じゃが、カードを使ってレベルアップさせる。毎日一枚ずつ使っていけば、一ヶ月で最高レベルに達するじゃろう』

ちなみにこの世界の一年は地球と同じ三百六十五日だ。月も十二ヶ月で、一般的なグレゴリウス暦に近い感じだ。といっても竜は人間が使う暦にもやはり興味はなく、これも聞きかじった情報らしいなのでどこまで正しいかは分からない。

話を戻すと、三十日でスキルレベルはカンストする。つまり、レベル三十相当がそのスキルの最高レベルということだ。同一のスキルカードは一日一回しか取り込めないため、三十日掛かるというわけだ。

剣術の場合、〝剣術の心得〟から始まり、これがレベル十を超えると〝○剣術の極意〟になり、〝○剣術の極意〟がレベル十を超えると〝○剣術の奥義〟となる。その〝奥義〟が最上位のスキルになるらしい。

最初の〝心得〟はあくまで基礎スキルであって、剣を使うスキル全般に対して効果がある。しかし、その上の〝極意〟からは武器が限定されるようで、〝長剣術の極意〟とか〝大剣術の奥義〟といった表記になる。

このシステムを知って思ったのはスキル修得がずいぶん簡単ということだ。最高レベルに達するのも僅か一ヶ月と、信じられないほど短い。このアイテム自体がレアなのかもしれないが、王族などが買い集めれば、簡単に達人が生み出せてしまうシステムに違和感を持った。

違和感はあるが、「廃課金ゲーマーみたいに力技でやる感じなんだろう」と納得する。俺自身はゲームに興味がなかったから、どんな感覚かは分からない。しかし、若いライター仲間には月収の半分以上を注ぎ込んだという強者(つわもの)もいたから、強ち(あながち)間違っていないだろう。

一ヶ月間、毎日カードを取り込み、竜が指定したスキルをすべてカンストさせた。

◆

神酒(ソーマ)は、大陸中西部にあるハイランド連合王国のエルフの里で、ごく少量作られてきた非常に貴重な酒である。

世界樹の樹液などの希少な素材を使うことと、作成時に膨大な魔力を必要とすることから、年間に五本程度しか作られない。

その貴重なソーマだが、現在では強力な外交カードとして使われている。

例えばハイランド連合王国は、隣にあるアレミア帝国の皇帝にソーマを献上し、不可侵条約を締結した。それまで帝国はハイランドに領土的な野心を常に抱いていたが、ソーマを継続的に入手できるという条件で領土を諦めた。つまり、一国の安全保障を担えるほどのアイテムなのだ。

スキルカードも能力の実と同じく、非常にレアなアイテムである。

ここグリーフ迷宮では五百階から出現するが、十年に一度ほど四百階層でも現れることがある。

以前〝病気耐性〟のカードが見つかった時はオークションに掛けられることすらなく、国王が自らに使用した。その際、カードを発見したシーカー六人全員に対し、男爵位が与えられたほどだ。

また、物理無効、異常状態無効などの〝無効系〟のスキルは〝耐性系〟の上位スキルであり、これらのスキルは才能を持った者が多くの経験を積んだ後に、初めて得られるものだ。

そして重要なことは、スキルはレベルが上がるほど上昇しにくくなるということだ。

特に上位スキルは下位スキルの百倍近い経験値が必要と言われている。それを手軽にカードで修得していくという方法は、非常識を通り越し、この世界を創った神を冒涜する行為と言っても過言ではない。

◆

そんな希少なカードを湯水のように使う異常さに、二人は気づいていなかった。

一ヶ月間、スキルカードを使い続けた結果、称号欄に〝武王(ぶおう)〟、〝大賢者〟、〝聖者〟、〝闇魔導王〟、〝上忍(マスターニンジャ)〟という文字が躍(おど)っている。

これらの称号を鑑定で確認したが、その記載があまりにぶっ飛んでいた。

武王は武術系スキルを、大賢者は元素系魔術と時空魔術を、聖者は神聖魔術を、闇魔導王は暗黒魔術、上忍は探索系スキルと暗器術を、それぞれ極めた達人とあった。これらの称号には固有スキルが存在し、更に戦闘力を押し上げているのだ。

レベルが一なのに、これほどの称号を得ていいのかと思わないでもない。

武器のスキルに関しては結構悩んだ。最終的には竜と相談し、伝説の武器のバリエーションが多いものを選んでいる。魔術はとりあえずすべて覚え、軒並(のきな)みレベルがマックスになっているが、今のところ実感はない。まだ生活魔術しか使ったことがないためだ。

その生活魔術は、なかなか役に立っている。

特に〝清潔(クリーン)〟は身体を清潔に保つ上で気に入っていた。魔導具の簡易シャワーはあるものの、せっけんやシャンプーがなく、いまいちスッキリした気にならなかったのだ。

そして他の魔術についてだが、今まで生活魔術しか使っていないのには理由があった。

俺自身のレベルが低く、魔力(MP)保有量が少ないからだ。一応、鑑定で調べると必要魔力量は分かるのだが、その調整方法が分からない。

『魔力など気にして使ったことはないの』

竜に聞いてみてもあまり役に立たなかった。

鑑定で魔力切れを調べると、MPがゼロになると意識を失い、最悪の場合、精神に傷を負うとあった。そのため、充分な魔力量を持つようになってから使うことになったのだ。

安全マージンを取り過ぎという気がしないでもないが、僅かなリスクも排除したいという竜の意向を酌んだ形だ。

スキルをカンストさせたので、それに合った装備を整える。今まで装備を整えなかったのも安全を優先したからだ。竜が出すアイテムは破格の性能の物が多い。というより、迷宮の深いところでのみドロップする希少なアイテムしか出せないらしい。

『階層によって出せるアイテムに制限が掛けられておってな。そのせいでそなたには強過ぎるものしか出せぬのじゃ』

強力な武器を扱う場合、充分にスキルを上げてからでないと、思わぬ事故が起きる。例えば、炎を飛ばすことができる武器の場合、間違って自分に当たったら、そのまま死ぬ可能性がある。

もっとも俺の場合、既に即死無効のスキルがあるから即死することはないのだが、この無効系のスキルも万能ではなく、本人のレベルが低いと効かないことがあるため、注意が必要だそうだ。

『まずは武器からじゃ。くれぐれも扱いには注意するのだぞ』

その直後に宝箱が現れる。今までの物より大きめの箱で、幅が一メートルほどある。

箱を開けると、そこには鈍い銀色をした両刃の剣があった。

『竜殺しの剣じゃ。名は〝狂気〟。素材はオリハルコンじゃの』

「……」

突っ込みどころがあり過ぎ、目が点になる。

『不服か？』

「いや、最初から凄過ぎて驚いているだけだ……」

そう答えるが、その後に独り言が口をつく。

「……確かに目的から言ったらドラゴンスレイヤーが最適だとは思うが、〝狂気〟という名が不吉過ぎる……それにいきなりオリハルコンが出てくるとはな……」

そう言いながらも、俺は慎重に剣を箱から取り出す。

長さは約一メートルで刃渡りは八十センチほど。鍔は十字型の長剣だ。柄頭には鮮血のような真っ赤な宝石がはめられている。

宝箱の中では鈍い銀色に見えたが、取り出してみると、金属というより少し透明感のある石のような質感だった。慎重に刃部分を触ると仄かに温かい。

箱の中には鞘もあった。鞘は金色に輝き、宝石がちりばめられている。剣を鞘に納めると、柄頭の宝石と相まって〝宝剣〟という言葉が頭に浮かぶほどだ。

『鑑定すれば分かると思うが、魔力を注ぐと切れ味が増すらしいの。魔術との相性もよいようじゃし、まずはこれでよかろう』

「まずはということは、これ以上の剣があるのか？」

『無論じゃ。それは訓練用の剣に過ぎぬ。それで我を斬りつけても、傷すら付かずに折れるだけじゃろう』

オリハルコンの剣でも歯が立たないなら何があるのだと言いたくなるが、竜は俺の疑問を無視して次の箱を出してきた。

『次は防具じゃ。まだ重いものは装備できぬじゃろうから、軽そうなものを見繕っておいた』

宝箱を開けると、そこにはシンプルな全身鎧があった。ヘルメットはフルフェイスではなく、オープンタイプで、天辺に角のような飾りがある。

『ミスリル製で重量軽減の魔法陣が描かれておる。着け方は分かるな』

「ああ、多分大丈夫だ」

上位鑑定を使うと、細かい解説まで出てくるようになっている。それも説明書のように、脱着の仕方から手入れの方法、取り扱いの注意点などが頭の中に浮かんでくるのだ。

軽量化の魔術が掛けられているためか、紙でできたハリボテを持っていると錯覚するほど軽い。

もちろん本物の鎧なんて持ったことがないから、鋼鉄製の鎧とどれくらいの差があるのかは分からないが、鑑定ではその魔術で重量が三分の一になっているとあった。

また、着用者の体格に合うように自動調整機能も付いているらしい。

他にも鎧の下に着る鎧下、靴下や手袋なども出してもらい、装備していく。

最初は戸惑ったものの、何度か着脱するうちに要領を掴んだ。

『よく似合うではないか』

竜が楽しげな思念を送ってくる。それに少しポーズを取って応えるが、すぐに気を引き締め直す。

「装備を付けたら、いよいよ実戦か？」

『その通りじゃ。我が召喚する魔物と戦ってもらう。最初は我が召喚できる最も弱い魔物のうち、特殊な攻撃をせぬものを用意する。その武器と防具、そしてそなたのスキルがあれば、倒すことは容易(たやす)いはずじゃ』

そう言われるが、もうかれこれ四十日ほど、しかも四六時中一緒にいるので、この竜が意外に抜けていることも分かっている。

「簡単かどうかは分からないが、やらなくちゃならないんだろ」

『安心せよ。まずは我が、瀕死の状態にまで持っていく。その止(とど)めを刺すだけでよい』

同士討ち(フレンドリーファイア)で援護してくれるようだ。

「それなら安心だな」と言うと、竜は『では始めるぞ、よいな』と念を押してきた。それに大きく頷くと、剣を引き抜き、中段に構える。

その直後、俺と竜との間に光の粒子(りゅうし)が生まれ、人影らしき形に徐々に集束(しゅうそく)していく。

それとの距離は二十メートルほど。現れたのは牛頭の屈強な戦士で、身長はこの距離でも思わず見上げそうになるほど高く、俺の倍ほどに見える。そして、その手には不気味に煌(きら)めく巨大な戦斧(せんぷ)が握られていた。

『牛頭勇者(ミノタウロスチャンピオン)じゃ。レベルは僅か四百五十しかない』

竜の思念が飛んでくるが、俺は恐怖のあまり答えることができない。圧倒的な強者からの強い殺意を受け、膝ががくがくと震えていた。

『恐れずともよい。我が許さねば、そこから動くことすらできぬのじゃから』

そう言った直後、竜はブレスを放った。

「ブモォォォ！」という苦しげな叫び声が響く。ミノタウロスは背中にブレスを受け、真っ赤な炎に包まれている。まさにフレンドリー〝ファイア〟だ。

ブレスを受けたミノタウロスは膝を突き、頭から床に倒れていく。まだ意識はあるようで、その虚ろな目には〝なぜ？〟という疑問が浮かんでいるように見えた。

『何を呆けておる。その者は瀕死の状態じゃ。早くせねばそのまま死んでしまうではないか。早う剣を突き立てよ』

その言葉に俺は慌てて走り寄り、突っ伏したままのミノタウロスに剣を突き立てる。オリハルコンの長剣は何の抵抗もなくミノタウロスの背中に吸い込まれた。

「ブモォォォ……」という悲しみに満ちた切ない鳴き声と共に、その巨体は光の粒子に戻っていった。

だが完全にその姿が消えた瞬間、俺の身体の内部から猛烈な痛みが湧き上がる。

「うあぁぁぁ！」と思わず叫び、その場で転げ回る。

頭の中が掻き回され、筋肉をねじ切り、骨の形を無理やり変えようとするかのような力が加わっていた。胃の中の物を撒き散らして叫び続けることしかできなかった。

『ゴウよ！　どうしたのじゃ！　何が起きておる！』

そんな竜の思念が聞こえた気がしたが、それに答える余裕などない。永遠とも一瞬とも分からない時間が過ぎる。

やがて、痛みは唐突に消えた。

「何が起きたんだ……」

『大丈夫なのか……何が起きたのじゃ？』

「分からない……身体が引きちぎられるかと思った……」

造水の魔術で水を作って口を濯ぐ。それで少し落ち着いた。

『うむ。レベルアップは上手くいったようじゃな』

竜は何事もなかったかのように話題を変えてきた。

こんなことになるなら先に言ってほしかったが、恐らく知らなかったのだろうと思い、「ああ」と言いながら俺はステータスを確認する。

驚いたことに、レベルは一気に三百三にまで上がっていた。

さらにステータスを確認したところで、しばし言葉を失う。そして俺は何度も確認し、見間違いでないと確信した後、竜に声を掛けた。

「運以外のステータスが軒並み四千くらいになっているんだが……何かの間違いか？」

『……』

俺の問いに竜は黙り込む。

「シーカーの平均的な能力は、千を超えるかどうかという話だったが、いきなり四千だ。どういうことなんだ？」

再度問うと、絞り出すような思念が届く。

『……うむ。平均的というところを取り違えたのかもしれぬが、分からぬな……流れ人が特別なのか、称号が影響しておるのか……いずれにせよ、よいではないか！　これで我を倒し、外に出られる可能性は高まったのじゃから！』

最後は悪びれずにそう言い切った。言っていることに間違いはないが、こいつを信じていいのかと不安が募り、思わずジト目で見てしまった。

『うむ。我にも知らぬことが多々あるということじゃ。まあ、時間は充分にある。安全第一でやってゆけばよい。そうは思わぬか？』

何となくこちらを宥めるような口調だ。

「まあ、そうだな。……うん？　何か落ちているぞ」

ふと見ると、ミノタウロスチャンピオンが消滅した場所に、深紅の宝石らしきものと、皮膜のようなもので包まれた塊が落ちていた。

『魔力結晶とドロップアイテムじゃな』

マナクリスタルは文字通り魔力の結晶で、この世界のエネルギー源となるものだ。

落ちていたマナクリスタルは直径五センチほどあり、強い魔力を感じる。

それを拾い、続いてドロップアイテムを手に取った。ずっしりと重いが柔らかい感触がある。

「これは！　もしかして肉なのか！」

重さは十キロ近いが、強化された俺は片手で軽々と持ち上げられる。

ビニールのような皮膜を開いていくと、赤い血が滴る牛肉の塊だった。

「おおお！　これであの実以外の物が食える……ようやく……ああ……」

思わず涙が溢れ、頬を流れていく。それほど食い物に飢えていたのだ。

『まずはそれを収納空間の中に入れておくのじゃ。まだまだ訓練を続けるからの』

竜は冷酷にも訓練を続けろと言ってきた。だが、俺は断固拒否する。

「いや、まずは肉だ！　こいつを食うまで何もせんぞ！」

突然そんな声を上げた俺を、竜は宥めに掛かってくる。

『まだ腹は減っておらんのじゃろう？　アイテムボックスに保管しておけばよいではないか』

アイテムボックスは時空魔術で覚えた収納魔術だ。俺の場合、ほぼ無限の収納能力を持ち、時間も止められる。こいつの言う通り、腐らないから別に後でも問題ないのだが、俺の魂が肉を食わせろと叫んでおり、それに従うしかない。

「駄目だ！　肉を食わねばならんのだ！」

俺の宣言に竜も諦めたらしい。

『仕方がないの。では、存分に食え』

俺は満面の笑みで頷き、料理の用意をしようとした。

しかし、そこで調理器具や調味料がないことに気づき、絶望する。

「焼けない……塩すら持っていない……」

魔術を使えば、焼くことは可能だと思うが、生活魔術しか使ったことがなく、火加減をうまく調節できる自信がない。このまま肉を前にして何もできないのかと己の無力さに涙が出てきた。

俺の顔を見て同情したのか、竜は宝箱を出してくれた。

『まったく、泣くほどのことかの……焼くだけでよいなら、それを使え』

開けてみると、先ほどミノタウロスチャンピオンが持っていたような、巨大な両刃の戦斧（バトルアックス）が入っていた。

『熱戦斧（ヒートバトルアックス）じゃ。魔力を通せば、斧の刃の部分が熱を帯びる。それで焼けばよいじゃろう』

刃の部分は幅六十センチ、刃渡り三十センチほどあり、一人焼肉なら充分に可能な大きさだ。更に鑑定で確認すると、温度調節も可能らしい。

俺は「助かる！」と礼を言って、嬉々として調理を再開する。

ミスリルの盾（シールド）を俎板（まないた）代わりにし、アダマンタイトの投擲剣（とうてき）で肉を切っていく。

この投擲剣は刃渡り十五センチほどだが、切れ味が上がる補正がついており、巨大な肉の塊を簡単に捌（さば）くことができた。

肉をステーキ用の厚さに切り終え、いよいよ焼く段階に入った。

通す魔力の量で調節はできるものの、鋼鉄を溶断するほどの温度まで上げられるためか、魔力を小まめに調節してもなかなか適温にならない。

「なかなか難しいな……」

そう言いながらも、四十日ぶりに肉が食えることに、鼻歌が出そうになるくらい気分がいい。

上機嫌で脂身（あぶらみ）の部分を使って温度を確認していく。牛脂（ぎゅうし）が焼ける香りが鼻をくすぐり、食欲を猛烈に刺激する。

「そろそろいけるな！　それにしても美味そうだ」

ミノタウロスチャンピオンの肉は和牛のサーロインのような〝さし〟の入ったものでなく、肩肉やランプのような赤身だった。赤身と言っても適度に脂は入っているのか、表面は艶やかだ。

熱したヒートバトルアックスの刃に肉を置いた瞬間〝ジュウ！〟という音が迷宮に響く。その直後、肉と脂の焼ける香ばしい匂いに包まれ、魂が蕩けていく感じがした。

「しあわせだ……」と思わず呟くほど香しいが、

（まだだ……まだ焼きが足りない……もう少し我慢するんだ……）

早くひっくり返したい気持ちを抑えながら、表面の色が変わり始めるのを待つ。

「よし、今だ！」と声に出し、箸を使ってひっくり返す。

熱していた面はしっかりとした焼き色に変わり、ところどころに適度な焦げがある。その色を見ただけでも、湧き上がってくる涎が止まらない。

ちなみに使っている箸は、暗器用の太針だ。長さは二十センチほどで、当然先端は鋭く尖っているから口に刺さる可能性がある。

しかし、俺には物理攻撃無効のスキルがあるから問題はないし、仮に頬を突き抜けたとしても、肉を食うという行為をやめるという選択肢はなかった。

程よく焼けたところで投擲剣を使って少し切り、焼き加減を確認する。

中はロゼ色でミディアムからウェルダンに近い感じだ。赤身の肉はこのくらい焼いた方が好みなのでちょうどいい。

ヒートバトルアックスの温度を最低に下げ、保温状態にする。食べている間に焼け過ぎてしまうことを防ぐためだ。

その状態で肉を切っていく。ロゼ色のミノタウロス肉から透明な肉汁が滴り、斧の刃に流れる。

「じゅる……」と思わず涎が垂れる。

切った肉を太針の箸で口に運ぶ。その間にも肉の香ばしく、甘い匂いが俺の食欲をこれでもかと刺激し続けていた。この食欲に対しては〝異常状態無効〟のスキルも効かないらしい。

待ちに待った肉を一気に口に放り込む。

その瞬間、旨味成分であるイノシン酸が口の中で爆発する。脂を感じた舌から、脳に直接ドーパミンが放出されるかのような錯覚と多幸感が俺を包み込む。

もぐもぐと噛み締めると、涙が自然と零れてきた。

「美味い……肉ってこんなに美味かったんだな……ぐすっ……」

涙を拭くことなく、時々鼻をすすりながら、一心不乱に肉を食った。

『まるで人が変わったようじゃの』

竜が冷ややかな目で見ながらそう言ってきたが、俺はそれを無視して三枚のステーキを平らげた。

◆

ゴウのステータスが異常に高い理由は、竜の勘違いによるものだ。

一般的なヒュームのレベル一での能力値は高くても十五、平均で五程度である。能力の実で初期値が平均の二十倍近くもあり、更に称号による補正が加わったことから、レベルアップにより人族最強の能力をあっさりと凌駕(りょうが)してしまったのだ。

　これは竜の勘違いが良い方向に作用した一例と言えるだろう。

　続いてゴウに倒された牛頭勇者(ミノタウロスチャンピオン)だが、物理攻撃、魔術攻撃のいずれに対しても耐性を持ち、更には武術も極めたミノタウロス系の最強種である。

　討伐時にドロップする肉は繊細な肉質と上品な脂を持ち、魔物系の食材では最高峰との呼び声も高い。オークキング、ブラックコカトリスと並び、三大魔物肉と言われる幻(まぼろし)の食材だ。

　市場に出回ることはほとんどなく、国王ですら味わえないほど貴重な食材である。仮に出回ったとすれば、一キロ一万ソル、百万円以上の値が付くことは間違いない。

　そしてその肉を調理した熱戦斧(ヒートバトルアックス)は、かつて悪魔の王フォルファクスが愛用した〝マラクス〟と同種の武器である。

　フォルファクスは二千年ほど前に実在した悪魔で、数十万の魔物を率(ひき)い、大陸の半分を支配した。ハイヒュームを中心とした人族の連合軍が決死の覚悟で挑んだが、多くの犠牲を払ったにもかかわらず倒すことができなかったほど強力で、当時の人族はただ恐怖に震えるしかなかった。

　だが幸運なことに、増長したフォルファクスが始祖竜、つまりゴウの目の前にいる竜に挑んで自滅したため、人族は滅亡を免れることができた。

　そんないわくつきの武器で、肉を焼いた。もし、悪魔の王フォルファクスがこの光景を見たなら、どのような想いを抱いただろうか。

幸いなことに二人はそのことに気づいていなかった。

◆

この迷宮に迷い込んでから一年の時が流れた。

ミノタウロスチャンピオンを倒して急速なレベルアップを果たした後、俺は同じような方法でレベルを上げていった。

竜が召喚する魔物は徐々に強くなったが、俺のレベルも上がり続け、現在では九百五十に達している。

レベルが上がったことでいろいろな影響があった。

一番大きなことは、俺が人間をやめたことだろう。

この世界に来た当初、俺の種族は〝普人族（異世界種）〟というものだった。

それがレベル五百で〝神人族（異世界種）〟に進化し、更にレベル八百で〝半神〟になったのだ。

その名の通り半分神様というおかしなことになっており、自分でも呆れている。

この〝半神〟を鑑定で見てみると、以下のような説明があった。

〝上位種族の限界を突破した者。寿命はなく、神に近い能力を持ち、神ですら直接滅することはできない。但し、同格の半神による攻撃は通じるため、完全な不死というわけではない……〟

同じ半神というと、目の前にいる竜がそれにあたる。

竜に話を聞くと、最初から〝半神〟だったそうだ。他にいるかと問うと、

『我に匹敵する者はおらぬが、我を傷つけられる者は数名おったはずじゃ。まあ、そのほとんどが竜種、すなわち我の眷属じゃがな。我としては、人族であってもこの階層に来られるほど強くなれば、我に挑むことはできると思っておったのだが、まさか種族そのものに成長限界があるとは。盲点であったな……』

ヒュームの限界レベルは五百、ハイヒュームは八百だったのだが、俺は特殊スキルにある〝限界突破〟の効果でそれを突破できたらしい。

限界突破を鑑定で見てみると、〝レベル差が百以上の敵を倒す。複数人で戦った場合は、そのうち最も強い者と敵のレベル差が百以上であること〟というのが取得条件らしい。

普通に戦っていたら、レベル差が百以上もある相手に勝つことはまず不可能なため、種族限界に引っかかる。一般的なヒュームのシーカーであれば、実力にかかわらず五百階層付近が限界ということになるのだ。竜はそのことを知らずにいたらしい。

ちなみに、レベルが高くなるとレベルアップが極端に難しくなる。上位種族になると更にそれが顕著になった。そのことを如実に表しているのが、レベルアップに掛かった時間の内訳だ。

レベル五百までは最初の戦闘から十日も掛からなかったが、そこからレベル八百までは一ヶ月半掛かっている。また、八百から九百までは三ヶ月で、九百から九百五十まで上げるのに半年近い日数を要した。

今では十日間戦い続けても、レベルが一つ上がるかどうかというところまで来ている。

レベルが高くなって必要経験値が増えたこともあるが、それ以上に敵が相対的に弱くなったことが原因だった。この迷宮には、レベル八百を超える存在はラスボスである竜しかおらず、格下相手に数をこなしているというのが現状なのだ。

とはいえ、その甲斐(かい)あって各能力値は一千二百万以上というバカげた数字になっている。今の能力ならレベル四百五十のミノタウロスチャンピオンに攻撃されても傷すらつかず、目を瞑(つむ)っていても瞬殺できる。

以前竜が言っていた、人族の平均能力の話は何だったのかという気がしないでもないが、これほど強くなっても、ステータス的には竜と何とか戦えるといったレベルらしい。

『特殊スキルというものがどの程度の効果を発揮するかじゃな。それによっては我を倒すことも可能じゃろう……』

限界突破のスキルもそうだが、これまでに特殊スキルを大量に取得している。

レベルや能力値が上がると勝手に取得するものもあるが、特殊な条件でしか取得できないものが多い。

例えば〝一撃必殺〟は〝百回連続で敵を一撃で倒す〟というのが取得条件だ。俺の場合、レベル上げのために竜が〝同士討ち〟で弱らせてくれた敵に止めを刺していたから取得できたに過ぎない。

その効果は〝クリティカルヒット率の向上〟とあり、五パーセント以下だったクリティカル率が二十五パーセントまで上がっている。

他にも〝勇猛果敢(ゆうもうかかん)〟は〝自らよりレベルが高い相手に対し、百回連続で勝利〟という取得条件で、効果も〝レベルが高い相手に対し、攻撃力と防御力が上昇する〟と、竜との戦いでも効果が期待できる。

　武器や防具もすべて最高の物を揃えた。

　武器は聖剣〝アスカロン〟で、刃渡り一メートル二十センチ、十字型の鍔を持つシンプルな形の大型剣だ。本来なら両手で使うものだが、俺のステータスなら片手で扱える。

　これも〝ドラゴンスレイヤー〟であり、竜種に対して攻撃力が倍増する点が、選んだ理由だ。

　防具は竜鱗(ドラゴンスケイル)のフルプレートアーマー。黒曜石(こくようせき)のように光沢(こうたく)のある黒で、俺のような日本人のおっさんではなく、白人の偉丈夫(いじょうふ)が身に着けたらいかにも英雄といった感じになるだろう。

　ちなみにこれに使われている鱗は始祖竜、すなわち目の前にいる竜のもので、名前もそのまま〝始祖竜の鎧(アーマー・オブ・オリジンドラゴン)〟だ。すべての竜のブレスを無効化できる性能を持つ。

　盾はオーソドックスな形の凧型盾(カイトシールド)で、〝戦神の盾(ケラビノス)〟という名が付いている。不壊の加護があり、どれほど強力な攻撃を受けても壊れることはない。

　他にも能力値を底上げするアイテムを装備し、ほとんどのステータスは竜を凌駕した。

　だが竜のレベルは千三十四。俺より八十以上高い。

　生命力(HP)も俺の二億五千万に対し、六倍の十五億を超えている。

　これだけの差があるが、俺は今日、竜と戦う。

　理由としては、一つにはレベルアップの効率が落ち、このままレベルアップの作業を続けたとしても、一年後でもレベルは五つしか上がらず、十年後でも今より八か九しか上がらないと予想されたからだ。これは今までバッテリーを温存していたタブレットを起動し、表計算ソフトを使って計算した結果なので、精度は高い。

そしてそれ以上に、俺のストレスが限界に達していることが大きかった。率直に言って、味つけがない単調な食事が続くことに我慢できなくなったのだ。

食事はミノタウロスチャンピオンの肉の他に、鶏肉に近いコカトリスの肉などが手に入る。素材は上質なのだが、問題は調味料が一切ないということだ。

能力の実や、肉から滴り落ちる血などを使っていろいろ試してみたが、塩分や甘みなどを手に入れることができず、結局味を変えることはできなかった。

たかが味が変わらないだけでと思うかもしれないが、そのストレスは日に日に強まり、一年という区切りの日にイチかバチか試してみるというところまで、精神的に追い詰められていた。

もちろん、こんなところに千年以上いる竜の方が強い苦痛を感じていることは理解している。

だがそのことを正直に話すと竜は、最初こそ反対したが、自分自身も同じ苦痛を味わっていることから、最後には折れてくれた。

『仕方がなかろう。我も同じ苦しみを知っておるのだから否とは言えぬ……』

準備を整え、最後の会話を行う。どちらが勝っても、もう片方は命を落とす。ここで話しておかないと、二度と機会は巡ってこない。

「こんな経験ができるとは思っていなかった。食事にもう少しバリエーションがあれば、もっと楽しめたんだが、それでも楽しかったよ」

一年という時間を共に過ごし、竜との間には友情のようなものが芽生(めば)えてしまっていた。

『我も同じ思いじゃ。この世に生まれてから五千年、そなたがおらねば永遠に訪れなかったであろう楽しい時間じゃった。そなたには感謝しておるぞ……あとは我を確実に葬り、この苦痛から解放してくれることを祈るだけじゃ』

そこで会話が途切れたが、何となく聞きたいことがあった。

「なあ、何か望みはないか？」

『そうじゃな……もう一度、外に出たいとは思うが……それは叶わぬ。忘れてくれ……確実にこの苦痛を取り去ってくれることこそ、我の唯一の望みじゃ』

「そうか……」

それ以上何も言えなかった。俺が負けても竜は外に出ることはできないし、俺が勝てばもちろん死ぬ。つまり、外に出るという望みがあっても、果たせる可能性はゼロということだ。

互いに話すことがなくなり、静かな時間が流れる。

『始めるか』

「そうだな」

そう答えると、ゆっくりと前に進む。

『既に話しておるが、我の生命力が半分になれば、〝狂暴化〟する。そうなったら、我はただ戦うだけの獣となり果て、あらゆる手を使うじゃろう。更に生命力が一割を切れば、我の能力は倍になる。最後は確実に人技で止めを刺すのじゃぞ。よいな』

理性を保っている間は俺に対する攻撃を手控えてくれることになっている。しかし、ＨＰが半分を切ると、その配慮はできなくなるということだ。

俺もそのことは理解している。それを見越した作戦を何度も話し合っており、大きなミスを犯さなければ、竜を殺せるはずだ。

『もう一度申しておく。我の望みはこの苦痛からの解放。同情心で攻撃の手を緩めることは我にも、そしてそなたにも何ももたらさぬ。そのことだけは今一度肝に銘じておくのじゃ』

「分かっているよ。俺もこんなところで終わりたくないしな」

できる限り軽い口調で答える。そうでもしないと友人を殺すという行為に踏み切れないからだ。

その想いを封じるため表情を消し、かつて竜が示したあの境界線を跨いだ。

戦闘はすぐには始まらなかった。ただ、竜の雰囲気が一気に剣呑なものに変わり、迷宮の空気に殺気が満ちるのを全身で感じる。

竜は最初のうちは攻撃を控えてくれると言っていたが、闘争本能を完全に抑えることは難しいらしく、その瞳は今までの藤色から怒りに燃える赤に変わっていた。

俺は「うぉぉぉ！」と気合を入れながら、爆発的な瞬発力で一気に距離を詰める。

作戦通り接近戦を挑み、ドラゴンスレイヤーの力をもって、一気に決着を付けるためだ。

遠距離から魔術で攻撃するという手もあるが、相手は魔術無効のスキルを持っているからほとんど効かない。ドラゴンスレイヤーの力を借りることが最も効率的なのだ。

竜は頭を持ち上げ、俺を見下ろしている。

その高さは十五メートル以上あるが、俺の身体能力なら軽くジャンプするだけで楽に届く。だが、今回は頭への攻撃は行わない。すべての魔物の弱点であるマナクリスタルを狙うためで、それがある心臓付近に攻撃を集中させるつもりでいる。

裂帛の気合と共に、巨大な剣を竜の前脚の付け根辺りに叩き込む。巨大な剣と言っても、竜にとっては小さなナイフに等しい大きさであり、一撃では鱗を切り裂くことしかできなかった。

それでも『グァァァ！』という竜の悲鳴に似た叫びが、頭の中に響く。

クリティカルヒットになったらしく、鑑定でチラリと確認すると、今の一撃でＨＰの一割以上、二億近いダメージを与えることに成功していた。

そこで気を抜くことなく、連続で剣を叩きつけていく。

竜の、黒曜石のような美しい鱗の破片が舞う。それは夜空に煌めく流星群のように美しいが、俺は構うことなく一心不乱に攻撃を続けていった。

『も、もう抑えることができぬ……』

竜のうめくような声が脳に響くと同時に、頭上に魔力が集まっていくのを感じた。一瞬だけ上を見ると、竜が大きな口を開け、ブレスを放とうとしていた。

(五十パーセントを割ったようだな……)

頭の片隅でそう考えるが、この状況で鑑定は行わない。竜が攻撃してくるのは分かっているので、僅かな隙でも致命傷になりかねないからだ。

竜の動きを感じながら、左手の盾を頭上にかざす。その直後、盾に強い圧力を感じ、顔の横を熱風が吹き抜けていく。

盾でブレスを防ぎ切ったものの、思った以上の威力に思わずよろめく。その隙を竜は見逃さず、前脚を振りかざして俺を叩き潰しにきた。

（想像より速い……！）

そう考えながらも縮地(しゅくち)のスキルを使い、その攻撃を避ける。目の端に巨大な爪が振り下ろされるのが見えたが、それを無視して、振り下ろされた前脚の付け根に斬撃(ざんげき)を加えた。

「グガァァァ！」

竜の悲鳴に似た叫びが響く。思念ではなく、苦しげに上を向き、咆哮(ほうこう)を上げていた。

大きな隙を見せている絶好の機会だったが、そこで邪魔が入る。

いつの間にか召喚されていたレベル七百九十の悪魔、獅子(しし)の頭を持つアロケスが介入してきたのだ。

アロケスは俺の背後から槍を鋭く突き出してくる。その速度は目にも留まらぬほどだが、俺にとっては脅威でも何でもなく、半身を反らすだけで回避する。

「邪魔だ！」と叫びながら、アロケスを一刀の下(もと)に斬り伏せた。

レベル八百以下の魔物の攻撃で傷つくことはないが、放っておくとどんどん数が増え、こちらの集中力を削ってくる。邪魔をさせないため、面倒だが早く始末する必要があったのだ。

その間に竜は再生の魔術を使い、傷を塞(ふさ)いでいた。

「くそっ！」と吐き捨てると、再び剣を振るう。

竜は俺が近づくのを待っていたのか、巨大な顎(あぎと)を開けて襲ってくる。

それを横っ飛びで回避すると、今度は巨大な尾が襲い掛かってきた。〝ニンジャ〟の体術を駆使し、体操選手も驚くような後方宙返りで避けるが、それは竜の罠だった。

尾が通り過ぎた直後、盾を構える前にブレスが降り注いできたのだ。

「あぁぁぁ！」

あまりの熱さに無意識のうちに叫び声を上げた。そのまま苦しさに身を委ねれば死に繋がる。そう考え、気力を振り絞って竜の懐に飛び込んだ。

アスカロンを心臓付近に深々と突き刺すと、更に魔力を通す。それによって切れ味が格段に上がり、突き刺した状態から硬い鱗ごと斬り下ろしていく。

「グォォォ！」

竜の咆哮が再び迷宮に響く。ダメージが大きかったのか、竜はのけ反りながらもがいている。

その隙を突いて鑑定を使い、相手のＨＰを確認する。

視界の端に映った竜のＨＰは三億。これで二割を切った。

（次の一撃で決めないと……）

予定通り、ここで最大の攻撃技を準備する。一割を切った状態の竜と戦えば、何が起きるか分からないためだ。

その切り札は、剣技と魔術を融合させたもので、時空魔術の〝空間斬〟を剣に纏わせ、剣による斬撃に追加効果をもたらす技だ。

この空間斬には防御力無効と攻撃範囲拡大という効果があり、アスカロンの攻撃力と合わせれば、竜の残りのＨＰを一撃で削り取れるはずだ。

これを最初から使わなかったのは、技の後に比較的長い〝硬直時間(クールタイム)〟があり、竜を倒し切れなかった場合、反撃を食らうからだった。

最高の防具を身に付けているが、竜の渾身(こんしん)の一撃を受けて生き残れる可能性は低い。だから最後の一撃に残しておいたのだ。

魔術を無詠唱で発動させながら、暴風のような竜の攻撃を避ける。その間に再び援軍のアロケスと、更に新手(あらて)の悪魔、牛頭のザガンが現れた。

雑魚(ざこ)の攻撃を受けてもダメージにはならないが、発動中の魔術が中断される可能性がある。しかし、そのリスクを無視して竜と二体の悪魔の攻撃を避け続け、遂に技を完成させた。

「これで終わりだ！」

そう叫びながら縮地で距離を詰めると共に、竜に向けて無心で剣を振り抜いた。

空気を斬り裂く〝ジュッ！〟という鋭い音が響くが、手応えが全くない。まるで空振りしたかのようだ。

その直後、クールタイムが発動し、武術で言う残心(ざんしん)のように、剣を振り抜いた状態で固まった。

二体の悪魔が攻撃を仕掛けてくるが、それを無視して竜に視線を向ける。

竜の胸が大きく裂け、激しく血が噴き出していた。

しかし、その顔は先ほどまでの憎悪(ぞうお)に満ちたものではなく、瞳も元の藤色に戻っている。

『……これで解放される……感謝するぞ、ゴウよ……』

その言葉と共に二体の悪魔は消え、竜の体も徐々に薄れていく。涙が溢れてくるが、ここで言っておかないと後悔すると思い、俺も感謝の言葉を伝える。

「俺の方こそありがとう。お前がいなかったら、俺は野垂れ死んでいたはずだ……ゆっくり休んでくれ……」

その直後、竜の体が弾けるように消えた。そして、黒曜石の破片のような粒子が迷宮の光を受けて煌めく。

竜の魂の残滓のようだと、俺は思った。

光の粒子が消えると、迷宮に声が響いた。

「迷宮の完全攻略、おめでとうございます……」

二・　迷宮脱出

一年という時を共に過ごした竜を殺した。

その直後、迷宮の完全攻略を祝う声がどこからともなく響く。その声は柔らかな女性の声だった。

「……その功績を称え、望みを一つ叶えることができます」

続く声に、俺が「望みを叶える?」と口にすると、声は答えた。

「最高難易度である本迷宮を完全攻略した方に、この世界の管理者より褒賞が与えられることになっているのです」

「世界の管理者？　神様ということでしょうか？」

「その認識で問題ありません。もっとも私は管理者の伝達者に過ぎませんが」

やはりあの竜はラスボスだったようだ。

（どうやらこれからエンディングシーンを迎えるらしいな……）

そんなどうでもいいことが頭に浮かぶ。この一年毎日話していた竜を、この手で葬ったストレスで精神がささくれ立っているのだ。

想定外の状況だが、俺はすぐに願いを口にする。

「日本に、元の世界に帰してくれませんか」

両親は既に他界し、ほとんど天涯孤独の身だ。家族を残してきたとか、恋人が待っているとかいうこともない。

しかし、飽食の国ニッポンには戻りたいと心から思っている。今ならコンビニのスナック菓子を食べても号泣する自信がある。

僅かな間があり、答えが返ってきた。

「我々としては叶えて差し上げたいのですが、あなたがいた世界の管理者から、受け入れることは不可能との連絡がありました」

その声はやや悲しげだった。どうして拒否されるのか理解できない。

「元の世界の管理者？　地球の神様がなぜ……」

「あなたの能力は、あちらの世界の崩壊を招きかねないほど危険であるためとのことです。残念ではございますが、その望みを叶えることはできません」

「神様なら俺の能力を消せばいいだけだと思うのですが？」

「この世界の理（ことわり）により、〝半神〟であるあなたの能力を消すことは禁じられております。また、どの世界の管理者も別の世界の理に干渉することはできません。ですので、結果としてあなたの能力を消去、もしくは封印することは不可能ということになります」

「つまり二度と日本には帰れないということですか」

「その認識で問題ありません」

申し訳なさそうな口調で、そう即座に肯定された。

大した未練はないが、あの国の飯が二度と食えないと思うと悲しくなる。

別の願いを考えるが、今の俺は不老不死だし、金についても今持っているアイテムを売れば困ることはないだろう。この歳になると女にもてたいという切実な思いもないし、地位や名誉と言われても、この世界のことを知らないのだから頼みようがない。

俺自身には特に叶えてほしい願いはなかったが、そこであることを思い出した。

「竜に、外の世界を見せてやることはできませんか？」

戦いの前に竜が言っていた願いだ。あの時の寂しげな思念が頭から離れない。

「竜とはここの最終守護者、迷宮主であった始祖竜のことでしょうか……本来、あの竜は罰を与えるためにここに封印していたのですから、難しいと言わざるを得ません」

メッセンジャーからは、予想通りの答えが返ってきた。

「やはり無理ですか」

だがそうして別の願いを考えようとした時、「管理者に確認したところ、一つだけ方法があるそうです」と言われて驚く。

「方法とは？」

「始祖竜に匹敵する力を持つあなたが、竜の行動に責任を持つということです。具体的にはあなたの〝従魔(じゅうま)〟にするなら可能ということです」

「従魔……つまり、竜を配下とし、暴走しないように常に目を光らせていろということですか」

「その通りです」

「私が暴走したら、とは考えないのでしょうか？」

「一年間、管理者はあなたを見てきました。あなたであれば問題を起こすことはないというのが、管理者の見解です。また始祖竜も、あなたの言葉であれば素直に従うのではないかとも考えております。管理者もあの存在を無為に消滅させたくはないと考えていましたので、あなたの提案を受け入れることはできます」

「無為に消滅させたくない……それはなぜなのでしょうか？」

「管理者は世界への干渉を最小限にすべきと考えています。この世界に住む者が自らの手で世界を変えていくために。……始祖竜を封印したことはその考えに反しているのです」

その言葉に矛盾を感じた。

「ではなぜ竜を封印したのでしょうか」

「かつて、この世界を支える〝世界樹〟を竜が焼き払ったからです。もし、あのまま続けていれば、世界樹が完全に失われ、この世界の存続自体が危ぶまれました。そのため、止むなく始祖竜を封印したのです」

世界樹の存在意義は何となく分かるが、それでも永遠に苦痛を与え続ける罰は重過ぎるように思った。

「永久に封印するような罰は、行き過ぎのような気がしますが」

「そう思わないでもありませんが、あれほどの存在を封じるにはここしかなかったのです。中途半端な場所では自力で脱出し、自分を封じた者の眷属、すなわちエルフたちに報復しようとしたでしょうから。そうなると残った世界樹も、再び存続が危ぶまれます」

ハイエルフは世界樹を守るため、自らの命と引き換えに神に祈って奇跡を起こし、竜を封印したのだという。その眷属であるエルフに対して、竜が復讐するというのは分からないでもない。

「従魔になっても同じことをするとは思いませんか？」

「その点は大丈夫でしょう。あなたならあの存在が暴走することを許さないはずです。それだけではなく、善き方向に導いてくれるのではないかという期待もしています」

「過大評価な気はしますが……つまり、私が制御すると約束すれば、竜に外の世界を見せてやることができるということですね」

「その通りです。では、それを今回の望みとなさいますか？」

俺は「それでお願いします」と言って、大きく頷いた。

「では、竜を復活させます。従魔契約を結んでください」

その直後、唐突に竜が現れる。

『我はどうしたのじゃ？　消滅したのではなかったのか？』

やや混乱した思念が届く。

管理者のメッセンジャーとの会話を掻い摘んで説明した後、従魔契約について確認する。

「俺の従魔になる気はあるか？」

『うむ。我に不服はないぞ。そなたなら我を縛ることはないと確信しておるからな』

管理者もだが、この竜も俺のことを過大に評価している気がする。ただ俺としても、この世界で唯一の知り合いと一緒に行動できることは心強い。

「では、従魔契約を始めましょう。最初に名を付けてください。それがその者の〝真名〟となり、契約によって魂を縛ることが可能になります」

「名前か……ちなみに男というか、オスでいいんだよな」

今まで竜の性別について聞いたことはなかったが、しゃべり方や考え方から男性、すなわちオスだろうと思っていた。

だから、念のため確認しただけだったのだが……。

『竜に性別はないが、どちらかと言えばメスであろうな』

「そうなのか！」

衝撃的な事実に思わず叫んでしまった。俺の驚きに対し、竜は淡々とした口調で説明する。

『我ら竜は単体で卵を産む、すなわち子を生すことが可能じゃ。ならばメスという認識で間違っておらんはずじゃ』

「メスだったのか……ちなみそのサイズだと外に出られないが、小さくはなれるのか？」

『無論じゃ。では姿を変えてみせようぞ』

その直後、竜の巨体が消える。視線を下に向けると、そこには妙齢の女性が素っ裸で立っていた。白皙の肌に金色のロングの髪、通った鼻筋に美しく整えられたかのような眉、長いまつ毛が色っぽく、竜の時と同じく藤色の瞳が挑発的に輝いている。

気の強さが垣間見えるが、間違いなく絶世の美女だ。軽くウェーブの掛かったロングの髪が胸を隠しているが、その他は全く隠れておらず、目のやり場に困る。

「そなたの従魔となるなら、この姿の方が都合がよかろう。これならばどこでも一緒に行けるからの」

初めて聞いた肉声は、女性にしてはやや低いが、艶っぽさを感じさせる心地いい声だ。

しかし問題があった。一年間、俺は女っ気なしだったが、まだ枯れたわけではない。つまり、刺激が強過ぎるのだ。慌てて収納魔術から、以前着ていたジャケットを取り出して渡す。

「寒くはないのじゃがな……ああそうか、人族は服という物を身に纏うのであったな」

竜はそう言いながら袖を通す。まだ健康そうな太ももが見えているが、管理者のメッセンジャーが先を促してきた。

「そろそろ従魔契約を始められてはいかがでしょうか」

メッセンジャーも、人間の羞恥心の類は理解できないらしい。

あまり待たせてもいけないと思い、そのまま従魔契約を進めることにした。

「名前を付けるんだったな……」

だが、なかなかいい名前が思いつかない。

竜であった彼女の顔を見ると、目を輝かせて「よい名を期待しておるぞ」と言われてしまう。

（藤色の瞳か……藤は英語で何て言ったかな。確か〝ヴィスティリア〟だったか。苗字もあった方がいいな。竜だから〝ドレイク〟。安直だが、これなら苗字として普通にあったはずだ。ウィスティリア・ドレイク……いや、ウィスティア・ドレイクの方が語呂はいい。愛称をウィズにすれば呼びやすいしな……）

しばし考えてから、彼女の目を見つめながら伝える。

「ウィスティア・ドレイクでどうだ？　ウィスティアはその瞳の色、藤色から取った。ドレイクはそのまま竜という意味だ。普段は〝ウィズ〟と呼ぼうかと思っているが……どうだろうか？」

「ウィスティア・ドレイク……うむ。なかなかよい響きじゃ。ウィズという呼び方もよい。我はこの名を気に入ったぞ」

満足げに彼女——ウィズが了承すると、メッセンジャーが続きを説明する。

「真名はこれで決まりました。次は従魔の紋章を刻んでください。場所はどこでも構いません」

どこに付けようかとウィズ本人の希望を聞こうと思ったが、その前に確認すべきことに気づいた。

「従魔の紋章というのは、外の世界では一般的なのでしょうか？　人の姿で紋章があると不都合があるとか、逆に従魔であることを証明するために頻繁に見せる必要があるとか……」

「従魔の紋章自体は一般的ですが、人に従魔の紋章を刻むことは稀です。人に近い魔物、例えば悪魔や精霊に間違えられる恐れがあるためです。竜の姿でいる時には見せる必要がありますが、今のその姿であれば、隠せば気づかれることはないでしょう。これで答えになっていますか？」

その説明に頷く。それならばと、左手の甲に直径二センチほどの小さなものを刻むことにした。目立たない場所の方がいいが、もし見せろと言われた時に見せやすく、普段は手袋などをすれば隠しておける。また、竜の姿になった時にも前脚の甲なら見分けやすいだろう。

「場所が決まりましたら、そこに右手を重ねてください。その状態で互いに、契約を承認すると強く祈ってください」

言われた通り、俺の右手を彼女の左手に合わせて祈る。強い光が生じ、すぐに消えた。

「これで完了です」と言われ、彼女の左手を確認する。六芒星（ろくぼうせい）のような形の複雑な魔法陣が、金色の線で描かれていた。目立たない色にしてくれたため、ぱっと見ではほとんど気づかれないだろう。

「これですべて終わりました。転移魔法陣が現れますので、一時間以内に入ってください。時間が過ぎると魔法陣が消えてしまい、新たに現れる迷宮守護者と戦うことになります」

了解すると、メッセンジャーの気配が消えた。

「じゃあ、準備をするか」と言って、アイテムボックスから外で着るものを取り出そうとしたが、彼女が待ったをかけてきた。

「その前にすることがあるじゃろう」

何のことか思い浮かばない。

「なんだ？」

「まずは我が名を呼ばぬか。せっかく付けた名であろうが」

どうやら名前を呼んでほしかったらしい。初めて付けられた名ということで嬉しいようだ。

「すまなかったな。では改めて」と言ってから、彼女の手を取る。

「ウィズ、外に行くぞ。俺と一緒にな」

「うむ。我に異存はないぞ、ゴウよ」

そう言うと二人同時に笑い出す。

今まで使っていた室内の魔導具などを回収した後、彼女がシーカーに見えるように装備を整える。

比較的目立たない竜鱗の軽装鎧を着せ、オリハルコンのサーベルとエルダートレントの杖を持たせた。これで、軽装の魔導剣士くらいには見えるだろう。

三十分ほどで準備は終わり、一年間過ごしたこの部屋を見回す。既に生活していた痕跡もなく、殺風景な石造りの空間に戻っていた。

「ウィズ、行こうか」と改めて言うと、彼女も小さく頷く。

「そうじゃな。もうここには用はないからの」

俺たちは二人で手を取り合い、魔法陣に入っていった。

◆

竜が従魔となるのは、長い歴史の中でも一度もなかったことだ。

竜種という括（くく）りで言えば、竜の亜種である〝飛竜（ワイバーン）〟を従魔とすることはよく知られている。それは竜騎士たちの騎獣であるためだが、その場合も卵から育てた個体のみが契約を結ぶのだ。

そもそも真の竜（ドラゴン）は人を己と対等の存在とは認めていない。下位の存在、それも底辺の存在として認識しているため、従魔になるどころか会話すら成立しないことの方が多い。

更に言えば、すべての竜の始祖、始祖竜（オリジンドラゴン）が人の従魔になるなど、神話になってもおかしくない事態だ。

ゴウは竜の姿でも見やすいようにと手の甲に従魔の紋章を描いたが、そもそも竜の姿になった瞬間、辺りでパニックが起きることは想像に難（かた）くない。まして、〝豪炎の災厄竜（インフェルノディザスター）〟と呼ばれていた存在がいきなり現れれば、心臓の弱い者なら命を落とすほどの衝撃を受けるだろう。

そんな状況で紋章を確認することがあり得るのかと言われれば、〝ノー〟という答えしかないのだが、この場にそれを指摘する者はいなかった。

そしてゴウたちの装備だが、いずれも神話に出てくるような幻の装備である。始祖竜本人がいるとはいえ、竜の鱗で作った鎧は竜種最弱、レベル六百程度のレッサードラゴンのものですら素材の入手が困難であり、少なくとも一千万ソル、日本円で十億円の値が付くと言われている。

更にゴウが持つ〝聖剣アスカロン〟は戦の神ケラビノスが使っていたとされるものだ。それ以前にオリハルコンを使用した剣は古小人族（エルダードワーフ）の鍛冶師（かじし）にしか作れず、地上にはたった三振りしか存在していない。

　ウィズの持つ杖の素材、エルダートレントも、深い森の中にしか生息しない強力な魔物として知られ、幻の素材であった。目利きではなくともある程度の実力を持つ者が見れば、異常な力を感じることだろう。

　また、これまでに得たアイテム類をゴウはアイテムボックスに入れて持ち出したが、それらもすべて国宝級以上であり、その価値は国家予算レベルである。

　二人はそれだけの価値の物を所有しているということをまだ知らなかった。

◆

　迷宮から脱出する転移魔法陣に入ると、強い光が床から延び、俺たちを包み込む。ふわりと浮き上がるような感覚の後、ストンと落ちる感じで着地した。

　洞窟の入口のようだが、頭上には昼間の明るい空が広がっていた。

「外だな……」

　空を見上げながら思わず呟いたが、あまりのあっけなさにそんな言葉が漏れた。

「空が見える……本当に出られたのじゃな……」

　ウィズも空を見上げながら呟き、一筋の涙が彼女の頬を流れる。

　外に出たことで呆けていたところに、声が掛かった。

「登録証を出して。見かけない顔だけど、いつ入ったんだ？」

声の主は二十歳くらいの若い兵士で、がっしりとした身体に武骨な鋼の鎧を纏い、鋭い槍を持っている。彼の後ろには警備員の詰所という感じの建物があり、ロープで順路が作られていた。

特に警戒している感じもなく、言葉遣いこそいい加減だが、空港の持ち物検査のような事務的な印象を受ける。

「登録証？」と思わず聞き返し、ウィズを見た。

彼女も「何のことじゃろうな」と小さく首を傾げている。

「管理局が発行した探索者登録証。早く出して」

「探索者登録証？」と更に繰り返すと、兵士は俺たちに不審の目を向ける。

「登録証を知らないだと……管理官！　ちょっと来てください！」

すると詰所からやや小柄な三十歳くらいの男が現れた。その男も兵士なのか、鋼の鎧を身に纏っているが、槍は持たず腰に剣を吊るしているだけだ。

「何があったんだ、エディ？」

彼は最初に会った若い兵士にそう声を掛けると、俺たちに視線を向ける。

「それがですね。見覚えのない連中が出てきたんですけど、登録証を出さないんですよ。もしかしたら精神系の魔術を受けたのかもしれません」

管理官と呼ばれた男は視線を鋭くした。しかし、すぐにその目が大きく見開いていく。

「二人とも私についてきてくれ。聞きたいことがある」

ここで揉める気はないので俺は素直についていこうとするが、ウィズが「面倒じゃ。早く町とやらに行こうぞ」と言って手を引っぱってくる。

管理官という言葉から、あの男が役人であることは間違いない。

「少しだけ我慢しよう。ここで揉めたら余計に時間が掛かるだけだ」

ウィズにそう言うと、「仕方がないの」と言いながらも素直に歩き始めた。

詰所の中に入ると、十列ほど並んでいる長テーブルがあり、手持ち無沙汰そうな兵士と事務員らしき男がいた。管理官は更にその奥に進んでいき、執務室のような部屋に入っていく。そこには若い兵士が二人おり、のんびりとした感じで座っていた。

「すまないが、一度ここを空けてくれ。もしかしたら、私はそのまま局に戻るかもしれんが、その時は声を掛ける」

「了解です。ですが、管理局本部にですか？　何かトラブルでも？」

「いや、私の勘違いかもしれんし、大ごとにはならんだろう。あまり気にするな」

その言葉で二人は素直に外に出ていった。

続いて管理官は俺たちに椅子を勧める。

「立たせておいて申し訳ない。汚いところですが、少しばかりお話を伺いたい」

思った以上に丁寧な対応に俺は少し戸惑った。しかし、管理官はそれを気にすることもなく、話を始める。

「迷宮管理官のエリック・マーローと申します。ここグリーフ迷宮守備隊の指揮官の一人であり、現在は出入管理所の責任者でもあります。ここまではよろしいでしょうか」

言葉の意味は何となく分かるが、本質的なところが合っているか自信がない。そのことが顔に出たのか、マーローは話を続けていく。

「お二方は、正規の手続きを経ずに迷宮に入られたのではありませんか？」

見抜かれていること自体に驚きはないが、不法侵入者に対する尋問にしては丁寧過ぎることが気になる。

「ご指摘の通りですが……私たちは不幸な事情で迷宮に入ってしまいました。運よく出られたのですが……」

「失礼ですが、あなたは〝流れ人〟では？」

素直に答えるべきか一瞬悩むが、言い繕ってもボロが出るだけだろう。

「流れ人の定義が合っているか自信はありませんが、この世界の人間ではないということでしたら間違いありません」

「なるほど……そちらの女性も同じ境遇でしょうか？」

「ええ、不本意な事情で迷宮に入り込んでしまったという点では、似たようなものです」

ウィズのことをどう説明していいのか分からないため、言葉を濁しておく。

「あなた方が非常に強い力をお持ちだということは何となく分かります。できれば事を荒立てたくないので、私の上司に会っていただけないでしょうか」

「上司の方ですか……」

彼が役人であるなら、上司も同じ役人だろうし、当たり前の話だがより高い地位にあるはずだ。

そんな相手と会うとなると、不安になった。

「もし、この世界の情報をお持ちでないなら、私と共に来ていただくことをお勧めします。ご存じないと思いますが、流れ人は国によって手厚く保護されているのです。私も末席ではございますが、ここトーレス王国の政府に籍を置く身。悪いようにはいたしません」

信じていいものか迷うが、このマーローという人物は信用できそうな気がする。

そこでウィズに視線を向けるが、彼女は「ゴウに任せる」とだけ言い、興味を示さない。

「そうですね……」と俺は考える振りをして、こっそりマーローを鑑定する。

レベルは百を超えた程度で大した戦闘力はない。しかし、行政学など教育を受けた文官らしいスキルは持っているようだ。

それと、自分が使ったことで、鑑定スキルを持っている人物に出会う可能性に気づいた。そのため、俺とウィズのステータスを今のうちに偽装しておく。

「分かりました。指示に従います」

俺の言葉に、マーローは安堵したという感じで小さく息を吐いた。

「ありがとうございます。断られたらどうしようかと考えていましたので」

正直な性格なのか、そんな感想を口にする。確かに能力差があり過ぎるから俺たちを止めることはできないだろう。

その後、名前を告げて握手をする。この世界にも握手の習慣があるのか、不思議がられることはなかった。握手を終えると、「少しお待ちください」と言ってマーローは奥の部屋に向かった。すぐに戻ってきたが、その手には革製のマントが二枚あった。

「これを羽織っていただけませんか。あなた方の装備は目立ち過ぎますので」

そう言われて、初めてそのことに気づく。今までは自分が身に着けているということで当たり前に思っていたが、竜鱗の鎧を含め、聖剣も盾も神々しいオーラを放っていた。

礼を言ってマントを羽織る。鎧にマントという組み合わせに、今までは気にしていなかったコスプレ感に襲われた。

「では参りましょう」

そう言ってマーローが先導し、外にいる兵士には「局長室に行っている。何かあれば連絡してくれ」と伝えていた。

「了解です。しかし、局長に会わせるんですか？　その人たちは何者なんです？」

上下関係が緩いのか、マーローの人柄なのかは分からないが、若い兵士であるエディが質問する。

「お前たちには伝えておくが、この人たちは〝流れ人〟だ。だから、このことは公表されるまで、同じ班の者にも口外するな」

その言葉でそれまでの緩んだ感じがなくなり、彼らは「りょ、了解しました！」と言って敬礼する。

詰所を出たところで周囲を見ると、この場所が高い城壁で囲まれていることに気づいた。迷宮の入口を中心に直径百メートルほどの広場があり、高さ十メートルほどの城壁の上には弓を持った兵士が多数おり、こちらを見下ろしている。

「我らに手を出すつもりかの」とウィズが呟くと、マーローは慌ててそれを否定する。

「ち、違います。迷宮の魔物暴走(スタンピード)に備えているのです。ここグリーフ迷宮は世界有数の大きさですから、スタンピードの規模も通常の災害クラスでは収まりませんので」

歩きながら話を聞くと、スタンピードは迷宮で発生した魔物が増え過ぎ、外に出てくる現象だと教えてくれた。

ここのように迷宮管理局の管理下にあるところでは滅多に起きないそうだが、管理されていない辺境の迷宮では頻繁(ひんぱん)に起こるらしい。その際、近隣の町や村が壊滅することも珍しくないそうだ。

そんな話をしながら、城壁の門に向かう。門は塔型の大きなもので、そこに管理局の局長室があるとのことだった。

門をくぐり抜けて外側に回ると、石造りの建物が並ぶ街が広がっていた。

ちょうど昼食の時間のようで人通りが多く、そこかしこから肉が焼ける香ばしい匂いや煮物の野菜が発する甘い香りが漂ってきた。思わず足が止まる。

「どうかされましたか？　入り口はこちらですが」とマーローが言っているが、俺の耳には入っていなかった。

「どうしたのじゃ？　ゴウよ」

ウィズも俺の異常に気づき、声を掛けてきた。

「食い物の匂いだ……」

この瞬間、俺の頭の中は食い物のことで埋め尽くされた。

「エドガー殿、いかがされましたか？」

俺が動かないため、マーローは怪訝そうに聞いてくる。

「何か食わせてください。どんなものでもいいので……お願いします！」

俺はそう言って彼の両手を取り、大きく頭を下げる。

「食事ですか⁉」とマーローに驚かれたが、迷宮で空腹になっていたとでも思ったようで、「配慮が足りず申し訳ございません」と逆に謝られてしまう。

「ですが、ここでは目立ちます。とりあえず応接室に。何かご希望は……」

「どんなものでもいいです！　味さえついていれば！」

その勢いに、マーローは「は、はい」と引き気味に答え、俺たちを連れて塔の中に入った。

俺はそれについていきながらも、後ろ髪を引かれていた。

「見苦しいぞ」とウィズに小言を言われるが、本能には逆らえない。

スキルの〝異常状態無効〟を強く意識することで、空腹というか、食事への強い想いを強引に断ち切る。

塔の中は意外に広く、一階には門を開閉するための詰所があった。その横を抜け、狭く急な階段を上っていく。二階にある受付で少し待たされるが、すぐに三階にある部屋に通される。部屋の中には革張りのソファーとローテーブルがあった。

「上司を呼んで参ります。食事も手配しておりますので、ここでお待ちください」

マーローはそれだけ言うと、応接室を出ていった。

五分ほどすると、ドアをノックする音がした。

入ってきたのは、緑色を基調とした制服を着た、二十歳くらいの女性だった。赤毛に近い茶色い髪と大きな瞳が印象的な美女だが、今の俺にはその姿はほとんど目に入っていなかった。

俺の視線は、その手にある木製のトレイに釘付けになっていたのだ。

トレイにはパンとスープ、そして串焼きの肉が載った皿、陶器製のボトルと銅で作られたゴブレットがあった。その香りだけで口の中は涎が湧き上がり、目が離せなくなる。ほとんど呪いを受けたような状態だ。

「局長と管理官がお話を伺いに来るには、もう二十分ほどかかるそうです。お食事がまだとのことでしたので、先にお持ちしました。お代わりが必要でしたら、ドアを開けて声を掛けていただけますか。すぐに対応いたしますので」

それだけ言うと、彼女は一礼して部屋を出ていった。

次の瞬間にはもう、俺は料理に手を出していた。既に肉の焼けた香ばしい香りが漂っており、我慢できなかった。というより、ここまで我慢できたことが奇跡だ。

ウィズが横で呆れているが、そんなことは全く気にせず、パンにかぶりつく。田舎パン（カンパーニュ）に近いもので、表面はやや硬いが、小麦の香ばしさと天然酵母（こうぼ）の酸味が口いっぱいに広がる。製粉が粗いのか、全粒粉（ぜんりゅうふん）のような粒を感じるが、一年ぶりの炭水化物に涙が零れる。

「う、美味い……」

日本で売っているパンのようなしっとり感はなく、口の中の水分が奪われる。その水分を補うため、パンを咀嚼しながらスープの器に手を伸ばした。

薄切りの豚肉らしき肉と、蕪のような白っぽい根菜、ネギかセロリのような香味野菜の破片が浮いている。

木製のスプーンで掬って口を付けると、少し冷めてはいるが、肉の脂と野菜の甘味、更にやや強めの塩味が口に広がり、口の中のパンに風味を与えていく。

「塩味だ……野菜も久しぶりだ……美味い……」

感動に打ち震えながら、スープとパンを一心不乱に口に運ぶ。

一通り炭水化物と塩味を楽しんだところで、メインディッシュの串焼き肉に手を伸ばす。

肉はバラ肉のようで脂身と赤身が層になっており、茶色いとろみのあるタレが掛かっていた。醤油の香りはしないが、はちみつを使っているのか、甘い香りが食欲をそそる。

木製の串を掴み、一気に頬張る。頬にタレが付くがそんなことを気にしている余裕はない。

タレは予想通りはちみつがベースで、甘味と塩味が思った以上に強いが、肉の脂と混じり合い、濃い味を求めていた俺の魂を撃ち抜く。

串焼き肉を頬張りながら、ボトルの中身をゴブレットに注ぐ。入っていたのは赤ワインだった。

口の周りが脂とタレで汚れているが、構わずそのままゴブレットに口を付ける。そして、肉と脂を流し込むようにワインを一気に呷る。

ワインは酸味が強く、ブドウの味は薄かった。温度も適温よりは高く、爽やかさはない。それでも黒ブドウの渋みが肉と脂を包み込み、特級にも負けない至福の味だった。

再びパンを手に取り、口を拭くように食べていく。そして、そこにスープを加え、水分と旨味を足す。この無限ループとも言える食べ方を、何も考えずに機械のように繰り返した。

食べ終わってから、ウィズの分もあったことに気づく。

今更ながら謝ろうと思って顔を上げると、視線の先には鎧を外しシャツ姿になったマーローと、局長らしきジャケット姿の壮年の男性がいた。

あまりに夢中になっていたため、気配察知のスキルがあるにもかかわらず、二人が部屋に入ってきたことにすら気づかなかったのだ。

「我が声を掛けても無視するとは……それほど美味いのか？」

恥ずかしさで顔が熱くなる。

「……あ、あの、すみませんでした。全く気づきませんでした」

マーローたちに頭を下げ、更にウィズにも「すまなかった」と謝罪する。

「私たちも今入ってきたところですから、お気になさらずに」

マーローはそう言うと、食器を片づけ始めた。

◆

時は、エリック・マーローが詰所で部下のエディ・グリーンに呼び出された時まで遡る。

突然迷宮から現れた二人、ゴウとウィスティアの装備を見て、彼は内心で驚きの声を上げていた。

（こ、これほどの装備は見たことがない。鎧は何かの鱗のようだが、鎧トカゲ（アーマードリザード）とは明らかに違う。
まさかと思うが、小型竜（レッサードラゴン）のものかもしれん。だとすれば国宝級だが……剣も鞘の造形を見ただけで素晴らしい一点物だと分かる……）

マーローは迷宮管理官として、迷宮の深部で発見される武具を何度も見てきている。

それらよりも明らかに性能がよい彼らの装備を見て、心の底から驚いていた。不用意に大声を上げなかった自分を褒めたいと思ったほどだ。

装備の凄さに見過ごしそうになったが、彼らが通常のシーカーと決定的に違う点にも気づいた。

（迷宮から出てきたというのに武器以外何も持っていない。収納袋（マジックバッグ）を持っていないことも異常だが、背嚢（バックパック）すら装備していない。まるで散歩中に間違えて入ってしまったかのようだ……）

迷宮に入るシーカーには管理局からマジックバッグが貸し出される。マジックバッグは見た目以上に物資を収納できる優れた魔導具だ。

この魔導具を貸し出す理由は、迷宮で得たアイテムを余さず回収することに加え、シーカーたちが食料などの荷物で動きを制限されないようにするためでもある。そのため、貸与（たいよ）されたマジックバッグを使うことはシーカーの義務にもなっていた。

つまり、手ぶらということは本来あり得ないことなのだ。そこで〝流れ人〟という単語が頭に浮かんだが、それでもおかしな点が多い。マーローの頭の中は疑問で一杯になっていた。

（不幸な事情で迷宮に迷い込んで、運よく出てきたと言ったな。これほどの装備を持っているなら転移魔法陣までたどり着くことは可能かもしれんが、食料も水筒も持っていないということはごく短時間で脱出したということになる。しかし予備知識のない流れ人に、転移魔法陣を使うことができるのだろうか……いや、そもそも彼らの世界にこれほどの装備があるという話は聞いたことがない……)

転移魔法陣は各階に設置されており、魔力を通しさえすれば入口、もしくは行ったことがある階に転移できる。しかし、記録に残る流れ人は、いずれも魔術のない世界から来ており、初見で魔法陣を使えるとは思えない。

また、この世界にない特殊な道具や武器ならともかく、流れ人が鎧を身に纏って現れたという話は聞いたことがなかった。

(謎は多いが、幸いこの男性から危険な感じは受けない。何と言ったらいいのだろうか。商人というわけでもないし、貴族という感じもないが、しっかりとした教育を受けていることは間違いない……女性の無礼な態度をたしなめていたし、間違っても無頼の徒ではないだろう……)

マーローは流れ人の発見と、その流れ人が見たこともない武具を所持しているという事実に、すぐさま自分の権限を超える案件だと判断した。そして、上司である迷宮管理局長の指示を仰ぐことにした。

独断で局長への面会を決めたが、その後に驚くべき光景を見てしまった。

詰所ではあれほど冷静であった彼が、食事の匂いで別人のように変わってしまったのだ。

何とか応接室がある塔に入ったが、あの食事への執着心を考慮し、受付の女性職員リア・フルードに大至急食事を用意するよう命じた。

「簡単なものでいいから、食事を用意してくれ。大至急だ」

「食事ですか？　えっとどんなものを……」

「何でもいい。とにかく早く持ってきてくれ。必要なら管理官の権限を使ってもいい」

リアは困惑した表情を浮かべるが、普段冷静なマーローが焦っていることから、即座に動いた。

マーローはゴウたちを応接室に送り込んだ後、上司であるレイフ・ダルントンのところに走った。

ノックをしたものの、返事を待つことなく駆け込むように局長室に飛び込む。あまりの勢いに、ダルントンが「スタンピードか！」と叫んだほどだ。

事情を話すと、ダルントンは「よい判断だ」と言ってすぐに応接室に向かおうとした。

「少し時間を置いた方がいいでしょう。今行くと食事の最中でしょうから」

止めるマーローに、ダルントンは「食事だと？」と訝しみつつも、この時間を利用して少しでも情報をすり合わせることにした。

マーローは簡潔に報告したものの、ダルントンもすぐには信じない。

「竜鱗の鎧に、見たこともないほど強力な魔法剣だと？　いずれも国宝級だぞ。迷い込んだばかりの流れ人が持っているとは思えんが」

「間違っている可能性は否定しませんが、見ていただければ納得いただけると思います。……ただ、ドレイクという女性の方は強者の雰囲気を漂わせているのですが、彼女を連れているエドガーという男性の方は、アンバランスな感じがします」

「アンバランスとは？」

「私にはどの程度の実力かは分からないのですが、高価な武具を装備している割には腰が低いといいますか、さほど気迫を感じなかったのです。会話をする限り、しっかりとした教育を受けている感じはしますが、それだけでドレイク殿が従うとは思えないのです……」

マーロー自身、ゴウの評価が定まっておらず、語尾が小さくなる。

「流れ人はユニークな者が多いと聞く。会って確かめるしかあるまい」

情報のすり合わせを終え、応接室に向かうが、ノックをしても反応がない。中に人の気配はあるため、いなくなったわけではないことは分かっているが、二人は状況が掴めず困惑する。

マーローはもう一度ノックをした後、ゆっくりと扉を開けた。

中を覗き込むと、涙を流しながら一心不乱に定食を頬張る男の姿が目に入った。

ダルントンもその姿を見て、〝どういうことだ〟とマーローに目で確認する。

マーローとしても何が起きているのか理解できず、頭を横に振ることしかできなかった。

二人はウィスティアに「失礼する」と言ってからソファーに座った。マーローには彼女が呆れているように見えたため、この状況が異常であることだけは理解できた。

やがて食べ終えたゴウがようやくこちらに気づき、食事に夢中になっていたことを謝罪する。

その恐縮ぶりを見て、主導権を握ることができたと、マーローは内心で安堵していた。

◆

食器が片づけられたところで、お互いに自己紹介を始めた。

「こちらは私の上司、グリーフ迷宮管理局の局長、レイフ・ダルントンです」

マーローがそう言って、俺より少し背が高く、引き締まった身体をした壮年の男性を紹介する。

「ゴウ・エドガーと申します。お見苦しいところをお見せしました」

「ウィスティア・ドレイクじゃ」

ウィズも俺に合わせるように名を告げる。何となく誇らしげに聞こえた。

「局長のレイフ・ダルントンです。マーローの報告では〝流れ人〟とのことですが、それで間違いないですかな」

「ええ、マーローさんから聞いた流れ人の定義であれば。ですので、この世界のことはほとんど知らないという前提で、お話しいただければと思います」

俺の言葉にダルントンは頷いた。

局長というのがどの程度の地位なのかは分からないが、少なくともこの管理局のトップであることは間違いない。中世や近世であれば役人は特権階級に属することが多いが、その割には腰が低いと感じる。

「では、まず私どもの基本的な考えからお伝えします。マーローから聞いていると思いますが、流れ人は王国の庇護(ひご)を受けることが可能です。もちろん、断っていただいても構いませんが、その場合でも一定期間、私どもの監視下に入っていただく必要があります」

「監視下ですか？　なぜでしょうか？」

収容所のようなところに入れられるのかと警戒し、僅かに声が低くなる。ダルントンは俺の表情を見ても顔色一つ変えずに淡々と答えた。

「理由は簡単です。流れ人はこの世界の常識を知りません。そして、最初に接触した者の情報を基に判断することが多いと聞いております……」

確かに、それはあり得る。俺も迷宮に入った直後はウィズの言う情報を信じ切っていた。

「……それが普通の人族なら問題はないのですが、流れ人はこの世界にない有益な知識を多く有しています。もし、最初に接触した者が自らの利益のためにその知識を利用しようとすれば、必要な情報は与えず、自分に都合のよい情報のみを与える可能性があります。実際、そのような事例があったことが記録に残っております」

言いたいことは何となく分かった。

「つまり、私たちが誰かに騙されていないか確認したいということですか」

「その通りです。ですので、特に行動を制限することはありませんし、我々のために便宜を図るよう誘導することもいたしません。我々としましてはあくまで、自主的に協力していただける関係を築きたいと考えているからです」

その言葉に安堵するが、まだ判断はできない。それを察したのか、ダルントンはこう補足した。

「もう一度言いますが、流れ人は非常に貴重な人材なのです。王国としましても協力関係を築くことで多くの利益が生まれます。ですので、あなた方に危害を加えることはもちろん、強引に隷属させようというつもりも全くございません。我々はトラブルが起きないように、まずはこの世界の常識を学んでいただくとともに、生活を支援したいと考えております」

俺は「常識を学ぶ……」と思わず呟く。

「まずは私どもが知っている流れ人についてお話ししましょう」

そう言ってダルントンは説明を始めた。

「流れ人は、別の世界から何らかの方法でやってきた者と定義されています。確認されているだけでも、三十年に一人程度はいるようです……」

ダルントンの説明は以下のようなものだった。

流れ人は数十年に一人くらいの割合で発見され、その多くが地球からやってくることが分かっている。

共通する特徴としては、必ず〝言語理解〟というスキルを持ち、意思疎通が可能である。また、偶発的に飛ばされてきた者ばかりで、魔術など人為的に召喚された者は確認されていない。

ここ百年ほどは、二十世紀後半から二十一世紀前半の日本から迷い込む者が圧倒的に多く、スマートフォンやノートパソコンなどの文明の利器も持ち込まれており、その中の情報を活用した文化や技術も多く存在するのだという。

「……このような事情から、流れ人はどの国でも手厚く保護されています。私どもとしましては、この世界の常識を学びながら貴殿（きでん）の持つ知識を我が国に提供していただき、その代価を支払うことで双方に利益をもたらしたい、と考えております」

ダルントンはそう締めくくった。

「ご丁寧な説明、ありがとうございました」

お礼は言いつつも、それ以上何か言うのは避けた。まだ、彼らのことが充分分かっていないためだ。俺とウィズの力があれば、どのような事態になっても切り抜けられるが、迂闊な言動をして言質を取られるわけにはいかない。

そのことをダルントンも感じたのか、結論を急ぐことはなかった。

「まずはゆっくりとお考えください。ですが、身分を証明するものをお持ちでないと不便でしょう」

「そうですね」

「ここグリーフ市の市民とさせていただいてもよいのですが、そうすると自動的にトーレス王国の国民となりますので、国に対して納税や兵役などの義務が生じます。また、国王陛下に忠誠を誓っていただかなければなりません」

俺だけならいいが、ウィズが一緒だと国王に忠誠を誓うのはまずい気がする。

「そこで提案なのですが、探索者の登録をされてはいかがでしょうか。シーカーには、納税の義務とスタンピード発生時の防衛の義務があるだけです。納税については迷宮で得た物資に一定の税を掛けるだけで、人頭税などはありません。もう一つの義務についても、ここグリーフ迷宮でスタンピードが発生した事例はありませんから、有名無実と言ってもいいでしょう」

ダルントンは即座に俺の考えに沿った提案をしてきたが、すぐに乗るわけにはいかない。

「他に制約や必要なことはないのですか？」

「あるとすれば、登録証を作成する時に能力を測定させていただくくらいです。これによって階級を決めますので、あくまで必要な手続きの一環ではありますが」

「市民でもなく、シーカーでもない身分証はないのでしょうか」

「もちろんございます。商人たちが持つ商業組合員証、傭兵に必要な傭兵資格証などがありますが、いずれも審査に時間が掛かり、資格取得に試験が必要です。その点、シーカーであれば私の権限の範囲内ですので審査や試験は不要ですし、この場で発行することができます」

「商人も傭兵も信用が重要ということですか。その点、シーカーは実力があればいいと……」

「その通りです」と答えるダルントンだが、その表情には僅かに驚きがあった。

何を考えているのか分からないが、身分証がないと不便なことに違いはない。

「分かりました。私も身分証がないのは不安ですので、この場でシーカーの登録をしていただけるなら大変ありがたいです」

「では、早速準備させていただきます。マーロー、すまないが事務の者に準備を頼んでくれ」

マーローは「了解しました」と答え、応接室を出ていった。

「準備までの時間を利用して、もう一つの身分証について説明しましょう。流れ人の方たちが一番驚くと言われているものです。まずは見ていただく方が早いですね」

ダルントンは右手を胸の高さに上げ、甲に左手をかざす。

「こうしながら〝パーソナルカード〟と念じるのです」

そう言った瞬間、彼の右手の甲から一枚のカードが浮き上がってきた。

「これがパーソナルカードです。単にカードと呼ばれることも多いですが、名前やレベルなどが書かれています……」

その光景を見て俺は思わず目を見開く。

「……流れ人の世界にはレベルやステータスという概念がないと聞いております。ただ、創作物には似た概念があり、おおよそは理解できるとも。細かな説明は必要でしょうか？」

その問いに首を横に振る。

「大体のところは理解できると思います。まず一度見てから分からないところを聞いてもよいでしょうか。ただ、私にそれが出せるのかという問題はありますが」

ただの人間だった俺の身体に、本当にそんなものが入っているのかという疑問があった。

「今までカードを出せなかった流れ人はいなかったはずです。理屈はよく分かりませんが、この世界に入った瞬間、神に承認されて、出せるようになるという話を聞いたことがあります」

半信半疑で同じようにやってみた。すると、僅かに右手が光り、一枚のカードが出てきた。そのことに驚く。

「出た……これはお見せした方がいいでしょうか」

この言葉は彼を試すためのものだ。ここで見せろというのなら、俺たちを管理する気があるということだからだ。しかし、ダルントンは小さく首を横に振った。

「個人情報ですので基本的には開示不要です。もちろん犯罪の疑いがある場合などは別ですが」

「分かりました」と言って俺は表情を緩める。

今の反応を見て、彼の言葉はある程度信用してもよさそうだと思った。

「我も出せたぞ」と無邪気にウィズがカードを見せてきた。一瞬、見られたかと思ったが、偽装した数字だったので問題はないだろう。

そんなことをしている間に扉がノックされた。

「お待たせしました」

そう言って入ってきたマーローの手には、直径二十センチほどの水晶の玉があった。

「こちらが能力を測る魔導具です。シーカーのランクはレベルによって厳格に規定されます。下から青銅(ブロンズ)、白銀(シルバー)、黄金(ゴールド)、白金(プラチナ)、魔銀(ミスリル)、黒金(ブラック)の六階級となります。ブラックランクは最上級ランクとも言われ、ここグリーフですら僅か六名、一パーティのみです」

ランクの名前の由来は、稼げる金額相応の貨幣から来ているそうだ。ブロンズは駆け出し、シルバーが半人前、ゴールドが一人前、プラチナがベテラン、ミスリルが一流、ブラックは人外という感じだと教えてくれた。

「詳しくは後ほど説明させていただきます。まずはこの水晶に手を置いてください。情報として分かるのはレベルのみです。他の情報は表示されませんのでご安心を」

そう言われたが、レベルを測るというところに引っかかる。

俺たちのレベルは恐らく異常に高い。パーソナルカードでは誤魔化せたが、この水晶に偽装のスキルが効くか分からない。誤魔化せたとしてもどのくらいのレベルならおかしいと思われないのかも不安なところだ。

今のところ、上位偽装のスキルで俺のレベルは四百五十、ウィズは四百六十に設定してある。支配下にある従魔ということで、ウィズのステータスも偽装できたのは幸いだった。

この数値に設定した理由だが、俺たちの能力は人間のそれを大きく凌駕しており、それを素直に見せれば必要以上に恐れられる可能性がある。

とはいえ低くし過ぎると、武具とのバランスが悪過ぎて盗みを疑われるし、侮られる可能性もある。俺は侮られても別段構わないが、ウィズは違うだろう。もし、彼女がそれに我慢できず、暴走すると大変なことになる。

実際に存在する人類最強クラスにしておけば、必要以上に恐れられることも侮られることもないはずだ。適当と言われればそれまでだが、今はそのくらいの感覚で設定している。

(まあ、いざとなったらこの国から出ればいいと割り切るしかないな)

そう考えて腹を括り、「手を置くだけでいいのですね」と念を押す。

ダルントンが頷いたので、恐る恐る手を置く。

冷たい水晶に手を置くと、ぼんやりと光り始めた。

(ここで割れてしまったらどうなるんだろうな。小説なんかでありそうなシチュエーションだが……)

そんなことを考えるが、特に何も起きない。

二人ともぽかんと口を開けたまま、放心している。

「何か問題でもありましたか」

内心の焦りを隠して平静を装い、尋ねる。

「レベル四百五十ですか……我が王国では最強となりますな。シーカーに限定するなら他国を含めても最強クラスでしょう……しかし、流れ人がなぜ……」

混乱しているのか、最後の言葉は独り言に近い。

「何を気にされているのかは分かりませんが、問題がありますか？」

そこでダルントンは我に返ったように俺の顔を見つめ、慌てて否定する。

「い、いえ、問題は何もございません。流れ人に関する伝承では、レベルは〝一〟であると聞いておりましたので……」

彼の言う通り、この世界に来たばかりならレベル一だ。だから、その記録が残っていたのだろう。

「では、我も測ってもらうかの。ゴウよ、場所を代わるのじゃ」

「押さなくてもいいだろう。すぐに代わるから」

ウィズがグイグイと押してくるので場所を代わる。俺たちのやり取りを見て、ダルントンの動揺は汗を拭えるくらいには収まったようだ。

ウィズが水晶に手を置こうとした。なぜか嫌な予感がしたので、彼女の腕を掴み、注意を促す。

「力を込める必要ないからな。ただ置くだけでいいから」

するとウィズは「分かっておる」と言いながら、右手を置いた。

水晶が光り出す。

もういいだろうと言おうとした時、水晶が真っ白に輝く。そして、パリンと乾いた音を立てて真っ

二つに割れた。

「な、何が！」とダルントンが慌て、俺は「申し訳ありません」と即座に頭を下げた。

更にウィズの頭を押さえつけて強制的に下げさせる。

「お前も謝れ」

ウィズは俺の行為にもがくようにして抵抗する。

「なぜ謝らねばならん。我は手を置いただけじゃ！」

「いいから今は謝れ。少なくともお前が壊したんだからな」

「納得いかぬ。手を置いただけじゃと言っておろう！」

「本当にそうなのか？　俺には魔力が動いたように見えたが」

「な、何のことじゃ？」とウィズはとぼけるが、その目は泳いでいる。

悪ふざけのつもりなのか、それとも俺たちの正体を隠すためなのかは分からないが、わざとやったことだけは間違いない。

だが、ダルントンたちに俺たちを責める様子はなかった。

「すみません、このような事態は初めてでして、少し動揺してしまいました。レベルが四百六十であることは、破損前に確認できましたので問題ございません」

「弁償はしなくてもよいのでしょうか……」

この世界の魔導具の価値がどの程度かは分からないが、国の機関で使われるほどのものだ。安いということはないだろう。

「いえ、ドレイク殿のおっしゃる通り、手を置いただけであることは私が確認しております。長く使い続けていますので、経年劣化で壊れたのでしょう。ですので弁償は結構です」

ダルントンはこちらと目を合わせないままそう言った。確かに何かをやったという証拠はないから追及しようがない。それで事を荒立てずに済ませようとしたのだろう。

ダルントンは震える手で書類にサインをすると、「処理を頼む」と言ってマーローに手渡した。

マーローは顔面蒼白のまま、「失礼します」と言って水晶を回収し、足早に出ていく。

「それではお二方ともブラックランクとなります。作成に二、三十分掛かりますので、それまでの間にシーカーについてご説明しましょう」

多少動揺が収まったのか、先ほどまでの落ち着いた雰囲気に戻っていた。

「先ほど簡単に説明しました通り、シーカーにはスタンピード発生時に対応する義務があります。また、税を納めていただく必要もあります。ですので、迷宮で発見されたアイテム類は管理局指定のマジックバッグに保管し、退出する際に一旦すべて提出していただくようお願いします。管理局で査定を行い、税金に相当する分を差し引いた報酬をお渡しします……」

どうやら迷宮は国営の鉱山と同じ扱いのようだ。得られた貨幣やマナクリスタル、アイテム類は一旦、管理局が預かり、査定した後に税金を差し引いた分が報酬としてもらえる、というシステムらしい。

たとえ自分が命を張って得たものであっても、勝手に持ち出すことは禁止というわけだ。発覚すると脱税や横領の罪に問われるという。

レアアイテムについては、オークションに出される前に買い取る権利があるから、シーカーにも一応メリットはある。

（俺が持っている物はどういう扱いになるんだ？　時空魔術が使えれば誤魔化せそうな気がするんだが……）

そう考えるものの、下手に聞くと藪蛇（やぶへび）になるため、口を噤（つぐ）む。

「ですので、迷宮に入る者は必ず迷宮管理局に登録しています。そうでなければ入ることができませんので、あなた方のように登録証も持たない者が出てきたという事例は初めてなのです……」

迷宮の出口で驚かれたのはこれが原因だったようだ。

「シーカーは基本的に自由です。探索者登録証があり、パーソナルカードで本人であることが確認できれば、どの迷宮でも入れます。但し、他国に移る場合には国の許可が必要となりますのでご注意ください……」

シーカーは戦いに特化した職業であり、国軍の兵士や傭兵、用心棒などに転職することはよくあるそうだ。

そして重要なのが、迷宮に潜って実戦を重ねるシーカーは一般の兵士より強くなりやすいということだ。そのような人材を他国に移動させることは安全保障上の問題となり得るため、出国に際しては国の許可が必要になる。

ダルントンの説明は続き、シーカーについてはある程度理解できた。

更に一般常識についてもある程度教えてもらったが、特に興味深かったのは〝金（かね）〟についてだ。

この世界の貨幣は、どこかで製造したものではなく、迷宮で得られるものを使っているのだ。全世界共通で、銅貨、銀貨、金貨、白金貨、魔銀貨（ミスリル）、黒金貨があるらしい。

　迷宮産の硬貨はどの迷宮でも同じ意匠（いしょう）になっていて、この世界の技術では偽造できないほど精巧（せいこう）なものだ。そのため、どの国も独自の貨幣は作らず、迷宮のものを使用している。但し、銅貨未満の少額硬貨については、地方単位くらいで独自に作られているそうだ。

　無制限に迷宮からの供給が続けばインフレになりそうな気がするが、この大陸にはまだ開発の余地があり、どの国も人口は増加し続け、経済規模もそれに合わせて増大しているから、貨幣は常に不足気味なのだそうだ。また、流れ人が新たな文化を導入することで、経済が活性化され続けていることも、インフレを抑制する要因らしい。

　ちなみに銅貨一枚が一ソルという単位で、銅貨五枚、五ソルで安い食事が食べられるという。日本円で言えば一ソル＝百円という感じのようだ。

　それぞれの硬貨の価値は下位の硬貨の十枚と同じ。つまり、銅貨十枚十ソルで銀貨一枚となる。

（黒金貨は一枚一千万円か……収納空間（アイテムボックス）の中を見る限りそれが一万枚以上あるから、現金で一千億円くらい持っていることになるのか！　想像もできないくらいの金持ちだな……）

　自分の持っている金の価値に驚いていると、ダルントンが質問してきた。

「ちなみにエドガー殿はこの世界の金をお持ちでしょうか？　流れ人には月に白金貨一枚、一千ソルが支給されるのですが、手続きが終わるまで一ヶ月以上掛かります。無利子で立て替えることは可能ですが、いかがですかな」

「一応、迷宮で得た硬貨を持っています」と答え、懐に手を入れて黒金貨を一枚だけ取り出す。

実際には時空魔術で出したので、懐に手を入れる必要はないのだが、さっきの話から、下手に時空魔術が使えると分かると面倒だと思ったので誤魔化したのだ。

そして、その黒金貨をダルントンに見せながら、「どこかで両替できればよいのですが……」と言ったところで、彼の目が丸くなっていることに気づく。

「どうかされましたか？　先ほど説明のあった黒金貨だと思うのですが……」

僅かに間が空いた後、ダルントンが慌てて大きく頷いた。

「たたた、確かに黒金貨です……私も一度だけ王宮で見たことがありますが、これほど間近で見たのは初めてでして……」

その言葉に俺はしくじったと心の中で後悔する。

黒金貨は黄金と黒曜石を混ぜたような美しい金貨だ。地球にはない物質らしく、鑑定しても素材は〝黒金（ブラックゴールド）〟としか出てこない。

この黒金貨だが、迷宮での訓練中に手に入れたアイテムで、拾うのが面倒なくらい毎回出たものだ。しかし、どのくらいの価値があるのか分からないから、一応全部拾ってあった。

多量に手に入ったので一般的なものだと思ったのだが、国の役人ですら一度しか見たことがないという。念のため、どの程度レアなものか確認する。

「さっきの話ですと、一枚で結構な価値があるので普段は見ないということですよね」

俺の言葉に、ダルントンは首を大きく横に振る。

「それもありますが、それ以上に貴重なものなのです。確か最も直近で見つかったのは五十年ほど前だったかと思います。四百五十階層より深いところでしか見つからないもので、王国にあるものはすべて国宝として王宮に保管されていたはずです」

低層ではほとんど出ないものらしいが、そこまでとは思わなかった。

「先ほどの説明では魔銀貨（ミスリル）十枚分、十万ソルになるという計算でしたよね」

「確かに計算上ではそうなのですが……黒金貨はもちろん魔銀貨（ミスリル）も、滅多に出てこないものなのです。ですので、通常の取引で使われることは絶対にありません。市場で使われる硬貨としましては白金貨が実質的に最高のものとなります」

そういうことは早く言ってくれと突っ込みそうになるが、ある意味、よかったかもしれない。

最も多く持っている黒金貨が国宝級なら、他のアイテムは更に高い価値がある。下手に出したら大騒ぎでは済まない可能性が高い。それが分かっただけでもよかったと思うことにした。

それにそんな価値のものなら、普通の商人では買い取ることはできないだろう。つまり換金したければ王国に買い取ってもらうしかないということだ。

ちょうどいい機会だと、その交渉を行うことにした。

「それを買い取ってもらうことはできないでしょうか。装備以外で買い取ってもらえそうなものはそれくらいしかありませんから」

俺がそう言うと、ウィズが何か言いたそうに身じろぎをする。

それを肘（ひじ）で軽く突いて制し、念話で『今は黙っていてくれ』と頼むと、彼女も『うむ。理由は後で聞かせてくれ』と了解してくれた。

「買い取りですか……私の一存では難しいですね。国王陛下の裁可を頂く必要がありますので」

「では、それをお預けします。その上である程度まとまった金を融資していただけないでしょうか」

ダルントンの反応を見て、買い取りが駄目なら担保にして金を借りればいいと考え直した。

金貨百枚、百万円分くらいの金があれば当面の生活には困らないだろう。もし万が一、そのまま国に黒金貨を取り上げられても一万枚以上あるから、痛くも痒くもない。

王国が彼の言う通り、流れ人を本当に優遇しているかの試金石にもなる。

「あ、預かるのですか！」とダルントンは驚くが、すぐに表情を引き締めた。

「……分かりました。資金援助は元々考えておりましたが、これほどの価値の物を担保にされるとなると、白金貨一万枚以上になることは間違いありません。ですが、それほどの金はすぐに用意できませんし、困りましたな」

白金貨一万枚ということは十億円。今そんなには必要ない。

「当面の資金ですので、金貨十枚もあれば充分です。ですが、着替えや小物類も何もないので、それを買う分、もう少し色を付けていただけると助かります」

「そうですな。装備を整えるならそれでは足りますまい。白金貨百枚と金貨百枚でいかがですかな。それで足りない場合は、王国が立て替えるということで」

「助かります。それだけあれば、当面は大丈夫でしょう。それに迷宮に潜れば少しは稼げるでしょうし」

迷宮に入って稼ぐというのは、これまでの話を聞きながら考えたことだった。

俺もウィズも、迷宮の魔物なら何が相手でも問題ない。罠についても危険察知や即死無効のスキルがあるから回避は可能だ。それにさっきの話を聞く限り、四百階層くらいでも充分過ぎるほど稼げることも分かっている。

そんな話をしていると、マーローが戻ってきた。

「お二方の登録証です」

そう言って二枚のカードを見せる。カードは黒曜石のように光沢のある黒で、名前とレベルが記載されていた。プラチナか銀と思しきチェーンが付いており、首から掛けられるようになっている。

裏面を見ると〝グリーフ迷宮所属〟とあり、所属を変える場合は書き換えられるそうだ。

「今はまだ無理ですが、今後ここの生活に慣れましたらカードを見せることをお勧めします。何と言ってもブラックランクは優遇されますので」

マーローがカードを渡しながらそう言ってきた。ダルントンがそれに続く。

「では、登録が完了しましたので、これで私からの説明も終了です。といっても、初めての町で戸惑うでしょうから、誰かに案内をさせましょう。誰がいいかな」

最後はマーローに確認していた。

「エディ・グリーンがよいのでは。そろそろ交代の時間ですし、彼はこの町の出身ですから」

ダルントンはそれに頷き、「ではリアも同行させよう。彼女もこの町の出身だし、女性がいた方がよいこともある」と言って、俺にも確認を取る。

「最初に対応した兵士と、先ほど食事を運んだ女性職員に案内させようと思いますが、よいですかな。守備隊の兵士にちょっかいを出してくる者はおりませんし、町の情報にも詳しいので」

監視役にしては若すぎるから、純粋に彼の厚意から出た提案だろう。しかし、兵士や職員にそんなことをさせるのは悪い。断ろうかと一瞬思ったが、確かにいきなり放り出されるのは不安なので、その提案を呑むことにした。

「お手数をおかけしますが、よろしくお願いします」

「では、エディとリアを呼んで参ります」と言ってマーローは出ていく。

ダルントンに黒金貨を預けると、彼は手を震わせながら受け取った。

「お預かりします。預かり証と当面の資金を持って参ります」

そう言って足早に部屋を出ていった。

俺はその直後に、大きく息を吐き出した。

「はぁぁぁ。疲れた……」

「何を疲れておるのじゃ？　先ほどの説明を頼むぞ。売れるものなどいくらでもあったろうに」

気配察知に反応はないが、俺の知らない監視の魔導具があるかもしれない。念のため、念話に切り替えて説明する。

『あれは俺たちの情報を出したくなかったからだ。思っていたよりも俺たちは異常らしいからな。王国がどう動くかは分からんが、俺たちのことはあまり知らせずにこの世界の情報を集めたい』

『気にすることはなかろう。王国が何をしようと、我が付いておるのじゃ。いざとなれば、国ごと焼き払えばよい』

　その言葉に頭が痛くなる。

『それでまた迷宮に封印されたらどうするんだ？　何でも力で解決するという考えは改めた方がいいぞ』

　迷宮に封印という言葉でウィズも理解したのか、『そうじゃな』と納得した。

　落ち着いたところで、レベルを測る水晶を割った理由を問い質す。

『で、さっき水晶を割ったのはなぜなんだ？　あれはわざとなんだろう？』

『大した理由ではない。我のレベルは四百六十程度ではないと見せつけてやっただけじゃ』

　悪びれずそう答えるので、俺はまた頭が痛くなる思いだった。

『俺が偽装した意味がないじゃないか』

『あのダルントンという男は分かっておったはずじゃ』

『そうなのか？　俺は全然気づかなかったが』

『間違いない。目を見れば我の力に怯えていたことくらいは分かる』

　意外に観察力があることに驚いたが、千年間も迷宮の様子を見続けていれば、分かるようになるのかもしれない。

◆

グリーフ迷宮の管理局長、レイフ・ダルントンは、自らの執務室に戻り、椅子にへたり込むように座った。そして、天井を見上げながら、この一時間で経験したことを思い出していた。

（第一印象から強烈だったな……）

彼が最初に見たのは、応接室でソファーに座って涙を流しながら一心不乱に食事をする中年男性と、それを冷めた目で見守る絶世の美女だった。

その珍妙な組み合わせに、喜劇を見ているような錯覚を感じ、一瞬笑いが込み上げたほどだ。しかし、ゴウの着る鎧が発するオーラに気づき、目を見開く。

（凄まじい鎧だ。マーローはレッサードラゴンと言ったがそんなものでは済まない。更に上位の竜の鱗だろう。国宝級どころか、神話レベルのものだ……）

更に観察していくと、鎧よりも本人の方が恐ろしく力を持っていることに気づく。

（……私など塵も残さず完璧に消滅させられるほどの、圧倒的な力を感じる……見た目はただの中年男にしか見えないのだが……）

ダルントンはトーレス王国の重職にあるが、元々は迷宮に潜るシーカーの一人だ。それもベテランと呼ばれるプラチナランクで、レベルは二百五十を超えている。

もちろん、彼を超える戦士はいくらでもいるが、それでもこれほど絶望的な力の差を感じたことは、未だかつてなかった。

だがゴウと名乗ったその男は、言葉を交わしてみるとあくまで自然体だった。ダルントンは僅かに認識を改める。

（〝教育を受けた者〟という点は間違いないな。だが、それだけではない。この状況でオドオドとした感じが微塵もない。元々胆力があるのだろうが、役人や貴族を相手にある程度場数を踏んでいると考えていいだろう……）

ダルントンの洞察は強ち間違っていなかった。

日本でのゴウはフリーライターとして様々な人物にインタビューしており、その中には業界の大物と言われる人物も多かった。その経験をダルントンは役人や貴族との交渉と勘違いしたのだ。

その後、流れ人に対する王国の方針などを説明していったが、ゴウの方も思った以上に洞察力があり、ダルントンは何度も冷や汗をかくことになる。

しかし、それは表に出さず冷静に話を続けた。この人物相手にはこれが一番いいと思ったのだ。

シーカーとして登録することを提案した時も、ゴウの用心深さを感じていた。

（一筋縄ではいかぬ御仁だな。メリットとデメリットをしっかりと確認してくる。それにこちらの提案に対して、別の案がないか探りも入れてきた。自身で確認するつもりなのだろう……）

この世界の事情に疎いにもかかわらず、傭兵や商人に対する認識の的確さにダルントンは再び驚く。

（ここまで理解力があるとは。少し侮っていたかもしれん。だが、一番重要なことが残っている。彼らの実力がどれほどなのか確認せねば……）

彼がシーカーとしての登録を提案したのは、ゴウたちの実力を測りたいと考えたためだ。実際のところは身分証がなくとも、ある程度の行動制限こそあるが、短期間であれば大きな問題はないのである。

ダルントンは自分ではゴウたちの実力を正確に測れないと考え、魔導具による測定を思いついた。ゴウがそれを了承したことで、ダルントンはようやく安堵した。

(普通の流れ人ならここまでする必要はないが、これほど強い力を持っている者の実力を把握しておかねば、今後の対応を誤るかもしれん。まずはよかったと考えるべきだろうな……)

しかし、ダルントンの苦労はそれだけでは終わらなかった。パーソナルカードの説明をした際、自分が二人の実力を気にしていることを、向こうに悟られていたのだ。

カードを見せた方がよいかと聞かれた時には心臓が止まりそうになった。何とかさりげなく不要と答えることはできたが、その直後にゴウが満足げな表情を浮かべたので、内心では震え上がっていた。

(試されていたのか。この人物は力だけではないぞ。私には到底太刀打ちできん……)

その後、二人のレベルを測定したが、そこでも驚きを隠すことができなかった。水晶が割れたことで何とか取り繕ったが、彼が驚いたのは、計り知れない実力に恐怖したからだ。

(レベル四百五十と四百六十……あり得ない! エドガー殿もそうだが、ドレイク殿の力が四百台などどう考えても不自然だ! 何らかの手段を用いて魔導具を欺いている。この魔導具を欺けるほどの実力となると、伝説の魔王級の力を持っていてもおかしくない……)

この水晶は、レベル六百程度までは正確に測定できるとされていた。その魔導具をあっさりと欺き、更に純粋な魔力だけで魔導具を破壊している。

（エドガー殿が偽装したが、ドレイク殿が不満を持ち、水晶を割って力を誇示した、というところだろうな……しかしレベル六百を超えるような人物がなぜここに……）

そして、黒金貨を見た時、ダルントンは二人がレベルを偽装していることを確信した。

迷宮の五百階より浅い階層では、変則的に強力な魔物が現れることがあるが、黒金貨はそれを倒した時に稀にドロップするアイテムだ。

五十年ほど前に、当時最強のパーティが全滅寸前まで追い詰められたものの、奇跡的に勝利して獲得した、という事例はあった。しかし、そのパーティの生存者は消耗激しく、その直後に全員が引退してしまったという。それほどギリギリの戦いの末に得られるものなのだ。

（そんな貴重品という感覚がない。つまり、この程度の物はいつでも手に入れられるか、既に何枚も持っているということなのだろう……）

ゴウがそれを預けると言い出した時にはどうしたらよいのか混乱した。国宝級の黒金貨を預けられても困るというのが正直な気持ちだった。

結局黒金貨は預かることになり、それを疲労と一緒に執務室へ持ち帰ってきて、今に至る。

（やはり王都に一度行くべきだな。私の権限で処理していい事案ではない……）

ダルントンは、預けられた黒金貨を布に包んだ後に木箱に入れた上で、最高機密の書類を保管する金庫に収めた。

その後、秘書を呼び、各セクションの責任者を至急集めるよう指示を出した。

◆

迷宮の警備に戻っていた兵士エディ・グリーンは、慌ただしく帰ってきた上司、マーローの言葉に驚きを隠せなかった。

「流れ人の案内を、俺がですか？」

「そうだ。君はシーカータウンの出身だろう。あの二人がトラブルに巻き込まれないように注意してほしいんだ」

流れ人が重要だということは知っているが、それでも納得できない。そのことを感じたマーローが小声で付け加えた。

「あの二人は普通の流れ人じゃない。君も見ただろうが、あの装備は異常過ぎる。それにさっきシーカー登録をしたのだが、あの二人はいきなりブラックに認定された。あの局長が能力を測りかねているほどのブラックだ」

「いきなり、ブラックなんですか！」とエディは声を上げてしまい、マーローに口を塞がれる。

「とはいえ流れ人となると、どこでトラブルに巻き込まれるか分からん。だから、二人がトラブルに巻き込まれないよう、君が誘導するんだ」

「む、無理です。俺はただの兵士なんですよ」

「相棒にリアを付ける。それに今回は特別手当も出す。それも相当な額のな」

一人でないと分かって、エディは何とか落ち着きを取り戻し、「分かりました」と答える。

「では、二十分後に門の外に来てくれ。目立たないように私服でな」

それだけ言うと、マーローは去っていった。

残されたエディは「なんで俺が……」と呟きながら、急いで着替えに向かった。

◆

管理局の受付に座るリア・フルードは、先ほど応接室に向かった見慣れない二人について考えていた。

(あの人たちって何者なのかしら？　いつもは落ち着いているマーローさんがあんなにも慌てていたわ……)

そこで食事を持っていった時のことを思い出す。

(一人は冴えないおじさん。もう一人はビックリするくらいの美人だけどちょっと冷たい感じ……おじさんの方は相当お腹が空いていたのね。あの定食に釘付けって感じだった……)

リアはマーローの指示を受けた後、管理局の外にある行きつけの定食屋に向かった。そこで客に出す直前の定食を見つけ、女将と客に頼み込んで譲ってもらった。

その際、「どうしたんだい。リアちゃん」と言う女将に、「管理局の上の人の命令なの。私も何が何だか分からないわ」と肩を竦めながら答えたのだ。

そんなことを考えていたが、勤務の交代時間になったため、同僚に引継ぎを行った。

「応接室に訳ありのお客さんがいるわ。局長が対応するくらいだから、もしかしたら何か指示があるかも……」

念のため伝えたものの、自分たち受付係に何か指示があるとは思っていなかった。

しかし、引継ぎを終えた彼女に、マーローが声を掛けてきた。

「この後に予定は？」

「特にはありませんが……」

「それはよかった。ちょっとした仕事を頼みたいんだ。もちろん、手当は出す」

「手当ですか……」と警戒する。今までこんなことはなかったためだ。

「大したことじゃないんだ。さっき食事を運んだお客さんがいただろう。彼らを宿に案内してほしいんだ。まあ、そのついでに町の案内や買い物の手伝いも頼みたいんだが」

「買い物の手伝いですか？」

そこでマーローは小声で付け加える。

「あの二人は流れ人なんだ。それもいきなり〝ブラック〟になるほどの強さを持っている」

「ぶ、ブラックなんですか！」とリアは驚く。

「ああ、だが人柄は問題ない。まあ、常識という点での不安はあるがな。だから、町に詳しい君に案内をお願いしたい。もちろん一人じゃない。守備隊のエディも同行する。確か君たちは、幼馴染（おさななじみ）

だったろう」

「確かにそうですが……」

最強ランクの流れ人の案内ということでどうしようか悩むが、好奇心が勝った。

「分かりました。何をしたらいいか、教えてください」

マーローは改めて、宿の手配、服や装備の購入の手助けといった具体的な依頼をした。

「他にも、彼らの情報はできるだけ集めておいてほしい。まあ、これは積極的にする必要はない。あくまで世間話で得られる程度で充分だ」

「分かりました。他には何かありますか？」

「そうだな……さっき見たから分かると思うが、食事に拘(こだわ)りがあるかもしれない」

「そうですね。物凄くお腹を空かせていた感じでしたから……フフフ、分かりました。私の知っている美味しいお店を紹介します」

「支払いは管理局が持つ。もちろん君たちの分もだ。だから、できる限り要望を聞いてやってくれ」

管理局が金を出すということに驚きつつ、リアは頷く。上手くいけばちょっとした贅沢(ぜいたく)ができそうだと笑みが零れた。

（どのお店に案内しようかしら。せっかくなら、カールさんのお店がいいわね。私のお給料じゃ、滅多に食べられないから……）

そんなことを考えながら、リアは門に向かった。

三．久しぶりの食事

迷宮管理局での手続きが終わり、俺とウィズは身分証明書を手に入れた。大したことではないのだが、宙ぶらりんな状態から脱して少しだけ肩の荷が下りた。

迷宮を出たばかりの時はバタバタとしていたからあまり感じなかったが、気温は二十度くらいで湿度も低く、日本の五月頃の過ごしやすい季節に近い。

体感だが、管理局には結局二時間近くいたようだ。局を出ると、既に昼休みの時間は終わっているのか、通りの人影はまばらだった。

「エドガーさんとドレイクさんですね」

俺に食事を運んでくれた女性職員が声を掛けてきた。

「リア・フルードと申します。マーロー管理官から、町をご案内するように指示を受けております」

そう言ってフワッという感じで頭を下げる。さっきは姿を見ている余裕もなく気づかなかったが、チャーミングな感じの女性だった。

こちらも自己紹介をしていると、最初に会った若い兵士がやってきた。装備は腰に吊るした剣だけで、革のズボンに生成り（きなり）のシャツという軽装になっている。

「エディ・グリーンです。そっちのリアと同じく案内役です」

こういう仕事には慣れていないらしく、言葉がぎこちない。ただ先ほどより言葉遣いは丁寧だ。

「まずどこに行かれますか？」とリアが聞いてきた。

「とりあえず、食事を摂りたいのですが」

結構な量の食事を摂ってからまだ二時間も経っていないので、遠慮気味に確認してみる。ちなみにウィズには既に確認済みで、「好きにすればよい」と了承を得ていた。

「わかりました、何かご希望はありますか？」

「魚が食べられるところでお願いします」と俺は即答する。

肉は牛頭勇者（ミノタウロスチャンピオン）のものを食べていたし、さっきも肉料理だった。一年以上ご無沙汰の魚が、どうしても食べたかったのだ。

するとリアが「では、こちらに」と言って歩き始めた。彼女の後ろについていくと、エディが俺たちを護衛するかのように後ろを歩く。

迷宮は町の北側に位置しているらしく、門から南に向かって大通りが伸びている。

「この辺りは管理局の事務所や倉庫などが並んでいる区画です。今から向かう地区が探索者街（シーカータウン）と呼ばれるところです。シーカー向けの宿や食堂、武器屋、道具屋などがたくさんありますよ」

リアは時々振り返りながら、町の説明をしてくれる。

「……あとは、シーカータウンの東に商業地区があります。この町には迷宮から出た珍しい物がたくさんありますから、大手の商会も支店を出しているんです。店になくても本店から取り寄せてくれますから、欲しい物があれば大抵は手に入ると思いますよ」

話すのが好きなのか、いろいろと説明してくれる。俺もウィズも物珍しげにキョロキョロと見回しており、傍（はた）から見たら完全な〝おのぼりさん〟だ。

町の建物は三階建てくらいの木造のものが多く、白い漆喰（しっくい）、黒い木の柱、灰色のスレート屋根でやや重い感じだ。

板ガラスも普及しているようで、表面は少しでこぼこしているものの、ガラス窓が結構ある。

思ったより大通りは短く、二百メートルほどで終わった。正面には細い道が続き、大通りは東西に分かれていた。

「正面がシーカータウンです。左手側に商業地区があります。右手側は普通の住宅地ですね……もう少しで目的地ですよ」

そう言ってリアは正面の路地に入っていく。

シーカータウンは無計画に作られたのか、迷路のように入り組んだ作りになっていた。

微妙に曲がった道と、大きく張り出した建物の二階部分。頭上では橋渡しのように干された洗濯物がたなびき、古い映画で見たヨーロッパの下町のようで、新鮮さと郷愁（きょうしゅう）を同時に感じる。

「初めてだと迷うので気をつけてくださいね。もっともグリーフの町はそんなに大きくないですから、そのうち外に出るので問題はないんですけど」

グリーフの町は東西五百メートル、南北も六百メートルほどしかないそうだ。町自体の人口は五、六千人ほどなので過密ではないが、周辺の農村を含めると八千人ほどいるらしい。

路地を歩いていると、辺りの人からリアとエディに何度も声が掛かった。局長のダルントンが言った通り、彼らの地元というのがよく分かる。

間もなく、肉や野菜、魚など様々な料理の匂いがしてきた。

（いい匂いがする……これはハーブがたっぷり入った魚介のスープかな……こっちは肉のシチューぽい感じだ……）

一年間まともな食事を摂っていないためか、嗅覚が異常に発達した気になる。

俺が鼻をクンクンさせながら歩いていると、ウィズが「何をしておるのじゃ」と聞いてきた。

「魚介のスープにシチューか……パンの焼ける匂いもする……」

俺が遠い目でそう言うと、ウィズは呆れたような表情を浮かべる。その表情にカチンときた。

「俺が美味そうに食っていても、食わなくていいからな。せっかく、食い物の楽しみ方を教えてやろうと思ったのに残念だ」

そこで彼女も、俺の機嫌を損ねたと気づいたようだ。

「まあ、そう言うでない。我にも楽しみを教えてくれ」

そんなやりとりをする俺たちに呆れているのか、リアとエディは何も言わずに歩き続けていた。

これ以上話すとボロが出ると思い、話題を変える。

「この近くなんですか、その店は」

「ええ、もうすぐです。まだお昼の営業時間ですから、すぐに食べられますよ」

リアは苦笑気味に答える。俺が空腹に耐えかねていると思っているのかもしれない。

「ここです。カールさんという料理人がやっているお店ですよ」

店は他の店舗と見た目は同じだが、皿とフォーク、魚が描かれた看板が掛けられており、食事処だと分かる。扉には〝探索者の台所〟と書かれており、それが店名のようだ。

バターと魚が焼ける香りが漂っており、猛烈に食欲を刺激する。

「魚のポワレか、もしかしたらムニエルかも……レモンの香りもする……」

心地よい香りに魅せられ、夢遊病者のようにフラフラとリアに付いていく。

扉を開けると中は意外に明るかった。窓からの光に加え、電灯のような照明器具が壁に取り付けられているためだ。

そして何より、中に入った瞬間の香りが凄かった。魚の皮が焼かれる独特の香ばしい匂い、ブイヨンで炊いた付け合わせの野菜の甘い香り。それと揚げ物なのか、パン粉が揚がった時の香りなど、様々な旨味を含んだ空気が俺を包み込む。

思わず俺の足も止まるが、そのことに自分では気づかないほど香りに集中していた。

「どうしたのじゃ」と俺の後ろを歩いていたウィズが聞いてくるが、彼女もこの香りに気づき、同じように嗅ぎ始める。

「確かによき香りじゃな。これが料理の香りなのか……」

俺たちが止まったため、最後尾を歩いていたエディも立ち止まるしかない。

店の入口で三人が立ち止まっているという光景に、店員や客が奇異の目で見るが、俺にはそんなことを気にする余裕はなかった。

見かねたリアが、「エドガーさん、と、とりあえず中に入りましょう！」と焦り気味の口調で急かしてくる。俺はようやく我に返り、「すみません」と謝ってから中に入った。

「カールさん、四人なんですけど、まだ大丈夫ですよね」とリアが料理人に確認する。

「大丈夫だ。奥のテーブルが空いているから座ってくれ」

営業が終わっていなかったことに安堵した。店内の様子を冷静に見れば容易に分かったのだろうが、俺にはそんな余裕もなかった。もし、ここで無理だと言われたら号泣する自信がある。

店の中はおしゃれなビストロかトラットリアといった趣で、ところどころに花が飾られている。テーブルや床も掃除が行き届いていて、清潔感に溢れていた。

席に着くと、「何を食べますか?」とリアが聞いてきた。

メニューらしきものはないため、何を頼んでいいのか分からない。俺が戸惑っていることに気づいたのか、リアが教えてくれた。

「このお店にはメニューがないんです。食べたいものと予算を料理人のカールさんに伝えるというスタイルなんです」

どうやらお任せに近いスタイルのようだ。

「素材とかはよく分かりませんので、リアさんにお任せします。できれば、魚とここの名物料理があると嬉しいのですが」

日本なら何となく旬や名産が分かるが、この世界では地上に出てきてまだ三時間ほどだ。どんな食材があるかなど、分かるはずもない。

「我もゴウと同じでよい」

リアは俺たちに頷くと、「マギーさん！」と言って店員を呼ぶ。来たのは恰幅（かっぷく）のいい中年女性で、彼女と面識があるようだ。

「久しぶりだね。で、何にするんだい」

「今の時期の一番のお勧めをお願いします。量は多めでも大丈夫。それと予算も気にしなくてもいいです」

「珍しく太っ腹だね」とマギーは言うが、「ちょっと待っておくれ」と言って下がっていった。

予算については伝えていなかったのだが、気にしなくていいという言葉に驚く。

「管理局が出してくれるそうなんです。ですから、ジャンジャン頼んでくださいね」

リアはそう言ってパチリとウインクをする。なかなか豪胆な女性のようだ。

「あなたの分も出してくれるそうよ」と彼女の隣に座るエディに説明する。

「そうなのか？　マーローさんは何も言っていなかったけど」

リアに比べ、エディの方が気は小さいらしい。彼女はまた俺たちに話を向ける。

「忘れていました。お二人ともお酒は飲まれますか？　ワインとエールくらいしかありませんけど」

「では、白ワインをお願いします。ウィズも同じでいいな」

「うむ。我には分からぬからすべて任せる」

「俺もいいのかな」とエディが確認すると、リアは頷いて笑う。

「いいけど、酔い潰れないでね。あなたも案内役の一人なんだから。すみません！　白ワインを四つお願いします！」

人には釘を刺しておきながら、自分は飲む気満々だった。

やがて白ワインのグラスが四つ、テーブルに置かれる。ワイングラスはガラス製だった。この世界は思っていたより技術が発達しているらしい。

「それでは頂きましょう」と言ってリアは軽くグラスを上げた。

俺も同じようにグラスを上げて、それから口を付ける。

「美味いな……」という言葉が自然に漏れた。

軽やかで華やか過ぎず、さっぱりとした感じの白ワインだが、それ以上に水と神酒以外の飲み物を味わえた感動が大きい。

「うむ。悪くはないの」とウィズも満更でもない様子。竜だけに酒との相性がいいのかもしれない。

そのまま飲み進めるが、最初の印象が悪くなることはなかった。

どうやっているのかは分からないが、温度管理もきちんとしているし、熟成加減も悪くない。軽めのイタリアワインのような爽やかさだ。

「どうですか？　お口に合いますか？」

こちらの反応が気になるのか、リアが不安げな表情を浮かべて聞いてきた。

「美味しいですね。温度もきちんと管理されていますし、私のいた世界でもここまできちんとしたお店は少なかったと思います」

俺の言葉にリアは、パァと花が咲くように明るい表情になる。

「それはよかったです！　料理の方も期待してください！」

それから数分後、最初の料理が出てきた。

カリッと焼いた小さめのハンバーグのようなものと茹(ゆ)で野菜が載っている。白いペースト状のものがソースとして掛けられ、ハーブが散らしてあった。料理は大皿に載っており、取り分けて(シェアして)食べるようだ。

「カワカマス(パイク)のすり身を焼いたものだ。ソースはインゲン豆とビネガーで作ってある……」

料理人のカールが説明してくれる。年齢は俺と同じ四十代前半くらい。突き出た腹に白いエプロンをつけ、コック帽を被っている。愛想(あいそ)はないが、職人らしい拘りを感じた。

説明を聞いた後に自分の皿に取り分け、ウィズの皿にも分ける。

『どう食えばよいのじゃ？』

彼女が念話で確認してきたので、『俺のやることを真似してくれたらいい』と伝え、ナイフとフォークを手に取る。

パイクのすり身は直径五センチほどの円形で、半分に切ってから口に入れる。

最初に、ソースに使われているビネガーの酸味と酢(す)独特の香りが鼻を抜けていった。白インゲン豆を使っているため、少しザラッとした舌触りのピューレだが、豆の優しい甘みが口に広がっていく。すり身を噛むと意外な弾力があるが、日本のつみれのような感じはなかった。パン粉と牛乳が入っているのか、ハンバーグに近い食感で、魚の臭みは全く感じない。

「美味い……パイクってこんな美味い魚だったんだ……」

魚の旨味とビネガーの酸味を含んだ爽やかな風味が口いっぱいに広がり、自然と涙が零れる。

「生きててよかった……本当に……こんなに美味いものを食べられて幸せだ……」

ウィズの方を見る余裕もなく、ひたすら咀嚼していく。

三つ目に取り掛かったところで、カールが驚きの表情で見つめていることに気づいた。

「そこまで美味いと言ってくれると、作った甲斐はあるが……」

「ちょっと事情がある人なんです。次の料理もお願いしますね」とリアがフォローしてくれたため、カールは「ああ、分かった」と引き気味に答えてから厨房に戻っていく。

「泣くほどかとは思うが、美味いということには合意するの。確かにこれほど複雑な味のものとは思わなんだ」

ウィズは慣れないナイフとフォークに苦戦しながらも、楽しげに料理を食べている。

一方でエディは俺たちを見ないようにしながら、食べることに集中していた。

「こんなもの滅多に食えないからな。局持ちなら、食えるだけ食っておかないと損だ……」

リアにそう言いながらパイクを食べ、ワインを呷っていく。

「食べ過ぎてもいいけど、飲み過ぎないでね」

リアはもう一度釘を刺すが、彼女もグラスを傾ける手を止めるつもりはないようだ。

一品目の料理を平らげ、少し落ち着いたところでリアに礼を言うことにした。

「こんないい店に連れてきてくれて、ありがとうございます。久しぶりに、本当に久しぶりに美味いものを食べることができました」

「気にしないでください。私もしょっちゅう来られるわけじゃないんですから。ご相伴にあずかれて、こちらの方がお礼を言いたいくらいですよ」

その後、鱒のフライと知らない名前の白身魚のポワレが出てきた。ポワレの魚は鯛かハタに近い感じで、淡水魚ではなく海の魚だそうだ。

「海が近いわけではないんですが、マジックバッグのお陰で海の幸が食べられるんです……」

マジックバッグには時間の停止もしくは遅延効果があり、遠方の生鮮食品を運搬することができるそうだ。但し、魔導具ということで高価であるため、所有できる商人が少なく、地場の食材の数倍の値になるらしい。

「普段なら海の物って高くてあんまり食べられないんですけど、今回は局持ちなので……」

リアはそう言ってペロッと舌を出した。ちゃっかりしているな、と思わず苦笑する。

昼食を満喫した後、シーカーズ・ダイニングのすぐ横にある宿、〝癒しの宿〟にチェックインした。チェックインと言ってもほとんどリアが手続きをしてくれたし、運び込む荷物もないため、すぐに終わる。

「それでは必要な物の買い出しに行きましょうか」

今の俺たちは、普段着や洗面用具など日用品をほとんど持っていない。また、身に着けている装備も信じられないくらい高価な物らしいので、一般的な服装に着替えるつもりでいる。

ただ、どこにどんな店があるのか、そもそもどうやって買い物するのかも分からないため、リアとエディに手伝ってもらうことになった。

リアに先導されて、宿を出る。最後尾にいるエディは昼食の時にワインを結構飲んでおり、顔が赤くほろ酔い加減だ。リアも同じくらい飲んでいたが、酒に強いのか、酔った様子はない。

「服をまず買って着替えてからの方がいいですね。あまり目立つのはよくないですから」

そう言って、彼女は宿から東に向かった。

「商店街はここからすぐの場所です。グリーフはそんなに大きな町じゃないんですけど、ここの商店街では大体の物が揃うんです……」

グリーフは迷宮から産出される物資が多いことと、金遣いの荒いシーカーが多く住むことから、多数の商店が軒(のき)を連ねている。そのため、小物類や衣服、食材などは一通り手に入るとのことだ。ちなみに武具類はシーカータウンの方に工房があるそうだ。

商店街はリアの言った通り、宿から五分ほどと近かった。大通りを挟んだ場所に比較的小規模な商店が並んでおり、多くの買い物客で賑わっている。

ここでもキョロキョロと町を見てしまうが、印象としては日本の古い〝商店街〟と大差はない感じだ。

「この先に大手の商会があるんですが、この辺りの方が手頃な物がたくさんありますから……」

リアはそう言って大通りを指さした。

その時、目の前を〝馬車〟が通り過ぎ、俺は「おっ！」と声を上げる。

その馬は普通の家畜ではなく、金属製の馬だったのだ。驚きの目で通り過ぎるのを見つめながら、鑑定を行うと、〝ゴーレム馬〟であることが分かった。

「ゴーレムが馬車を曳くんですね」

「あのゴーレムは〝青銅馬〟っていうんですよ。他には鋼鉄馬もいますし、私は見たことがないんですけど、王都には黄金のものもあるそうです」

リアの説明にエディが補足する。

「あれは馬車用だから歩くことしかできないんですけど、騎士団が使う鋼鉄馬は凄いっすよ。騎兵が並んで突撃する姿はそりゃ壮観なんです。まあ俺が見たのは、演習の時なんですけどね」

若い兵士らしく、騎士に憧れがあるようだ。

ちなみに普通の馬も農村では使われているが、この町を含め、都市部は衛生上の理由から生きた馬の乗り入れを制限しているそうだ。都会ではゴーレム馬の方が維持費が安く済むというのも、理由の一つらしい。

そんな話をしながら一軒の商店に入っていく。入るとそこは衣料品店で、古着らしい服が吊るされている。奥にも服が積み上げられており、思っていた以上に量があった。

素材は綿や麻、羊毛など日本でも見られるような一般的なものが多い。色は割と鮮やかで、バリエーションも豊富だ。

俺の分は適当に無難なものをチョイスしたが、ウィズは人間の体で暮らしたことがないので、自分で選べなかった。

「ゴウに任せる」と丸投げされたが、俺は首を横に振る。

「女物なんて俺には無理だぞ」

「ならば、リアに任せる」

「分かりました。では、ウィズさん、こっちに来てください」

リアは買い物が好きなのか、笑顔で了承し、楽しそうに選び始めた。

しかし、女性の買い物はこの世界でも時間が掛かるらしく、途中からウィズはウンザリした表情になって「適当でよいぞ。我は気にせぬから」と急かしていた。

だが「駄目ですよ。せっかくきれいなんですから、ちゃんとおしゃれをしないと」とリアは取り合わない。結局二時間近く掛けて、鮮やかな黄色のワンピース、ジーンズのような黒っぽい綿のズボン、瞳の色と同じ藤色のブラウスなどを買った。

下着も選んでもらって、更に付け方も教えてもらっている。

「買い物とは疲れるものじゃな」と無限の体力を持つ竜が零していたが、それでも初めての体験は楽しかったのか、「まあ、これはこれで面白いがの」と言っていた。

その後は、手拭いや歯ブラシなどを買った。衣服と小物だけといっても、結構な量だ。時空魔術の収納を使えば解決できるが、使えることは知られたくない。

「そう言えば、マジックバッグって売っていないんですか？　あれば便利なんですが」

「魔導具のお店に行けばありますけど、物凄く高いですよ」

リアの言葉にエディも頷く。

「俺が聞いた話だと、小さい物でも白金貨五十枚くらいするらしいです。シーカーでも自前で持っているのは一流（ミスリルランク）以上だけですね」

「結構するんですね」

白金貨五十枚は日本円で五百万円くらいだが、予想していたより高い。

「今すぐに必要という物でもないので、どこに売っているかだけ教えてもらえると助かります」

大手の商会が集まる地区にあると教えてもらい、買い込んだ品を置きに一旦宿へ戻る。

「あとは装備ですね。ここからはあなたの方が詳しいわね」

荷物を部屋に運び込んだ後、リアがそう言ってエディの背中を軽く叩いた。

「まあ、行きつけのところはあるけど、ブラックランクの人が買うようなところは行ったことがないぞ。どうしようかな……」

エディは、俺たちにどんな装備を勧めたらいいのか迷っているようだ。

「場所を教えてもらえれば充分ですよ。選ぶのは自分たちでできますから」

そう伝えて、今度は武具店に向かう。

「一点物なら小人族（ドワーフ）の鍛冶師に頼むのが一番なんですけど、俺みたいな若造が行っても話すら聞いてもらえないんですよ」

とりあえず、エディの案内で一般的な武具店に入った。中古の装備を取り扱っているから、手っ取り早く装備を揃えられるそうだ。

武具店と言っても、武器も防具も揃うというところは少ない。普通は剣、槍、斧、弓、鎧、盾など、それぞれ専門に扱っているためだ。

まず剣の専門店に行き、一般的な長剣を買う。鑑定で見てもただの鋼（はがね）の剣で、結構くたびれているため、白金貨五枚、五十万円で買えた。

「もう少しいいのにしたらどうですか」とエディに言われるが、とりあえず持っておくだけのものなので、これで充分だ。

ウィズの分も同じように安いサーベルにし、合わせて白金貨十枚を支払う。

その後、革の鎧一式と木製の盾を買った。ウィズは魔術師用の杖とローブだ。これだけで白金貨七十枚、七百万円が飛んでいった。

「結構高いんだな」

一番高かったのはウィズに買った魔術師の杖で、これだけで白金貨三十枚だ。鎧ワンセットと盾を合わせた額と同じだった。

「杖はよく分からないんですけど、防具は妥当な値段だと思いますよ。これより安いのは駆け出し用の廃棄寸前の物くらいです」

エディの説明に、頷くしかない。

これで今日の買い物はすべて完了した。既に日は大きく傾いており、後は夕食を食べに行くだけだ。俺は案内役の二人を見回して言う。

「二人はどうしますか？　いろいろと教えてくれたから、奢りますけど」

リアとエディは同時に顔を見合わせ、目でどうすると聞いていた。

「ご一緒するのは構わないんですが、手当も出ているのに奢ってもらうのは悪い気がします」

「俺も同じですよ。割り勘ならいいんですけど、そうなるとあまり高い店には行けないし、どうしたもんですかね」

一方的に奢られる気はないようだ。意外にしっかりした若者たちだと感心する。

「なら、二人がいつも行く店に行きましょう。私も興味がありますから」

「それなら〝ポットエイト〟っていう店でどうですか？　とにかく安くて量があるから、守備隊の若い連中とよく行く店なんです。……まあ、カールさんのところで食べた後だから、味の方は満足できないかもしれないですけどね」

エディが行きつけだという店を候補に挙げた。

「私は構いませんよ。今はどんなものでも興味がありますから」

俺はそう答えて詳細を聞き、その店に向かった。シーカータウンから管理局側に少し行ったところにある、若者に人気の居酒屋だそうだ。

小さな町なのですぐに到着する。繁盛店らしく、夕食目当ての客が続々と入っていく。

中に入ると居酒屋らしい喧騒と、揚げ物や焼き肉の香ばしい匂いに包まれた。

比較的低いテーブルとベンチシートで、イングリッシュ・パブというより日本の居酒屋に近い。

そのことを口にすると、リアが理由を教えてくれた。

「この店のご主人は、流れ人が始めた店で修業されたんです。だから懐かしく思ったのかもしれませんね。料理も流れ人の世界のものが多くあるんですよ。まあ、同じものかは分かりませんけど」

空いている四人掛けのテーブルを見つけて座ると、すぐに若い女性店員が注文を取りに来る。

おしぼりを手渡しながら、「ご注文は？」と聞いてきた。

何があるか分からないので、エディとリアに任せる。するとエディが即座に注文した。

「とりあえず、ビールを四つ。よく冷えた奴を。それからエダマメとポテサラ、カラアゲを二人前ずつ。リアはどうする？」

「そうね。スティックサラダを頂こうかしら。これも二つお願い。とりあえず、このくらいでいいんじゃないの」

そう言うと女性店員は即座に笑顔で頷き、復唱する。

「ビール四つに、エダマメとポテサラ、カラアゲとスティックサラダを二人前ずつですね」

そのまま厨房に早足で戻っていった。

聞き覚えのある単語に期待が高まるが、ここは異世界なので過度に期待しないよう自制する。

「メニューはこれですよ。あと本日のお勧めがあの黒板に書いてあるんです」

リアはそう言ってテーブルの横にあったメニューを渡しながら、厨房の入口にある黒板を指差す。

日本の居酒屋とほとんど変わらないシステムに、あっけに取られてしまう。

俺の表情を見て、リアは声を潜めて聞いてきた。

「エドガーさんの世界の飲み屋と違いますか？」

どうやら、本当に流れ人の世界と同じか、興味があったようだ。

「ほとんど同じですね。まあ、料理を見てみないと分かりませんけど」

そんなことを話していると、すぐに飲み物と料理が運ばれてきた。

「お待たせしました！　ビールとエダマメ、ポテサラです！」

ジョッキがそれぞれの前に置かれ、真ん中に料理が入った皿が置かれる。

更に取り皿とナイフ、フォークが配られていく。

箸はないのかと思った瞬間、店員が「お箸が必要でしたら言ってくださいね」と言って再び足早に立ち去っていった。

またもあっけに取られていると、「まずは飲みましょう」とエディが言ってきたので、ジョッキを手に取る。さすがにガラス製ではなく、木製のものだった。

「では、一番年上のエドガーさんがカンパイの音頭（おんど）を」

まさか、異世界でもそんなルールがあるとは思わなかった。

俺が戸惑っていると、リアが「ここの流儀なんですよ」と教えてくれた。

年齢的にはウィズが圧倒的に上なのだが、見た目は俺の方が上に見えるから仕方がない。

「では、今日の出会いに、乾杯！」

そう言ってジョッキを掲（かか）げると、エディとリアが「「今日の出会いにカンパイ！」」と言ってジョッキを合わせてきた。

ウィズは完全に取り残されていたので、リアが「ウィズさんのところでは違うんですか？」と首を傾げる。しかし、深くは追及せず、やり方を教えていく。

「カンパイって言いながら、こうやってジョッキを軽く合わせるんですよ」

その説明にウィズは「何やらややこしいの」とぼやきつつも、「カンパイ」と言って俺のジョッキに軽く当てる。

ビールはエディの注文通り、よく冷えていた。ゴクゴクと喉に流し込むと、すっきりとした喉ごしの中に、ラガータイプらしい苦みと爽やかなホップの香りが上がってくる。

「美味い！　こんな美味いビールは久しぶりだ……」

久しぶりのビールの喉ごしに、感動のあまり一気に飲み切ってしまった。

「さすがは流れ人ですね。カンパイで全部飲み切るなんて」とエディが感心している。

「どういう意味じゃ？」とウィズが聞くと、

「カンパイは異世界の言葉で、〝グラスを乾かす〟って意味なんです。つまり、きれいに飲み切るのが礼儀なんですよ。そうですよね、エドガーさん」

ここで初めて気づいたが、〝乾杯〟はそのまま〝カンパイ〟と言っていた。

言語理解のスキルのお陰で固有名詞以外はほぼ日本語に聞こえるため、今になって気づいたのだ。

「合っていますよ」と答えると、エディはうんうんという感じで頷いている。

「では、我も飲まねばならんの」と言って、ウィズはジョッキを一気に傾ける。

飲み切った後、プハァと息を吐き出すが、その豪快な仕草が妙に似合っていた。

「無理に飲む必要はないからな。酒は自分のペースで飲むのが一番だから」

言ってみたものの、ウィズの本体は巨大な竜であり、この程度の酒でどうにかなるとは思えない。それを言ったら俺も〝異常状態無効〟のスキルがあるから、酔っ払って酩酊するようなことはないのだが。

俺たちが飲み切ったため、リアが「ビールを四つお願いします！」と頼んでいた。知らない間に彼女たちも飲み切っていたらしい。

ちなみにエダマメは名前通りの〝枝豆〟だった。

「流れ人が広めるまで、熟す前の大豆を食べる習慣はなかったそうです。でも食べてみるとビールによく合うじゃないですか。だから、普通に食べるようになったらしいんですよ……」

枝豆を摘まむ感触も久しぶりで、これにも思わず涙が出そうになるが、場の明るい雰囲気に引っ張られ、すぐに笑いに変わる。

ポテサラも見慣れたものとほぼ同じだ。潰したジャガイモにベーコンと茹でたニンジンが加えられ、マヨネーズで味付けされたものだった。キュウリが入っていないため、彩りはいまいちだが、味は日本の物と大差ない。とにかく、一年振りのマヨネーズ味に感動する。

（やっぱり美味い！　マヨネーズは俺たち世代にはソウルフードみたいなもんだからな……）

ウィズも気に入ったようで、エダマメやポテサラを摘まみながら、ビールを美味そうに飲んでいる。

『なかなかに美味じゃな。お前と一緒に外に出てよかった。竜のままでは食べられなかったであろうからな』

二人に聞かれないように、念話でそう伝えてくるほどだ。

確かに枝豆やポテトサラダをチマチマ食べる竜の姿は想像しがたく、思わず笑みが零れる。

（昔の流れ人には感謝しかないな。もしかしたら、和食やファストフードなんかもあるかもしれない。あと日本酒も飲みたいな……この世界を回って、それを探すのもいいかもしれないな……）

何となく、今後の行動方針が決まった気がした。

そこへテンションの高い女性店員が、ビールと料理を運んできた。

「お待たせしました！　ビール四つとスティックサラダです！　カラアゲはもう少々お待ちください！」

「追加を頼みますか」とリアが聞いてきたので、メニューを見せてもらう。

メニューには枝豆やポテトサラダ、煮込みなどのスピードメニュー系、焼物や揚げ物のメイン系、女性向けのサラダ系もある。

残念ながら、日本の居酒屋ならどこにでもある〝刺身〟などの生ものはなかった。衛生上の問題か、食文化の違いによるのかは分からないが、少しだけ心残りだ。

そしてもう一つない物があった。

「米はないのか……」

日本の居酒屋なら締めのおにぎりやお茶漬け、小どんぶりなどがあるはずだが、ここにはパンやパスタなど洋風の物しかなかった。

「この店にはないですね」とエディが言い、それをリアがフォローする。

「王国ではほとんど作っていないので輸入になるんです。でも、この町でも高級店に行けばあると思いますよ。流れ人がコメも広めていますから。カールさんに相談したら何か作ってくれそうな気はしますね」

リアはそう言うが、今日行ったシーカーズ・ダイニングはビストロっぽい店だったので、俺が食べたい和食はなさそうな気がする。

そんな話をしていると、ウィズが『コメとはなんじゃ』と念話で聞いてきた。

『穀物の一種で、俺が住んでいたところの主食だな。小麦と違ってそのまま炊いて食べることが多いんだ。俺くらいの歳の日本人にとっては郷愁をそそられる食べ物だよ』

するとウィズは『それは味わってみたいものじゃ。否、明日食いに行くぞ』とやる気満々だ。

まだ二食しか食べていないが、食の楽しみを理解し始めたのかもしれない。

「で、追加はどうされますか？」とリアが聞いてきた。

念話の間、俺が考え込んでいたと思ったらしい。詫びつつ注文を伝える。

「このイワナの塩焼きとトンカツを頼みます。あとは飲み物にある〝サケ〟というのも」

そう、メニューを見ていて〝サケ〟という文字を見つけたのだ。これが日本酒と同じかは分からないが、もしかしたらと期待している。

リアが店員を捕まえて追加を頼んだ後、すぐにカラアゲが出てきた。

「大爪鳥のカラアゲです。お好みでレモンをどうぞ」

目の前に置かれた料理の見た目は、見慣れた鶏の塩唐揚げにそっくりだった。衣は全体に薄い小麦色で、片栗粉が使われているのか白い部分もある。

「クロールースター？」と首を傾げると、エディが身振りを交えて教えてくれる。

「このくらいの大きさの凶暴な鳥の魔物ですよ。爪が異様に発達していて、革鎧だと切り裂かれることもあるんです。迷宮で倒すと肉をドロップするんで、この店ではよく出てくるんですよ」

彼の手振りから大きさは全長一メートルほどらしい。

「あの鳥か」とウィズが呟く。さすがは元迷宮主、知っている魔物のようだ。

追加で持ってきてもらった箸で、大きめの一口サイズといった感じのカラアゲを持ち上げ、一気にかぶりつく。

やや硬い歯ごたえの後、サクッとした衣が裂ける。程よい塩味と仄(ほの)かなニンニクの風味、その後に熱々の肉汁がジュワッと口の中に溢れてきた。

「ハフハフ……こいつも美味い！　地鶏か軍鶏(しゃも)に近い感じだ……」

思った以上に肉にコクがあり、噛み締めるほどに旨味が口いっぱいに広がっていく。

ゴクリと飲み込み、そのままビールを流し込む。

「ふぅぅ……美味い……」

鶏の唐揚げとビールという最強コンビに涙が出てくる。

（一年間の苦労が報われた気分だ……生きててよかった……）

俺の横ではウィズも一心不乱に唐揚げを貪(むさぼ)っていた。

彼女は箸が使えないため、フォークに突き刺して食べている。

その食べっぷりがまた豪快で、美しい顔には似合わないほど大きな口を開け、ガブリと噛み千切(ちぎ)ると数回咀嚼してビールで流していた。

「これは美味いの。ゴウよ。明日はこの魔物を狩りに行くぞ」

その言葉にエディが苦笑しながら、

「こいつは駆け出し(ルーキー)が狩る魔物なんですよ。ブラックランクが狩るような魔物じゃないです」

「我はこれが気に入った！　明日も大量に食すつもりじゃ。そのためには量を確保せねばならん」

「大丈夫ですって。この肉は結構ドロップするんで、在庫は充分にあるはずですよ」

「そうか。我が獲ってこずとも大丈夫なのじゃな」

そんな話をしていると、小皿に載った一合枡が目の前に置かれた。これはやはり、と胸が高鳴る。

「おまたせしました！　サケ一つです！」

店員は一升くらい入る大きめの徳利から、透明な液体を注ぎ始める。

「サケは〝グリーフマサムネ〟の辛口ですよ」

この世界でも〝正宗〟という名称がついていることに笑みが零れた。どうやら流れ人はこういうものも造ってくれたらしい。

枡から溢れそうになった時、ウィズが「溢れるぞ」と注意を促したが、店員はニコリと微笑みながら、あえて少しだけ溢れさせる。

「零れた分はサービスなんですよ」

「なるほどの」とウィズは感心している。こんなシステムまで日本のまま継承されていることに驚きを隠せない。

〝水飲み鳥〟の要領で枡に口を付ける。

（日本酒だ……辛口と言ったが、淡麗じゃない。生酛造りっぽい酸味を感じるが、純米のどっしり感もある。中トロか寒ブリの刺身が欲しくなるな……グリーフマサムネっていうことは、この町で作っているんだろう。余裕ができたら酒蔵に行くのもありだな……）

俺が味わっていると、気になったのか、ウィズが覗き込んでくる。突然、美しい女性の顔が目前に迫り驚いてしまった。

「どうした？」と動揺しながら尋ねる。

「美味そうに飲んでおるから、どんな味か聞こうと思っただけじゃ」

「元の世界にある日本酒と同じだな。それも割と質がいい奴だ。飲んでみるか？」

そう言って枡を皿ごと滑らす。

ウィズは「うむ」と言って枡を慎重に持ち上げた。

「角のところに口を付けた方が飲みやすいぞ」と教えると、小さく頷き、グイッと枡を傾けた。と思うと、そのままゴクゴクとビールと同じ勢いで飲んでいった。そのため、あっという間に空になってしまう。

「うむ。ビールもよいが、このサケもよいな。カラアゲによく合う」と満足げな表情を浮かべる。

「もう少し大きな器はないのかの」と言いながら皿に残った酒を飲み干す。その言葉と様子にエディが目を丸くし、リアは苦笑していた。

「サケは酒精（アルコール）が強いですから、少しずつ飲んだ方がいいですよ。まあ、ドワーフはウィズさんと同じことを言いますけどね」

その言葉がきっかけになったわけではないと思うが、突然、後ろから声を掛けられた。

「いい飲みっぷりじゃな。普人族（ヒューム）にしておくには惜しいほどじゃ」

野太い声に驚いて振り返ると、髭面（ひげづら）の背の低いおっさんが大きなジョッキを握って立っていた。

その姿は映画で見たままで、すぐにドワーフと気づく。

「ドワーフ……」

「ドワーフが珍しいのか？　相当田舎から出てきたようじゃな」と言いつつ、彼は店員を呼んだ。

「このヒュームの女子にサケのお代わりじゃ！　代金は儂につけておけ！」

「はーい！　サケ！　一丁お代わり！」という声が響き、すぐに徳利が運ばれてきた。

先ほどと同じように酒が注がれる。

俺の酒が奪われた形だが、突然のことに自分の注文を忘れてしまったほどだ。

我に返って「俺にもサケを」と頼むと、「サケ、一丁！」という声が響き、すぐに枡が用意される。

俺の酒が注がれたところで、ドワーフが「兄さんもいける口のようじゃの」と言った。

「儂は鍛冶師のトーマスじゃ。まずはカンパイをするぞ！」

俺が名乗る間もなく、彼は「カンパイ！」と言ってジョッキを高く上げる。

皿の上に零れるが、それに構わず俺も枡を持ち上げて「乾杯！」と唱和する。

ウィズもそれに続いた後、トーマスと共に一気に枡を傾ける。あっけに取られて見ている間に二人は飲み切ってしまった。

「よい飲みっぷりじゃな。もう一杯お代わりじゃ！」

店員は予想していたのか、既に待機していた。

しかし、この飲み方は感心しない。まだ出会って間もない相手に意見するのはどうかと思ったが、一年間飲めなかった俺としては、ひとこと言わずにはいられなかった。

「その飲み方は、よくないと思います」

すかさずトーマスに「何じゃと！」とギロリと睨まれるが、それに構わず俺は話を続ける。

「この酒はよくできた美味い酒です。それを味わわないで一気飲みするのは、一生懸命酒を造ってくれた人に対して失礼ではないですか？　第一、酒がかわいそうです」

俺の言葉にトーマスは「ぐぬぬ……」と唸るものの、反論してこない。リアとエディはどうしていいのか分からない様子で、あたふたとしていた。

一方ウィズは俺の考えを理解してくれたようだ。

「うむ。美味い酒なのは確かじゃ。造った者に感謝するというのは我にも理解できる。次からは味わって飲むことにしようかの」

「……確かに兄さんの言うことにも一理ある。すまんかったな」

頑固おやじなのかと思ったが、意外なほど素直に謝ってきた。

「いえ、こちらこそすみません。酒は楽しく飲むのが一番なのに、説教じみたことを言って……。今度は私が奢りますので、好きな酒を頼んでください」

そう言うと、トーマスは最初遠慮したものの、「気持ちの問題ですから」ともう一押ししたところで大きく頷き、

「ではもう一度、サケを頼みたい。今度は味わって飲みたいからの」

店員に日本酒を頼んだところで、周りの様子に気づいた。エディはポカンと口を開けて見ているし、リアはクスクスと笑っている。

「すみません。放っておくつもりはなかったのですが」

「気にしてないですよ。ただ、ドワーフにお酒のことで意見した人って初めて見たので」


その後、トーマスと、彼の鍛冶師仲間三人も合流し、みんなで飲み始めた。

自己紹介をすると、ドワーフたちが驚く。

「ゴウはシーカーなのか？　そうは見えんが……いや、確かに腕はあるが……」

「我もシーカーじゃぞ。ほれ、見てみよ。これが証拠じゃ」

ウィズがそう言って、昼に作ったばかりの漆黒の探索者登録証を見せる。

「ブラックじゃと！」とトーマスが大声で叫び、店の中が一瞬静まった。

「ちょっと事情があるのであまり大声では……」

まだ公表されていないから、リアが慌てている。

「す、すまん。つい声を上げてしもうた」とトーマスが頭を下げる。

豪快なドワーフなので気にしないかと思ったのだが、個人情報を漏らしたことを反省しているようで、少し意外だ。

謝られたものの、俺としてはあまり気にしていない。遅かれ早かれ、俺たちのことは公表されるのだし、明日にはドワーフの鍛冶師の店を訪問する予定だったから、噂になるのは時間の問題だ。

それが少し早まっただけだと考えれば、謝られるほどのことではない。

「気にしなくていいですよ。それにお酒を飲むのに最上級も駆け出しも関係ないですから」

トーマスは「そうじゃな」と納得すると、椅子の上に立ち上がり、周囲に向かって叫ぶ。

「今のは聞かんかったことにしてくれ！　その代わりに儂が一杯ずつ奢る！　好きな酒を頼んでくれ！」

その言葉に「「オオ！」」という歓声が上がり、店内に喧騒が戻った。

いろいろな話をしながら酒を飲んでいると、頼んであった料理が出てきた。

「お待たせしました！　トンカツです！　ソースはこれを使ってください！」

トンカツは千切りのキャベツの上に載っており、小皿に濃い茶色のソースが入っている。皿の端には辛子もあり、日本のものと見た目は全く同じだった。

二センチほどの幅に切られており、切り口はしっとりと艶がある。生パン粉を使っているのか衣はやや粗く、美しいきつね色で絶妙な揚げ加減に見えた。

そのトンカツに、ソースを少し付けてからかぶりつく。

サクッとした衣の食感の後、トンカツソースの果実とスパイス、ビネガーの香りが鼻をくすぐる。肉はロースだったようで柔らかく、噛み切ると同時にジュワリと甘い脂が口に広がり、ソースと絶妙に混ざり合う。

「これも美味い。いい豚のロース肉だ……」

「でも、それはオークの肉なんですよ。この店はいい肉を安く美味しく食べさせてくれるんです」

リアの言葉に「豚じゃなくてオーク？」と聞き返してしまった。

「そうですよ。他の町なら豚肉なんですけど、ここグリーフは魔物肉が安いですから」

オークは二百階層より上で出る魔物で、黄金級が狩っている。ゴールドランクはシーカーの中でも最も人数が多いため、流通量も多いそうだ。

説明を受けている間にウィズがトンカツを頬張っていた。

「モグモグ……うむ。これも我の好みじゃ！　あのオークがこれほど美味いとは知らなんだぞ！」

そう言って日本酒をグイッと飲む。

「この組み合わせもいけるの。カラアゲとトンカツとサケがあれば、我は生きていけるぞ！」

物凄く身体に悪そうなことを叫んでいるが、言いたいことは分からないでもない。俺自身も、しっかりとした味の日本酒とトンカツは、割と相性がいいと思っている。

その後は、イワナの塩焼きが出てきた。

イワナは三十センチを超える大物で、串に刺して焼いてあった。ヒレには塩がたっぷりとまぶしてあり、囲炉裏で焼いたもののように見える。これも日本酒のあてに最高だった。

エディとリアはもちろん、偶然一緒に飲むことになったドワーフのトーマスとその仲間とも打ち解け、居酒屋らしいガヤガヤという雰囲気の中、会話が弾む。

トーマスは剣専門の鍛冶師だそうで、翌日工房を訪問する約束も取り付けることができた。偶然とはいえ、人探しの面倒ごとが一つ片づいた感じだ。

唐揚げ、トンカツ、イワナの塩焼きとメインを食べていき、更に料理を追加する。

「何がいいですかね」とトーマスたちに聞くと、

「「ヤキトリじゃ」」とドワーフ四人が声を合わせて答えた。

ここにきて〝焼鳥か〟という気もしないでもないが、リアも黒板を見ながら「今日はコカトリスがお勧めなんですね」と納得の表情をしていたので、それを注文することにした。大きさは分からないが、一人前五本らしい。

「追加でコカトリスの焼鳥を十本お願いします」

「塩とタレがありますが、どうされますか？」

「塩とタレを半々で」

「ヤキトリ、塩、タレ一丁ずつ！」

店員はにこやかにリアの注文を復唱すると厨房に戻っていった。

タレということは、醤油があるのかもしれないと心が躍（おど）る。唐揚げにも醤油らしき香りはあったが、確信が持てなかった。

ただ気になることがあった。コカトリスといえば、迷宮の訓練で戦った感触だと石化の能力を持つ強力な魔物というイメージがある。安さが売りのこの店には合わない気がしたのだ。

それを察したのか、エディが教えてくれた。

「コカトリスと言っても小型（レッサー）なんです。大物は三百階層でしか出ないんですけど、レッサーなら三十階層くらいのところで出るんで」

詳しく話を聞くと、コカトリスの劣化版で中型犬くらいのサイズらしい。俺の知っているコカトリスに比べると、二回りくらい小さい。更に石化のスキルもなく、麻痺（まひ）しか使ってこないという。

青銅級でも比較的容易に倒せるため、素材としては安いそうだ。

「大型のコカトリスは美味しいそうなんですけど、私たちの口には入らない高級食材なんです。一度食べてみたいんですけどね」

「ならば、我らが獲ってこよう。機会があったら獲りに行くのもいいな」

「そうだな。のう、ゴウよ」

そんな話をしていると、トーマスが小声で「お前、もしや流れ人か？」と聞いてきた。

エディが〝あちゃー〟という顔をして額を押さえ、リアががっくりとうなだれている。

一瞬どう答えようか迷うが、今更とぼけても仕方がないと正直に話すことにした。

「そうなんです。でも、まだ公表したくないのでこのことは内密にしてもらえると助かります」

「分かった。お前らもそれでよいな」とトーマスは三人の仲間にも念を押してくれた。

「だが、お前らが他人としゃべればすぐにバレると思うぞ。あまりに常識がないからの」

その言葉には頭を掻くしかない。

「よいではないか。知られても問題が起きることはなかろう」

ウィズが言いたいのは、力でねじ伏せればいいということだろう。同意はしかねるが、広まるのは時間の問題なので特に反論する気はなかった。

「それにしても流れ人がいきなりブラックとはな……」

「まあ、事情があるんですよ」とこちらは言葉を濁しておく。理由を話すなら、本当のレベルを言わざるを得ないからだ。

そこへ助け船のように、焼鳥が届く。

鉄の串に刺さっているが、見た目は日本で食べていた焼鳥そっくりで、ネギマまであった。

まずはタレから食べる。日本にいる時なら間違いなく塩味からいくのだが、今回はタレに醤油が使われているか、早く知りたかったのだ。

おしぼりを使って金串を掴むと、一気に口に運ぶ。

タレの甘い香りが鼻をくすぐり、醤油の香りと鶏肉の脂が香ばしく焼けた匂いが口いっぱいに広がった。

(醤油味だ……醤油がある……よかった……)

感動しながら肉を串から引き抜く。

唐揚げに使われていたクロールースターは、地鶏のような弾力と旨味があったが、レッサーコカトリスは若鳥のような柔らかさと適度な脂でジューシーさが強い。

タレの味とよくマッチしており、またしても日本酒のいいつまみだ。

「醤油があるんだ……もしかしたら味噌(みそ)もあるのか……?」

俺の呟きにリアが答えてくれる。

「ショーユもミソも、輸入品ですけどありますよ。コメと同じで、東のマシアア共和国やマーリア連邦(れんぽう)で作られているんです」

朗報だ、と思った。醤油と味噌があるなら和食もあるはずだ。

「これも美味いの。この店は今後贔屓(ひいき)にしようぞ、ゴウよ」

ウィズは焼鳥も気に入ったようだ。

「そうだな。忙しそうなのに仕事は丁寧だし、味付けも俺の好みに合う」

そう言って頷いた後、塩味の焼鳥を頬張る。

塩味の方は部位が違うのか、あっさりとした感じだ。大葉のような香草の葉で包んだものもあり、さっぱりと食べられる。

二人で焼鳥をペロリと平らげると、次の料理を探そうとメニューに手を伸ばした。

メニューを見ていると、周囲の喧騒が大きくなっていることに気づく。いつの間にか大きな声の客が入っていたようだ。

バーンとテーブルを叩く音が聞こえたかと思ったら、すぐに怒鳴り声が響く。

「遅ぇぞ！　急いで持ってこいと言っただろうが！」

プロレスラーのような筋骨隆々のモヒカンの大男だ。

世紀末の覇者伝説に出てくるような悪役がリアルにいた。居酒屋の馴染み深い雰囲気に忘れかけていたが、改めてここは異世界なのだと実感する。

「今作っているところですからもう少し待ってください。先に頼んだ方がいらっしゃるので」

女性店員が必死に宥めている。しかし、モヒカンは酔っているのか、更にヒートアップした。

「他の奴のなんか後回しだ！　俺が持ってこいと言ったら持ってくるんだ！　早くしねぇと店をぶち壊すぞ！」

その言葉に、トーマスたちドワーフが同時に立ち上がる。

「うるせぇぞ！　マドック！　てめぇだけの店じゃねぇんじゃ！」

どうやらトーマスの知り合いのようだ。

「なんだと！　チビどもが！」とマドックは絡む相手を店員からドワーフに切り替え、こっちに向かってドシドシと歩いてくる。

「まずいですよ。奴は狂犬マドックって言われているシーカーなんです。あれでもプラチナランクで、暴れると手が付けられなくて、何人も大怪我してます。守備隊が相手でも、酔っていると何をするか分からないって……一個小隊くらい呼ばないと抑えられないんです……」

エディが小声で教えてくれた。

彼にとっては危険な存在だが、鑑定で見る限り、俺たちの脅威にはなり得ない。トーマスたちも力だけならマドックより上だから、簡単にやられることはないだろう。

しかし、店に迷惑が掛かることは避けたい。

「二人はちょっと離れていてください」とエディとリアに言い、更にウィズにも注意を促しておく。

「手を出すなよ。お前が手を出すとシャレにならんから」

「ならば何とかせい。せっかくの料理と酒が台無しじゃ」

「俺も少々頭に来ている。酒の飲み方が全くなっていないってな」

それからトーマスたちにも「ここは任せてください」と言って、前に出た。

「大丈夫なのか……ああ、そういや、お前はブラックだったな」

心配そうな顔をしながらも大人しく座ってくれた。

そのやり取りにマドックが逆上する。

「何だ、てめぇは！　オッサンは引っ込んでろ！」

そう言って俺の胸倉を掴み、投げ飛ばそうとした。

しかし、その手は動かなかった。俺が手首をしっかりと掴んでいたからだ。

「酒は楽しく飲むもんだ。店や他の客に迷惑を掛けるような飲み方しかできないなら、酒を飲む資格はないぞ」

そう諭すが、マドックの方は「何だ！　何をした！」と手が動かないことに混乱している。

一方、彼の後ろで仲間らしい若者五人が一斉に立ち上がった。「やる気か！」「マドックさんから手を放せ！」などと喚いている。全員が泥酔しているようだ。

「……揃いも揃って酒の飲み方も知らないのか」

俺は肩を竦めて、「ここじゃ他のお客さんに迷惑が掛かるから外に出るぞ」と言って頭一つ以上大きいマドックをズルズルと引き摺っていく。

「くそっ！　放せ！」と喚きながら暴れていたので、外に出たところで手を放してやった。

急に支えがなくなり、マドックは尻もちをつくように派手に転んだ。

「なにしやがる！　ぶっ殺すぞ！」

完全にチンピラのセリフだ。日本にいた頃ならそれだけでビビッて動けなくなっただろうが、今は違う。

迷宮の最深部で数え切れないほどの戦闘を繰り返したのだ。身長五メートルを超える〝ギガンテスグラップラー〟という格闘系の魔物と、素手で戦ったこともある。身長二メートル程度のモヒカン頭に怖気づくことはない。

「大人しく帰った方がいい」

もう一度だけ警告する。これが最後通牒だ。

「うるせぇ！」

「これ以上人に迷惑を掛けるなら、こっちにも考えがあるぞ」

とりあえずそう言ってみたが、何を言っても無駄そうだ。

「何を言っていやがる！　てめぇみてぇな、ただのオヤジにやられるわけがねぇだろうが！」

マドックはそう叫ぶと、殴りかかってきた。

取り囲んでいた野次馬たちから悲鳴が上がるが、俺は避けることなく、その拳をこめかみで受けた。

ゴツンという音が響くが、俺は一ミリも動くことなく立っている。物理攻撃無効に加え、異常状態無効があるため、ノックバックすら発生しないからだ。

殴ったマドックの方が、ダメージを受けていた。

「痛ぇ！」と言って手首を押さえて蹲っている。

本来なら俺が吹っ飛ぶなり仰け反るなりして力が逃げるのだが、微動だにしなかったことにより、鋼鉄の塊を殴るに等しい衝撃が彼の手首を襲ったのだろう。

それを見たマドックの仲間は「何をしやがる！」と叫んで俺を取り囲み、腰に吊るしている剣に手を伸ばした。

「武器まで抜いたら喧嘩じゃ済まないぞ！」と警告するが、酔った上に頭に血が上った連中には何の効果もなかった。

五人全員が一斉に剣を抜いた。

通りに街灯はないが、窓から漏れる光にギラリと剣が光る。呆れつつも、これで正当防衛が成り立つと思ったところで、「やめろ！」という鋭い声が響く。

見ると鎧を身に纏った兵士たちが五人おり、隊長らしき人物が歩いてきた。

「刃傷沙汰を起こせばシーカーの資格を剥奪するぞ！　すぐに剣を納めろ！」

それでも、酔っているためか誰も従う様子を見せない。

「全員拘束しろ！」

その命令で兵士たちが一斉に動く。

目の前で蹲っていたマドックが「やれるもんなら……」と言い始めたので、無詠唱で暗黒魔術を使い、こっそり眠らせた。

他の連中も泥酔していたためか、抵抗する間もなくあっさりと拘束され、全員どこかに連れていかれてしまった。俺だけ、店先に取り残される。

中途半端なところで終わったのでフラストレーションは溜まっているが、目立たずに済んだと思うことにした。

周りにいた人々は何事もなかったかのように散っていく。荒くれ者が多いシーカータウンだから、日常茶飯事なのだろう。店の中もすぐに元の楽しげな雰囲気に戻っていた。

小さなトラブルはあったが、その後は料理と酒を楽しむことができ、夕食の飲み会は気分よくお開きになった。

案内してくれたリアとエディと別れ、宿に戻ろうとした時、後ろから声が掛かった。

「まだ宵(よい)の口、もう一軒どうじゃ」

振り返ると、トーマスたちがいた。

彼の言う通り、まだ午後八時にもなっていない。それにスキルのお陰で酔っ払ってもおらず、二次会に行くことは充分に可能だ。

「どうする？」とウィズに聞くと、「我はもう少し楽しみたい」と答える。

地上に出た初日から飛ばすことはないと思うが、せっかくのお誘いなのでもう一軒付き合うことにした。

「儂らの行きつけの飲み屋があるんじゃ。さっきの店もよいが、あそこは飲み屋というより飯屋じゃからな。これからは本格的に飲むぞ」

ある小説の影響で、酒と言えばドワーフというイメージがあり、どんなところに連れていってもらえるのかと期待が膨らむ。

歩き始めるが、シーカータウンは一種の迷路であり、すぐに方向感覚がおかしくなる。

五分ほど歩いたところで、トーマスたちが突然止まった。

「ここじゃ」と言って丈夫そうな扉を引く。

扉の向こうに店があるのかと思ったら、地下に向かう階段があるだけだった。階段には魔導具の灯器具が設置されているが薄暗い。

「この先にある」と言ってトーマスが先導する。

階段を下りていくと、気配察知に人の気配が引っかかる。人数的には十人以上で、想像していたより多い。階段を下り切ると再び木の扉があった。店の看板らしきものはなく、一見すると倉庫か何かの扉に見える。

トーマスが扉を開けると、カランカランというドアベルが鳴り、中の喧騒が聞こえてくる。

オレンジ色の間接照明に照らされた店内はやや薄暗かった。ドワーフたちの大きな声が響かなければ、落ち着いた雰囲気と言ってもいいだろう。

「何とか席はありそうじゃな」と言ってトーマスはどんどん中へ入っていく。

十席ほどの低めのカウンター席と四人掛けのソファー席が四つ並んでいたが、カウンターはほぼ満席、ソファー席も二つが使われていた。席を埋めているのはトーマスらと同じ種族ばかり。まさに〝ドワーフの隠れ家〟だ。

マスターはバックヤードに入っているのか、カウンターの中に姿はない。

俺たちはソファー席二つを繋げて六人で座る。俺とウィズは同じソファーに座るが、ドワーフの体型に合わせてあるため、ゆったりと座れた。

「儂らの酒場、その名も〝ドワーフの隠れ家(ドワーフズ・ヒドゥン・バー)〟じゃ。ヒュームは滅多に入れんのじゃが、お前たちは別じゃ」

俺の印象通りの名前に笑みが零れる。

全員が座ったところで、バックヤードからマスターが出てきた。

「いらっしゃいませ」

ドワーフがやっているのかと思ったが、スラリと背が高い若い男性だった。見た目は二十代半ばで、耳が長い。

「この店のマスターはエルフなんじゃ。ライナス、この二人はゴウとウィスティアじゃ」

トーマスが説明すると、マスターが軽くお辞儀をする。

「店長のライナス・アンダーウッドです。トーマスさんがヒュームを連れてくるなんて珍しいですね」

「こいつらは普通のヒュームとは違うからの」

「いつものを六つじゃ。まずは乾杯せねばな」

「ハイランドウイスキーをストレートで六つですね。でも、大丈夫ですか？　皆さんはともかく、ヒュームの方にウイスキーのストレートは強過ぎると思うのですが」

マスターはこちらをちらりと窺いながら話す。酒に関する知識をどの程度持っているのか分からないためだろう。

一方の俺は、ハイランドという言葉に反応しそうになった。地球にあるスコットランドのハイランドを思い出したからだ。だがそのことを聞く前に、マスターの懸念に答えておく。

「恐らく大丈夫だと思います。きつかったらゆっくり飲みますから、トーマスさんの言う通りでお願いします」

「分かりました。余計なことを言ってすみません。お客様が飲み過ぎないようにするのが、この店の方針なものですから」

「ガハハハ！　儂らには関係のない話じゃな。まあ、確かにヒュームにストレートのウイスキーはきつ過ぎるかもしれん」

トーマスが豪快に笑うと、マスターは小さく頭を下げてカウンターの中に戻っていく。

ウィズが一言もしゃべっていないため様子を窺うと、表情を消してマスターを見ていた。

『どうしたんだ？』と念話で聞くと、

『我を封印した、忌々（いまいま）しい神森人（ハイエルフ）たちを思い出してな』

憮然（ぶぜん）とした念話が届く。

管理者（神）のメッセンジャーからも、エルフに報復するかもと聞いていたことを思い出し、まずいと思った。

『見た目は似ているが、ハイエルフとは別だ。お前を封印した連中は全滅しているんだろ？　昔のことより、今を楽しむことを考えた方がいい』

ウィズは『うむ』と答えるが、あまり納得した様子はない。ただ、すぐに暴発するような感じもないため、様子を見ることにした。

念話の間に無言でいたことを誤魔化すため、店の中を興味深く見ているふりをし、カウンターに視線を向ける。

カウンターの奥にはガラスや陶器（とうき）のボトルがところ狭しと並んでいる。これらも間接照明で照らされており、元の世界のバーにそっくりだ。

そこへマスターより若い店員が、六つのグラスが載ったトレイを持ってやってきた。この店員も耳が長くエルフのようだ。

（エルフがバーで働いているというのは少し違和感があるな。自然を愛して森の中にいるイメージが強過ぎるのかもしれない……それにエルフとドワーフが仲よくやっているのも不思議な感じだ。創作のイメージが強いんだろうな……）

そんなことを考えている間に、店員がグラスを並べ始める。

「南ハイランドのヘストンベック八年です。ヒュームのお二人には追い水をお持ちしました」

グラスはショット用の小ぶりのものではなく、ボルドーの赤ワイン用くらいある大振りのグラスだった。それに半分ほど琥珀色の液体が入っている。

「確かにこれを全部飲んだら、普通の人は厳しいかもしれないな」

俺がそう呟くと、トーマスが「無理をしてひっくり返ったヒュームを見たことがあるぞ」と笑う。

グラスを手に持つと、トーマスが小さくそれを掲げた。

「ここでは派手な乾杯はせんのじゃ。この雰囲気を楽しむためにな」

俺もそれを真似して静かにグラスを上げると、ウィズも同じようにグラスを持ち上げる。

トーマスたちはそのままグラスに口を付けるが、居酒屋ポットエイトでの飲み方とは異なり、ゆっくりとグラスを傾けていく。

「あのように飲めばよいのか？」とウィズが聞いてきた。エルフのことはとりあえず気にしないことにしたようだ。

「まずは香りを楽しむんだ。それから少し口を付ける。アルコールが強いから舌が焼ける感じがするかもしれないが、口に含んだまま鼻の奥に上がっていく香りと麦の味を楽しむんだ」

「ふむ、難しいの」

「まあ、ゴクゴクと飲まずにゆっくりと香りと味を楽しめばいいさ。飲み方なんてものはそのうち分かってくるもんだしな」

　そう言った後、俺もグラスに口を付ける。

（八年物と言っていた割にはアルコールの香りはきつくないな。スモーキーさはほとんどない……麦芽（モルト）の甘さは強く感じる。しかし、久しぶりに飲むシングルモルトだ……幸せだ……）

　大麦麦芽以外の穀物（グレーン）の感じはなく、モルトだけを使ったシングルモルトのようだ。ただ、複雑さはあまりなく、若いウイスキーであることは充分に感じられた。

　それでも久しぶりに飲むウイスキーに、魂が蕩（とろ）けていくような幸福感に包まれる。

「これはいい。八年物にしてはアルコールがきつくないし、モルトの香りと甘みもしっかりとある。スモーキーさがない点もこの甘さには合っている気がするな……」

　俺のコメントにトーマスたちが驚いていたので、慌てて付け加える。

「さ、さすがですね！　こんな美味い酒を〝いつもの〟って言えるなんて」

「流れ人というのは凄いもんじゃな。儂には美味いか不味いかしか分からんぞ」

「私も知識があるわけじゃないんです。ちょっと前に酒にはまって、いろいろと飲んでいただけの素人ですから……」

俺のウイスキーの知識は、ライターとしてショットバーの特集記事を書いたことがあり、その時に取材先の店にはまってしまい、自然と身についたものだ。

だから系統立って覚えた知識ではなく、薄っぺらで抜けも多い。

そう思うのだが、トーマスには「お前が素人なら、ここには素人未満しかおらんぞ」と呆れられた。

「うむ。我はこの酒も好みじゃな。ゴウの言う通り、香りがよい。さっきのサケもよかったが、このようにゆっくり飲むにはこの酒がよいの」

ウィズの言葉にトーマスたちが更に呆れる。

「お前たち本当にヒュームか？　中身は儂らと同じドワーフとしか思えん」

そんな話をしていると、マスターのライナスがやってきた。

「少し聞こえたのですが、このヘストンベックを飲んだことがあるのですか？　グリーフでは私の店にしかないはずですが」

その問いにどう答えていいか迷う。

「我は初めて飲んだの。ゴウも同じであろう」と空気を読まないウィズが答えた。

「同業者の方ですか？」

「いえ、違いますよ。一応、これでもシーカーなんです」

ひとまずそう答えると、「失礼ですが、シーカーには見えませんでした」とライナスに笑われた。

ウイスキーを味わいながらゆったりとした時間を過ごす。

（よく考えたら、迷宮から出てまだ一日も経っていないんだな……何も考えずに出てきた割には知り合いもできたし、ひとまずよかった。それにしても、怒涛の如く料理と酒を楽しんだ気がするな。まあ、それが目的で出てきたと言えないこともないんだが……）

そんなことをぼんやりと考えていると、ドワーフたちがつまみを頼んでいたらしく、ナッツとスモークチーズが入った皿を持ってライナスが現れた。

「フードメニューも少しだけありますよ」と言いながら、皿を置く。

それに「ありがとうございます」と答えるが、ナッツがあれば充分なので頼まない。

ライナスがカウンターの中に戻っていった後、トーマスがなぜか納得したような顔で頷いている。

「何かありましたか？」と聞くと、

「ライナスもお前さんが流れ人じゃと気づいたようじゃな」

「そうなんですか？」と首を傾げる。俺としては特に変わったことをしたつもりはない。

「ウイスキーを飲み慣れん奴は勝手につまみを頼みよる。特にドワーフなら何か摘まむだろうと考えてな。その点、お前さんはウイスキーを楽しんでおる」

「それだけの理由なら、私が流れ人であると気づく理由にはならないと思いますが……」

「お前さんは知らんじゃろうが、このウイスキーという酒はドワーフにとって命の水なんじゃ。だがハイランドならともかく、この辺りのヒュームが飲むことはほとんどない。仮に飲む者がおったとしても飲み方なぞ知らぬ。その点、お前さんは儂らの流儀とも微妙に違う楽しみ方をしておったんじゃ」

「違う楽しみ方ですか？」と俺は聞き返す。思い当たることがなかったためだ。

「儂らは味と酒精を楽しむが、お前さんたちは香りと味を楽しんでおった。ライナスの奴は常々、儂らに香りを楽しめと言っておる。だから、普通のヒュームではなく流れ人ではないかと思ったのじゃろう」

「なるほど……一日でこれほど見抜かれるとは思いませんでした。早めに公表してもらった方が、混乱が起きないかもしれませんね」

「よいではないか。我らが気にすることでもなかろう。それよりも我の酒がなくなったぞ。次はどうするのじゃ？」

俺たちが話している間に、ウィズはボトル三分の一に当たる量を飲み切ったようだ。

そのペースでもさっきの教え通りに、香りと味を楽しんでいたのでもう何も言わない。

「お勧めはありますか？」

「ライナスに聞くのがよかろう。儂はこいつしか飲まんからの」

俺はいろいろと試したいくちなので、毎回違う酒を頼むが、トーマスたちはお気に入りのウイスキーを飲み続けるタイプだった。

カウンターに向けて声を掛けようとしたら、既にライナスがこちらに向かっていた。

「ご注文でしょうか」

日本にいる時にも思ったが、バーのマスターというのは異常に耳がいいような気がする。小声で話していてもすぐに反応するし、こちらが疑問に思っていることを的確に答えてくれる。ライナスが流れ人と気づいたのも小声で話していた内容が聞こえたのかもしれない。

その後、お勧めのウイスキーを頼むが、その前に気になったことがあったので聞いてみた。

「ハイランドというのは、地方の名前なんですか？」

俺の問いに、ライナスは小さく頷く。

「ハイランド王国は、ここトーレス王国の北の隣国ですよ。ヘストンベックはそのハイランドの南部にある町の名前です」

そう言ってニコリと笑って立ち去った。

「これで完全にバレたな」とトーマスたちが笑っていた。

確かに、辺境の農民でもない限り、隣の国の名前すら知らないというのは異常だろう。

「ウィスティアも言っておったが、別によいではないか。どうせここには二人も通うのじゃろう？」

「確かにそうですね。遅かれ早かれ、分かることですし」

それから二杯ずつウイスキーを飲み、二次会はお開きとなった。

◆

ライナス・アンダーウッドは、ドワーフの鍛冶師と冴えないヒュームの中年男、それに絶世の美女という組み合わせが店に訪れた時から、興味を向けていた。

（トーマスさんがヒュームと一緒というのは初めてだな。楽しそうに笑っているところを見ると、酒の席で意気投合したのだろう。珍しいこともあるものだ……）

ライナスは二十年以上、ここでドワーフたちの相手をしている。腕のいい鍛冶師であるトーマスは、決して安くないこの店に毎日通えるほどの収入を得ている常連客であり、気心も知れている。

一杯目は、度数が五十度近いウイスキーを二百ミリリットルほど出した。

ヒュームの二人は大丈夫なのかと思ったが、思いの外、酒に強かった。それにただ強いだけでなく、ウイスキーの飲み方も知っている。ライナスはこの珍しい客に密かに注目する。

（同業者か、それとも蒸留所の職人か……いずれにせよ、あの女性は何者なんだろう？　底知れぬものを感じるが……）

ゴウの持つ知識から当たりを付けたが、シーカーという意外な答えに内心で戸惑った。

（シーカーにしては言葉遣いが丁寧過ぎる。確かに隙はなさそうだが……）

彼らの会話を聞いているうち、ゴウが流れ人ではないかと思い始め、最終的には確信に至った。

（聞こえてくる話を聞く限り、知識は豊富だ。流れ人の世界の面白い話が聞けるかもしれないな。酒にも詳しそうだし……）

ライナスは〝酒場のマスター〟という仕事を愛している。新たな酒の知識が得られるかもしれないと、彼らが再び訪れるのを楽しみにすることにした。

◆

迷宮から出てきた翌日。昨日はドワーフの鍛冶師トーマスたちと夜遅くまで飲んでいたが、迷宮で得たスキルのお陰で酒は全く残っておらず、体調は万全だ。

ちなみにウィズとは同じ部屋に泊まったが、元の姿を知っているだけに何も起きなかった。今後も、男女の関係になることはないと思う。

今日の予定はトーマスの工房で剣を注文することと、和食がないか探すことだ。

昨日はこの町の出身のリアとエディが案内をしてくれたが、今日はウィズと二人で町を散策する。

午後には管理局の事務所に行き、シーカーらしく迷宮の情報収集をするつもりだ。

情報と言っても、元迷宮主がいることから内部のものは必要ない。それよりは、手続きなどシーカーが持っておくべき常識について聞いておきたかった。迷宮に入るための基本的な知識はあるが、もう一度おさらいいし、今後の迷宮探索に万全を期したいと思っている。

迷宮に入る目的だが、金目当てではない。

迷宮管理局の局長ダルントンに預けた〝黒金貨〟があれば、日本円で数十億円相当の金が手に入るし、今も管理局から借りている金も百万円分以上残っている。

目的はこの世界の常識、特にシーカーの実態を知ることにある。

一応、俺たちは最上級のブラックランクとなったが、あまりに常識がない。別の世界からやってきた〝流れ人〟と、千年間迷宮に封印されていた始祖竜(オリジンドラゴン)だから仕方ないのだが、この先、もう少し常識がないと暮らしにくいだろう。

未だ衣服に慣れないウィズと共に身支度を整え、トーマスの工房へ向かう。

工房は俺たちの宿から五分ほどで、シーカータウンの真ん中にあった。

「よく来てくれた！」とすっかり打ち解けたトーマスが満面の笑みで迎えてくれる。

彼の後ろには従業員というか、弟子らしきドワーフも五人立っている。

顔が髭で覆われたドワーフの年齢は分かりづらいが、鑑定すると皆二十代半ばから三十代後半だった。ちなみに工房主のトーマスは七十歳を超えている。

だが昨日得た知識では、ドワーフの寿命は人間の三倍から四倍はあるので、七十代のトーマスは働き盛りということになる。

「昨日も言いましたけど、手持ちが少ないんです。あまり高い剣は……」

俺の言葉をトーマスが遮り、

「何を言っておるんじゃ。ブラックランクなら白金貨の千枚や二千枚、すぐに稼ぎ出せるわい。お前なら踏み倒すこともないじゃろうし、手付なしでも打ってやる」

値段を聞いていないのでいくらになるのか分からないが、昨日一般の武器屋を見た感じでは、一流の鍛冶師の作品は白金貨千枚、日本円で一億円くらいするらしい。

それでも頼むことにしたのは、昨夜トーマスにこう言われたからだ。

「ブラックが安い武器を持っておったら侮られるぞ。店で絡んできたマドックのような阿呆はいくらでもおるんじゃ。ウィズはよいとしても、ゴウ、お前はブラックには到底見えん。悪いことは言わんから、よい武具を装備しておくんじゃ」

言わんとすることは分からないでもないが、それだけの理由のために一億円も出す気にはなかなかなれない。

「剣はどんな感じがよいのじゃ？　その安物と同じというわけではなかろう」

今腰に下げているのは全長九十センチ、刃渡り七十センチほどの真っ直ぐな長剣で、白金貨五枚、五十万円相当の一般的なものだ。

正直なところ、俺はどのような剣でも完璧に使える。これは俺の持つ称号、〝武王〟のお陰だ。

「剣ならこのくらいのものが、取り回しがよくていいですね」

今のステータスなら、自分の身長よりでかい剣でも扱えるのだが、俺のような冴えないオッサンに大きな剣は似合わない。ごく一般的な長剣が一番もっともらしく見えるだろう。

「ならば、その剣を振ってみせてくれ。裏に試し斬りの的があるからの」

腕を確認してから剣を打つらしい。

裏に行くと、麦わらを束ねた的が地面に突き刺してあった。試し斬りは迷宮でもやっているが、あの時とは全く違う雰囲気に、戸惑ってしまう。

俺がやった試し斬りといえば、サイクロプス相手に愛剣のドラゴンスレイヤー、聖剣アスカロンを振るった時くらいしかないのだ。

「気負わずに振ればよい。儂も何人ものブラックを見ておるから、腕の良し悪しくらいは分かる」

そう言われて、多少肩の力が抜けた。確かに五十年以上のベテラン鍛冶師ならそうかもしれない。

的の前に立つと、ゆっくりと剣を引き抜く。一応手入れはされてあるが、見るからに切れ味は悪そうだ。

それでも剣を中段に構え、半身を前に出し、軽く振り抜く。

シュッという空気を切り裂く音の後に、ズバッという音が重なった。

やはり今まで使っていた剣とは明らかに切れ味が違った。それでも麦わらはきれいに斬れており、〝武王〟の称号と〝長剣術の奥義〟というスキルの偉大さに感心させられる。

「凄まじい腕じゃな……」とトーマスが声を絞り出した。その後ろにいた五人の弟子たちも、ポカンと口を開けて言葉を失っている。

「これほどの達人を見たのは初めてじゃ……ゴウよ！　最高の傑作(けっさく)を作ってみせる！　ぜひとも儂に剣を打たせてくれ！」

何が彼の琴線(きんせん)に触れたのかは分からないが、トーマスが異常なほどやる気になっていた。

「構いませんが……」

「そうか！　やらせてくれるか！　素材はどうする！　ちょうど魔銀(ミスリル)があるんじゃ！」

ミスリルと聞いて、昨日の局長との話が頭を過(よぎ)った。黒金貨は国宝級で、魔銀貨も滅多に手に入らないレアアイテムだ。そんな素材を使ったらとんでもない値段になるだろう。

「ミスリルですか！　そんな高い物、とても無理です！」

「金のことなら心配はいらん。どうしても打ちたいんじゃ。儂がすべて出す！」

どうやら職人魂に火が点(つ)いてしまったらしい。それでもただで作ってもらうのは気が引ける。

「よいではないか。ミスリル程度なら迷宮に行けばいつでも手に入るのじゃから」

悩む俺に、ウィズはこともなげに告げる。迷宮主が言うのだから間違いはないだろう。

一年間の訓練の間、ミスリルをドロップする魔物はいなかった。これは逆に考えれば、五百階層以降の魔物ではなく、もっと浅い層の魔物が落とす素材だということだ。それなら自前で調達して渡したとしても、変に目立つこともないだろう。

そう考え、剣はただで打ってもらうものの、材料はこちらが出すことにした。

「完成には一ヶ月ほどかかる。気長に待ってくれ」

トーマスはそう言うや否や、弟子たちに指示を出し始めた。

「これから忙しくなるぞ！　他の仕事は全部キャンセルじゃ！」

思ったより大ごとになってしまった気がするが、今更どうしようもない。

「それではお願いします」とだけ言って、彼の工房を後にした。


工房を出たところで、ウィズと相談する。

本当は防具も新調しようと思っていたのだが、俺は一旦見合わせた方がいいと考えた。

「昼から迷宮に入ろうかと思うんだが、いいか？」

「唐突じゃな。今日は入らぬのではなかったのか」

「さっきの話もあったし、ミスリルを手に入れないといけないだろ。何階層で入手できるか聞かなかったが、初回の攻略でいきなり辿り着けるか分からんしな」

「ミスリルは三百階層辺りにミスリルゴーレムがおるから、そやつから得られたはずじゃが……確かにいきなりは行けぬ。我も千階層にはおったが、他の階層に行ったことはないからの」

「そうなると、一階から順々に潜っていかないといけないのか。時間が掛かりそうだな」

迷宮の一階層の広さは一キロ四方くらいあるらしい。それに迷宮というだけあって、次の階に下りる階段に真っ直ぐには行けないから、数キロは歩かないといけない。

ミスリルが出るのが三百階だとして、一階層下りるのに二キロ歩くとすると六百キロになる。俺たちの能力でも、それだけの距離を進むとなると、相当な時間が掛かるはずだ。

「そうでもないぞ。我はすべての階層を把握しておる。時空魔術で転移を行えば、すぐに階段には辿り着けるじゃろう。まあ、階層を超える転移はできぬようになっておるから、一階ずつ下りていかねばならんことに違いはないがの」

時空魔術の転移は、知っている場所にテレポートできるというものだ。確かに主だったウィズなら、迷宮内はすべて知っている場所だろう。

その転移魔術だが、迷宮内だけは特別で階層を跨ぐことはできないらしい。それでも数キロ歩くことに比べれば、それほど大きな障害ではない。自分たちが規格外の存在なのだと改めて認識した。

時間が空いたので、予定を早め、迷宮管理局の事務所に向かった。

受付に昨日対応してくれたリアはいなかったが、引継ぎがきちんとされているのか、すぐに応接室に通される。

さすがに局長は出てこなかったが、管理官のマーローが俺たちの話を聞いてくれるという。

「知りたいことがおありだと聞いたのですが？」

「ええ、迷宮に入るための手続きというか、一般的な常識を教えてほしいのです。できれば、午後に一度入っておきたいので……こんなことを管理官に聞くのはどうかと思うので、事務の方を紹介していただければ……」

昨日リアに聞いたのだが、マーローは三人いる管理官の中でも筆頭で、ここグリーフ迷宮管理局のナンバースリーに当たるらしい。そんな人物に常識を聞くのは悪いと思ったのだ。

しかし、マーローは笑みを絶やすことなく、「いえ、私が説明いたします」と即答した。

「ですが……」と俺が言いかけると、それを遮るようにしてマーローが話を始めた。

「あなた方は特別ですから、お気になさらずに。では、早速説明に入りましょう。といっても大して難しいことはありません。昨日出てこられたゲートで……」

始まってしまったので仕方がないと、彼からレクチャーを受ける。

入域の手続きは非常に簡単で、ゲートで探索者登録証を見せて、マジックバッグを受け取り、転移魔法陣で行きたい階を入力するだけだという。そうすると、目的階にある転移魔法陣に自動的に移動できる。但し、転移魔法陣は十階ごとにしかなく、一度訪れたことのある階にしか転移できないそうだ。

「……迷宮内でのルールですが、これも難しいことはほとんどありません。ただ、不届き者のシーカーが襲い掛かってくることは考えられます」

「そのような者は返り討ちにすればよいのじゃ」とウィズは呟く。

「おっしゃる通りですが、仲間とはぐれたと言って、同情を誘った上で隙を見て後ろから襲いかかったり、魔物との戦いで傷ついたパーティを狙ったりする者もおり、油断はできません。基本的には、見知ったシーカーであっても迷宮内では敵だと思って行動すべきでしょう」

「法で罰することはないのでしょうか？　れっきとした犯罪行為だと思うのですが」

「無論、略奪や殺害自体は違法ですが、残念ながらほとんどの場合、王国の官憲は現場を押さえることができません。それに死体は迷宮に吸収されるため、被害者側が全滅した場合、証拠が残らないのです。運よく生き残りが地上に戻れたとしても、証言だけでは処分に踏み切れず……」

迷宮の訓練で倒した魔物たちと同じだ。死体を含め、処分したいものは放置しておけば勝手に消えるようになっている。仮に殺人が起きた場合、科学的な鑑定でもできれば別だが、やっていないと言い張られると水掛け論になるだけだろう。

「もちろん我々もそのような不届き者を把握するように努めております。本来行く必要のない浅い階層ばかりに行く者や、明らかにシーカーの持ち物だったものを何度も持ち帰る者などは監視対象にしています。ですが、決定的な証拠なしには、魔物から民を守るシーカーを処分することはできないのです……」

暗黒魔術を使って自白を迫るという方法もあるが、これは証拠が十分に揃っている時にしか使えないらしい。暗黒魔術はかつて魔人族がよく使ったため、未だに強い忌避感があるそうだ。

「なるほど。つまりは、自己防衛に努めてほしいということですね」

「はい。もっとも、エドガー殿とドレイク殿ならそのようなことは起きないでしょう。何といっても最強のシーカーコンビですから」

レベル四百を超えたばかりのパーティがここでは一番だそうだから、俺たちに手を出してくるのは実力を知らない者だけだ。簡単に返り討ちにできる。

「あとは、地図を持っていくことをお勧めします。先ほども言った通り、迷宮内は広いですから、地図がなければ無駄足が多くなります。それにお二人には、より深い層で新たな地図を作っていただきたいと思っておりまして、その勉強がてら地図を見ていただければと……」

地図は管理局が無償で配布していて、それに載せるべき情報については高値で買い取ってくれるそうだ。迷宮は数年ごとに中の配置が変わるため、その都度地図を更新しなければならないらしい。

断る理由も見当たらなかったため、地図はもらっておくことにした。


レクチャーを受け終え、管理局を出る。

「さて、とりあえず腹ごしらえだな」

「そうじゃな。あの者が言っておった、コメを食わせる店に行くぞ」

マーローと別れる前、俺は彼に和食を提供する店がないか尋ねていた。

「ワショクですか？　王都になら流れ人が始めた料理店があったと思いますが、ここにあるかは……」

「そうですか」と肩を落とすと、有力な情報を教えてくれた。

「ただ、コメでしたら食べられる店があったはずです。私は行ったことがないので確実にあるかは分かりませんが……」

店の場所を教えてもらったので、そこへ行ってみることになった。

目的地に向かう途中、ウィズが聞いてきた。

「コメとはそれほど美味いものなのか？」

昨日一日で食道楽に目覚めた彼女にとっては気になるところなのだろう。

「米自体は主食だから、昨日の唐揚げやトンカツのような酒のつまみじゃない」

「そうなのか……」と落胆の表情を見せる。食道楽というより、酒道楽のようだ。

「だが、本物があるかどうかは別として、米はとても美味い食材なんだ。噛めば噛むほど米本来の甘みのある旨味を感じる。その旨味はやさしいんだが、ちょっとした飯の友さえあれば、やめられなくなるほど美味いんだ。穀物をそれ単体で食べるものとしては、炊いた米が一番だと俺は思っている」

「ゴウがそう言うのなら、そうなのじゃろうな。あるとよいのじゃが……」

そんなことを話しながら商店街に向かう。

管理局から商店街までは道なりに行っても五百メートルほどしかなく、十分もあれば着く。

大手の商会が軒を連ねる東地区に目的の店があり、大通りを歩いていく。

「この辺りだな」と言いながら、一本の路地に入る。

シーカータウンほど入り組んではいないが、人がすれ違うのがやっとという道だ。

しばらく進むと、魚と徳利が描かれた木製の看板が見つかった。

「確か、〝ロス・アンド・ジン〟という名だと聞いたが……」

マーローに聞いた話では、この店も日本人の流れ人の弟子がやっているらしい。

店構えは落ち着きのあるカフェのようで、和食を出す雰囲気はあまり感じられない。

中に入ると、魚介系の出汁と華やかなスパイスの香りが鼻をくすぐる。店の外観通り、和食という感じの店ではなかったが、その香りの中には確かに炊いた米の香りがあった。

「米がある……」

「そうなのか！　ならば食さねばの！」

店員が俺たちを見つけ、窓際の席に案内する。

ガラス窓の向こうには坪庭のような庭があり、ようやく和のテイストが感じられた。

(もしかしたら本当は和食の店で、ランチだけは別の料理にしているとか……まさかな……)

俺がぼんやりとそんなことを考えていると、女性店員が説明を始めていた。

「お昼は日替わりランチだけですが、よろしいでしょうか」

女性店員に頷くと、そのまま立ち去ろうとしたので、慌てて「すみません」と呼び止める。

「米はありますか！」

俺の勢いに店員は「え、ええ」と引き気味になるが、

「もちろんございます。当店では基本的にコメをお出しすることにしておりますので」

そう言って微笑んだ後、厨房に戻っていった。

安堵の息を吐き出すと、ウィズに笑われる。

「それほどまでとはの……我の期待も膨らむというものじゃ」

十五分ほどすると、トレイを持った女性店員が現れた。

「お待たせしました。本日はヤクゼンスープカレーのランチセットです」

そう言って茶色いスープが入った深皿、生野菜サラダの入った小さめのボウル、そして真っ白なご飯が載った皿を置く。入ってきた時に感じたスパイスの香りはスープカレーのものだったようだ。

俺は金属製のスプーンを手に取ると、スープカレーよりも先に、真っ直ぐに飯に向かう。

「まずは米だ！　これを食わねば……」

ウィズを含め、周りのことが一切感じられなくなる。それほどまでに俺は米に集中していた。

スプーンに取った米は短粒種、つまり馴染み深いジャポニカ米で、まるで宝石のように輝いて見えた。白く艶やかな姿は炊き立てであることを主張し、湯気と共に上がってくる米独特のほわっとした甘い香りに思わず唾が湧いてくる。

口に入れると、米の芳しい香りが広がり、噛むほどに甘みが増していく。

「これが食いたかった……これこそが飯だ……ぐすっ……」

あまりの懐かしさに、またしても涙が出てくる。

独身の俺にとって、炊き立ての飯はそれほど身近なものではなかった。近くにある安い定食屋で食べる程度だ。

それでも俺たち世代の日本人のＤＮＡには、美味い米の味が刻み込まれているのだろう。昨日のビールや日本酒にも感動したが、それとは全く別次元の感動に、俺は包まれていた。

「お代わりもありますので……」

おずおずという感じで店員が話しかけてきた。俺があまりに米に集中していたため、声を掛けづらかったのだろう。

「ありがとうございます。それにしても美味い米ですね。土鍋炊き（どなべだき）ですか？」

俺の言葉に店員は驚いた様子で答えた。

「はい。米はマシア共和国の最高級のものです。お気づきの通り、土鍋で炊いていますが、水にも拘っているんですよ」

「なるほど……」と言いながら、更に口に運ぶ。

「確かに美味いが、これだけでは飽きるの」

ウィズも俺の真似をして米だけを食べていたようだ。

「スープカレーに軽く浸（ひた）して食べるといいぞ。こんな感じにな」

そう言って米を載せたスプーンをスープに浸し、口に運ぶ。

薬膳（やくぜん）と言っていたように、中華系の八角（はっかく）や丁字（ちょうじ）、花椒（ホアジャオ）などの香りを感じるが、加えてクミンシードやコリアンダー、カルダモンなどのカレーに使われるスパイスが口の中を支配する。

出汁は魚介系で、東南アジアのカレーに似ている一方、ゴロゴロと鶏肉や野菜が入っており、日本のスープカレーのようにも感じる。

「うむ。これは美味いの。このスープに合わせるとコメがより引き立つ感じじゃな」

「出汁がいいからだろうな。魚介の出汁にスパイスが大量に入っているし、野菜や鶏肉からも旨味が出る。だから複雑な味になるんだが、それを米がいい感じでまとめてくれる。厳密には和食じゃないが、美味い米を食わしてもらったよ」

そんな話をしていると、俺と同世代らしき料理人風の男が笑顔でやってきた。中肉中背で和食の板前のような調理服を着ている。

「満足していただけたようで何よりです。店員に聞いたのですが、とても料理にお詳しいそうで。それに今、ワショクとおっしゃられましたが、東方の商会の方でしょうか？」

俺たちは昨日買った一般的な服を着ているため、見た目だけなら商人に見えないこともない。

「いいえ。これでも一応、シーカーなんですが」

俺の言葉に料理人は驚きの表情を見せるが、その反応にも慣れてきた。冴えないオッサンである俺は、荒くれ者の多いシーカーのイメージとかけ離れているから無理もない。

「それは失礼いたしました。もし、ワショクにご興味をお持ちでしたら、予約していただければご希望の料理もお作りできますが」

「それはありがたい！　でも、どうして予約なんですか？　これだけ米の炊き方に拘りがあるのですから、普通に和食を出されていると思ったのですが」

土鍋炊きは結構手間だ。それに米の香りから、相当拘って炊いていることは俺でも充分に分かった。ご飯にそこまで拘るなら、相性がいい和食を出してもおかしくないと思ったのだ。

「それが、なかなかこの町の方には受け入れてもらえないのです。五味(ごみ)の繊細なバランスより、スパイスの刺激の方を好まれるので」

料理人は苦笑気味にそう教えてくれた。

「食文化の違いということですか……では、明日の夜に予約をしたいのですが、大丈夫でしょうか」

「問題ございません。ご予算はどのように？」

「二人で白金貨二枚まででお願いします。料理はお任せします。サケもいただけるなら、それも込みで。足りますか？」

一人十万円という予算だが、今までの話を聞く限り輸入品を使うことは間違いなく、どの程度の仕入れ値なのか全く想像がつかなかった。だが料理人はこう答えた。

「十分過ぎますよ。では腕に縒りを掛けて準備させていただきます。申し遅れましたが、この店の店主、マシュー・ロスと申します」

そう言って大きく頭を下げる。俺も慌てて立ち上がり、同じように頭を下げた。

「ゴウ・エドガーと申します。こちらは私のパートナー、ウィスティア・ドレイクです。明日はよろしくお願いします」

ウィズは俺たちのやり取りを見ながら、「ウィスティアじゃ」とだけ言い、会話に加わることなく、スプーンを動かしていた。

もっと話をしたかったが、正午が近づいてきたため、店に客が増え始める。

「今日はこれで失礼します。明日はご期待ください」

料理人はそれだけ言って、厨房に戻っていった。

「すまん、勝手に決めたが、よかったよな」

「無論じゃ。我もワショクというものが気になるからの」

それからスープカレーを平らげ、会計を済ます。二人分で銀貨六枚、六十ソルだった。日本円なら一人三千円くらいだから、ランチにしては結構高い。

それもあってか、客は身なりのいい商人が多かった。ただ、米の美味さを理解していない感じで、パンに交換を頼んでいる者が何人もいた。それはそれで美味そうだが、日本人としてはもったいないと思ってしまう。

店を出ようとした時、女性店員が呼び止めてきた。

「オーナーからです。お土産(みやげ)にどうぞ」

手渡されたのは布で包まれたもので、手に持つと仄(ほの)かに温かい。

「シオムスビ、だそうです。キュウリの東方風ピクルスも入っているそうです」

「塩むすびですか！　それにきゅうりの漬物まで……ありがとうございます。ロスさんに感謝をお伝えください」

女性店員は小さく頭を下げると、店に戻っていった。

「シオムスビとはなんじゃ？」とウィズが覗き込むようにして聞いてきた。

「炊いた米に、軽く塩味を付けて丸く握ったものだ。さっきの飯とはまた違った美味さがあるぞ」

「それは興味深いの。では、食すとするか」

ウィズは本体が大きいからいくらでも食べられるようだが、俺の方は満腹だ。

「悪いが、俺の方は腹がいっぱいなんだ。だからあとでおやつに食べよう。アイテムボックスに入れておけば、このままの状態で置いておけるからな」

「我はまだ食えるのじゃが……まあよい。あとの楽しみにとっておこう」

人目に付かないところでアイテムボックスに入れる。

「それじゃ、予定通り、迷宮に入るとするか」

「うむ。食材を獲りに行かねばの」

ウィズにとって迷宮はあまりいい思い出がないはずなのだが、今は食材が獲れる場所だと認識し始めているようだ。

◆

マシュー・ロスは忙しかったランチタイムを終え、溜まった洗い物を片づけていた。

皿を洗いながら、ふらりと入ってきた初見の客のことを思い出す。

（米にあれだけ拘る人を見たのは師匠以来だな。それに知識もあった。まさか土鍋炊きを知っている人がいるとは思わなかった……）

彼は料理人ジン・キタヤマの最後の弟子だった。

このジンという男は、五十年ほど前に日本から迷い込んできた料理人で、ここトーレス王国の食文化を変えた偉人でもある。

ジンは三十代半ばでこの国に流れてきたが、それまでは日本の西の大都市で割烹を開いていた。そこが開放的な都市であり、彼が海外の食材や味を積極的に自分の料理に取り入れていたこともあって、彼の料理はトーレス王国の人々に比較的すんなり受け入れられた。

その後、老境に至ったジンが特に拘ったのは、食材本来の味をいかに生かすかということだった。特に米については拘りが強かった。

非常に高価な移動手段である魔導飛空船を使い、三千キロメートル以上離れたマシア共和国に赴いて直接米を買い付けるなど、その執念は多くの人を驚かせた。

マシューはそんなジンの料理に感動し弟子入りした。幸いなことに彼には才能があり、ジンのいた世界の料理を次々と吸収していった。

その結果、ジンから店の名前をもらうほど認められた。

店の名、〝ロス・アンド・ジン〟は〝ロスとジン〟という意味の他に、〝魯山人〟という意味も込められている。これはジンが尊敬する人物の名であると共に、日本にいた頃の店の名に入れていたもので、いわばのれん分けを意味していた。

ジンが亡くなった後、マシューは王都ブルートンからここグリーフに店を移した。グリーフには迷宮産の素材が豊富にあること、そして多くの商会が支店を出しており、国内外の食材を入手しやすいことが主な理由だが、別の理由もあった。

それは、名料理人ジン・キタヤマの最後の弟子という名だけに釣られてやってくる客に辟易していたから、というものだ。

マシューはジンを尊敬しているものの、全く同じ料理を作るつもりはなかった。これは師の教えでもあり、常に新たな料理に挑戦したいと思っていた。

しかしそれとは対照的に、常連客はそれまで通りの料理を求め、新しい試みを敬遠した。それもあって彼は美食の都と名高いブルートンを去り、迷宮都市グリーフにひっそりと店を構えたのだ。

しかし、グリーフに移ってからも、順風満帆(じゅんぷうまんぱん)というわけではなかった。

比較的高価な素材や調味料を使った料理は原価が高くなるのだが、まだ和食という文化が浸透しておらず、厳しい経営が続いた。

そのためマシューはこの町の人々に好まれる味を取り入れるようになり、徐々に名が売れ始めたところだった。

(それにしても、米を食べて涙を流した人は初めてだ。もしかしたら、師匠と同郷なのかもしれんな。師匠もマシアの米を見た時、涙が出たとおっしゃっていたから……だとすると、こっちにきて長い流れ人の可能性が高いな。今回は師匠のレシピでいってみるか……)

レシピを考えながら、ゴウたちの帰り際に予算の話をした時のことを思い出す。

(白金貨二枚とは、見た目と違って豪気(ごうき)な方だな。ブルートンの高級店でも特別な素材以外ではそこまでいかないぞ。もしかすると、辺境で長く過ごしていたのかもしれない。お連れの女性はあまり料理に詳しくはなかったし……いずれにせよ、この町に来て一番の料理を出さねばな……)

マシューは決意を新たにしながら皿を拭き始めた。

四．食材収集

昼食で美味い米料理を食べて満足した後、俺たちは一旦宿に寄って装備を整えた。

今から迷宮に入るためだが、俺たちの能力なら装備は正直なくてもいい。ただ不自然にならないように、シーカーらしい衣装に改めたという意味合いが強かった。

長剣を腰に吊るし、左手に木製の盾を持つ。革鎧を着込み、背中には邪魔にならない大きさの背嚢(バックパック)を背負っている。

その上にマントを羽織れば、一応シーカーらしい姿になった気がする。もっとも中身が四十過ぎの日本人のオッサンという点が、シーカーらしさを台無しにしているのだが。

ウィズは腰にサーベル、左手に魔術師の杖、防具は着けずにマントだけだ。こちらは美貌(びぼう)と挑発的な瞳のお陰で、凄腕(すごうで)の女魔術師という感じだ。

「準備はこれでいいな。今日は十八時を目途(めど)に、行けるところまで行くぞ」

「うむ。中に入ったら転移で階段に向かうのじゃな」

その言葉に頷く。

ここグリーフ迷宮は世界最大の迷宮と言われている。管理局でもらった地図にもざっと目を通したが、下の階層に降りる階段までは最短でも二キロは歩かないと辿り着けない。

歩いていってもいいのだが、低層をうろついても大して得られるものはないため、三百階まではウィズの転移魔術を使って移動時間を短縮し、無駄な戦闘も避けるつもりだ。

ただ、十階層ごとに門番（ゲートキーパー）と呼ばれる守護者がいる部屋があり、そこでは必ず戦闘になる。

今日は五時間ほどしか滞在しないから、二百階くらいまで行ければよい方だろう。

探索者街（シーカータウン）を抜け、迷宮管理局のある建物に向かう。何度も歩いているのですぐに到着し、門の守衛に探索者証を見せて中に入る。

城壁に囲まれた中庭にある迷宮の出入管理所には、お昼時のためか出入りするシーカーの姿はない。十列ほど並んでいる机に、手続きを行う管理局の職員と守備隊の兵士たちが暇そうに座っているだけだった。

昨日一緒だったエディの姿はなく、手近な兵士に探索者証を見せる。

漆黒（しっこく）のカードに一瞬驚きの表情を見せたが、既に通達済みだったのか、すぐに迷宮探索用のマジックバッグが手渡される。

「バックパックを確認させてください」と言ってきたので、外して渡す。

これはマジックバッグと同じ機能を持っていないか、中にマジックバッグを隠し持っていないかの確認のためだ。このことは午前中に聞いていたので特に面食らうこともない。

「問題ありませんね。今日は試しに入るだけだと管理官から聞いていますが、予定に変更はないということでよかったですか？」

「ええ、今のところ五時間くらいで出てくる予定です」

このやり取りは形式的なものだ。万が一、予定通りに帰ってこなかったとしても捜索隊が出されるようなことはない。仮に捜索隊を出しても見つけられる可能性は低いだろう。

「それではお気をつけて」

それに小さく頭を下げて応え、転移魔法陣に向かう。

転移魔法陣はゲートから少し奥まったところにあり、直径三メートルほどの大きさだ。一度に六人まで転送が可能で、複数設置されている。

魔法陣に入ると、目の前に透明なタッチパネルのような板が現れる。そこには〝行先階を入力してください〟という文字が点滅していた。更にその横には転送可能な階の数字が浮かんでいる。

俺たちが行けるのは予想通り一階だけだ。〝一〟という数字に触れると、〝この階で間違いありませんか。〈はい／いいえ〉〟というメッセージに変わる。

意外なハイテクに内心で驚くが、〝はい〟をタッチする。その直後、ブォンという音と軽いめまいを感じた。

気づくと目の前には雄大な草原が広がっていた。「本当に草原なんだな」と思わず呟く。

一階から五十階は草原型のフィールドダンジョンだと聞いてはいたのだが、実際に見てみると本物にそっくり過ぎて驚きを隠せない。

天井や壁はなく、遠くには山が見える。地面には背の低い草が一面に生えているが、幅五メートルほどを境に、色が微妙に変わっていた。

「やっぱりダンジョンなんだな」と言いながら、草の色が変わっている場所を触る。見えないが壁があり、その向こうには行けないようになっているのだ。

気配察知で周囲を探るが、小さな魔物が数匹いるだけで人の気配はない。もう少し遅い時間なら新人(ルーキー)たちが戻ってくるのだろうが、さすがに一階で狩りをする者はいないようだ。

「では次の階に行くぞ」とウィズが宣言し、転移魔術を発動する。

転移魔法陣と同じような感覚があった後、風景が少し変わっていることに気づく。

目の前に先ほどまでなかった洞窟があったのだ。

洞窟は高さ・幅共に五メートルほどのトンネルのような形状で、登山道のような不規則な階段が作られている。そこを通り下の階に出るが、一階と見た目はほとんど同じだった。違う点は、遠くにだが人の気配があることだ。

「誰かいるようだな」

「弱い者が弱い魔物と戦っておるようじゃな」

ウィズの方が気配察知の能力は高く、細かい情報まで分かるようだ。

「俺にはそこまで細かいことは分からんが、どうやって見分けているんだ？」

「他の探知も併用しておるからの。特に魔力感知と生命感知の組み合わせは、相手の強さを測りやすい。その違いかもしれん」

俺も魔力感知は持っているが、基本的には戦闘特化のスキル構成だ。そのため、害意がない相手に対し、使える探知系スキルは〝気配察知〟と〝魔力感知〟しかない。

人がいれば、何となく気配を感じることがあるが、それが強くなったものという感じだ。但し、意識しなくても分かるし、意識すれば一キロメートルくらいの範囲なら何となく分かるという便利なものだが、あいまいさはどうしても残る。

「魔力感知の方は、迷宮に入っておれば使い方が分かってくるはずじゃ。何といっても我と同じで、魔力(マナ)さえあれば生きていけるのじゃから」

彼女の言う通り、〝半神(デミゴッド)〟になったことで、食事でエネルギーを得る必要はなくなった。逆に言えば、マナがなければ充分なエネルギーを確保できないということだ。

生きていくだけなら、空気中にあるマナで済むらしいが、魔術の行使で体内の魔力(MP)を消費した場合、大量にマナがある場所でないと回復しないらしい。

その点、迷宮は魔脈(マナヴェイン)にあるため、歩いているだけでもＭＰは回復する。

つまり、エネルギー源であるマナを意識するようにすれば、自然と魔力感知の精度が上がる……と言いたいらしい。

「ともかく、早く次に行こうぞ」

ウィズはそう言うとすぐに転移魔術を行使する。

そんな感じであっという間に十階に到着した。この間に費やした時間は僅か十分ほど。無駄話をしなければ、五分ほどで着けただろう。

すぐにゲートキーパーのいる部屋の前に飛ぶのかと思ったら、ウィズは「部屋の前に人がおるの」と言ってきた。

「何をしているんだろう？　順番待ちは必要ないと聞いたんだが」

ゲートキーパーの部屋に、一組ずつという決まりはない。かといって共同で戦えるわけでもないのだが。

もし他の者が入っていた場合、扉を抜けた瞬間、転移魔術が発動し、別のゲートキーパーがいる場所に飛ばされるのだ。どういった理屈でそうなっているのかは、迷宮主であったウィズも知らなかった。

「少し離れた場所に飛んで、それから部屋に向かおう。いきなり転移で現れたら驚くだろうからな」

そう伝えると、ウィズは「面倒じゃな」と言いながらも、俺の希望通りに転移してくれた。

ゲートキーパーの部屋の扉からは五十メートルほど離れた位置に出た。低木で死角になっているので気づかれていないはずだ。

そのまま素知らぬ顔で扉に近づいていく。

扉の前にいたのは六人の少年少女だった。鑑定で見ると十三歳から十四歳でレベルは十程度とほとんど素人だ。怪我をしている様子もないので、単に休憩しているのだろう。

「先に行かせてもらうよ」と声を掛けるが、向こうからは何も言ってこない。恐らく、俺たちが何者か分からず、警戒しているのだろう。

「休むのならほどほどにしておいた方がよいぞ」

ウィズがそう言うと、リーダーらしき少年が「どうしてだ?」と聞いてくる。

「野犬（ワイルドドッグ）が五匹近づいてきておる。まだ、こちらには気づいておらぬようじゃが、奴らの鼻なら気づかれるのは時間の問題じゃ」

それを聞いて気配を探ると、百メートルほど離れた場所に点々と魔物の気配があった。大した強さではなさそうだが、この少年少女たちなら同時に襲われると厳しいかもしれない。

ウィズの言葉で、六人が一斉に周囲を見回し始めた。

意外だった。ウィズが他の人間に興味を示すとは思わなかったのだ。昨日と今日で、人と触れ合うことでそうなったのならいい傾向だと思うが、結論を出すのは早計だろう。

俺の思案をよそに、ウィズは「では、我らは入るとするか」と言って扉に手を掛けた。

中に入ると、そこにも草原が広がっていた。二十メートルほど先に灰色の狼が一頭おり、牙を剥き出してこちらを威嚇している。

「犬風情が我に牙を剥くとは片腹痛い」

狼は力量差を感じているためか、自らを鼓舞しようと更に低く唸るが、悲壮感が漂っていた。

「消えよ」とウィズが右手を一閃させる。

直径五メートルほどの炎の塊が現れ、狼を襲った。それはあまりに速く、狼は反応することすらできずに炎に呑まれる。

「ギャン！」という短い悲鳴と共に、狼は一瞬にして消滅した。

彼女が放ったのは最も基本的な攻撃魔術〝火の玉〟だ。決して、単体攻撃最強の火魔術〝獄炎〟ではない。そんな基本魔法での瞬殺である。あまりのあっけなさに呆けてしまった。

「何をしておる。さっさと行くぞ」

ウィズはそれだけ言うと、狼の後ろにあった扉に向かっていった。

狼がいた場所には灰色の毛皮と小さな魔力結晶(マナクリスタル)が落ちていた。それを拾ってから彼女を追うと、扉を抜けた先にある転移魔法陣のところで待っていてくれた。

「そのような物、捨てておけばよいではないか」

彼女の言う通り、狼の毛皮は大した価値はなく、この先で得られる物の方が金になるだろう。

「まあ、初めてのドロップ品だからな。記念に拾ったんだよ」

ウィズは「そうか」と言うが、すぐに「次に行くぞ」と告げて魔法陣を操作し始めた。

十一階に入ると、風景は草原から林の中に変わった。広葉樹がまばらに生(は)え、これまでより視界が制限されている。

周りを眺める間もなくウィズが転移魔術を使ったため、それ以上は見えなかった。

確かに見るほどのものはないと思うが、初めてまともに迷宮に入った俺としては、もう少し情緒を楽しみたいころだ。

とはいえウィズに置いていかれたくはないので、十階までと同じようにサクサクと進んでいく。

二十階のゲートキーパーの猪(いのしし)も倒したが、落ちていたのは白い牙だった。

「なんじゃ、肉を落とさぬのか」とウィズが呟くが、すぐに興味を失い、扉に向かっていく。俺も同じことを思ったが、マナクリスタルと牙を拾って追いかけた。

その後も順調に進み、一時間ほどで五十階を突破した。

五十一階はそれまでと打って変わって洞窟だった。ここからはコボルトやゴブリンなどの小型の人型の魔物が現れるらしい。

と言ってもここでも転移魔術で階段まで飛ぶため、戦闘は十階層ごとのゲートキーパーのみだ。五十階までと違って複数の魔物が待ち構えているが、ウィズが煩わしげに手を振るだけで終わってしまう。

更に三十分、迷宮に入って一時間半ほどで百階に到達した。

十階層ごとにいるのはゲートキーパーだが、百階層ごとにいるのは守護者と呼ばれるらしい。要はゲートキーパーより強い敵、ということだ。

ここのガーディアンはゴブリンキングとコボルトキングのパーティだった。ゴブリンキングは身長が百六十センチほどあり、コボルトキングはそれより少し背が高い。

それぞれ、ウォーリアが二匹とアーチャー、メイジ、プリーストが一匹ずつ護衛として付いており、王というだけの貫禄はあった。

総勢十二匹の魔物が待ち構えていたが、ここでも俺は何もさせてもらえない。

魔物たちは一瞬にしてウィズの炎に包まれ、光となって消えてしまう。これだけ圧倒的だと、キングだろうと全く関係なかった。

マナクリスタルの他には銀貨二枚と銅貨十枚、メイジが使っていた杖が落ちていた。マナクリスタルと杖がいくらで売れるのかは分からないが、百階のボスを倒してたった三千円ではやっていられない気がする。

その後、更に効率が上がり、一時間ほどで二百階に到達した。

ガーディアンであるオークキングとその取り巻きのオークの上位種を倒したが、結局肉は一つも手に入らなかった。手に入ったのは大きめの剣が一振りだけ。

「役に立たぬ！　肉を落とせばポットエイトでトンカツにしてもらったものを！」とウィズが怒りをぶちまけている。瞬殺された上に文句まで言われたオークに思わず同情の念が湧いた。

キリがいいので、ここで休憩を取ることにした。別に疲れているわけではないが、小腹が空いたので〝塩むすび〟が食べたくなったのだ。

「これがシオムスビとやらか。変わった形をしておるの」

塩むすびは一般的な三角形のものだが、見慣れなければ変わった形に見えるかもしれない。

「そのまま頬張ればいいぞ。だが一気に食べると喉に詰まるから注意しろよ」

ウィズはがぶりと塩むすびにかぶりつく。

「もぐもぐ……うむ。なかなかの味じゃな。この塩味が米を引き立てている感じがするの」

彼女のコメントも様になってきた気がするが、それに答えず俺もおにぎりにかぶりついた。

ウィズの言う通り、絶妙の塩味で米の甘みが最大限に引き出されている。二口食べたところで、きゅうりの漬物を一切れかじる。

驚くことにきちんとした糠(ぬか)漬けだった。乳酸発酵(にゅうさんはっこう)が生み出す独特の酸味とコリコリとした食感、塩分ときゅうりの香りが口いっぱいに広がる。

「これもいけるな。ちょっと変わった味だが、美味いと思うぞ」

ウィズは匂いを嗅いだ。

「うむ、確かに不思議な香りがするの」と言うと、そのまま口に放り込む。

カリカリという音が聞こえ、満足げな表情を浮かべていた。

「これもよいの。この塩味と酸味がシオムスビに絶妙じゃ。明日が更に楽しみになってきたぞ」

休憩を終えた後、一時間ちょっとで三百階に到達した。ガーディアンであるミスリルゴーレムを一蹴し、ミスリルの小さなインゴットを手に入れる。

「今日はこの辺でやめておこう」

「なぜじゃ？　まだ一時間はあるのではないか」

本音を言うと、目まぐるしく転移することに精神的に疲れていた。しかし、それでは納得しないだろうと、別の理由で説明する。

「ここから先でコカトリスが出るんだろ？　他にも食材になる魔物がいるし、そいつらを倒して食材を集めるなら、一階ごとに今より時間を取ることになると思うんだ。なら、ここで仕切り直した方がいいんじゃないか」

「うむ……確かに一時間では食材集めはできぬな」

食に目覚めた彼女なら必ず理解してくれると思った。

三百階の転移魔法陣を使い、迷宮から出る。十七時頃であり、空はオレンジ色に染まり始めていた。

ゲートの前には既に多くのシーカーたちが列を作り、管理局の職員たちがマジックバッグからドロップ品を仕分けしていた。

「これは時間が掛かりそうじゃな」とウィズが零す。

「早めに出てきて正解だったようだな。このペースなら十分ほどで順番が回ってくるだろう」

俺の予想通り、さほど待たずに仕分け用の台が空いた。

「マジックバッグとバックパックをお願いします」と若い男性職員が事務的な口調で言ってきた。

言われるままそれらを手渡すと、空のバックパックはすぐに返され、マジックバッグからドロップ品を取り出し始めた。そして、手元にあるリストに物品を書き込んでいく。

「ミスリルゴーレムのマナクリスタルに、ミスリルのインゴット……灰色狼の毛皮？　何なんだ、この組み合わせは……」

そう呟くと、俺たちに疑問の視線を向ける。

「一階から三百階まで一気に進んだんです。それで浅い階層のも交じっているんですよ」

俺がそう説明すると、職員は目を丸くする。

「一階から三百階……嘘でしょう……何百キロあると思っているんですか」

そこで説明に失敗したことに気づいた。確かに普通に進めば、最短でも六百キロメートルにはなる。十二時間いたとして、時速五十キロで移動した計算だ。

「何か問題があるのかえ？　我らがどの階層に行こうがそなたらに関係はなかろう」

ウィズが軽く威圧すると、職員は口をパクパクと動かすが、言葉が出てこない。災厄竜の時とは比べ物にならないほど弱い威圧だが、一般人にはきつ過ぎるのだろう。

「彼女の言う通りではありませんか？　貨幣を含めてすべて預けますから、問題があると判断したら連絡してください」

「わ、分かりました。では、一旦すべて預からせていただきます」

職員はそう言ってリストと共に預かり証を手渡してきた。

「明日の午後には査定が終わっていると思いますので、事務所で受け取ってください。お疲れさまでした」

ウィズの威圧でビビったのか、大きく頭を下げている。

「よろしくお願いします」と言って軽く頭を下げてから、俺たちはゲートを抜けた。

◆

グリーフ迷宮管理局の管理官、エリック・マーローは届けられた一通の報告書を見て頭を抱えた。

その報告書のタイトルは〝ゴウ・エドガー及びウィスティア・ドレイクの提出物に関する報告〟となっている。

『……ゴウ・エドガー及びウィスティア・ドレイクのパーティは、大陸暦一一二〇年四月二十一日の十三時頃迷宮に入り、同日の十七時頃出入管理ゲートにて収納袋を提出した。出入管理責任者による確認の結果、十階のゲートキーパー及び三百階のガーディアンのドロップ品が発見された……』

通常、提出されるドロップ品は同じ系統の物しかない。

一般には、一日に踏破(とうは)できる平均的な階層数は五階層程度と言われており、それ以上は泊まりが

けで潜ることが多い。五階層移動するだけでも、罠のある通路を十キロメートル近く歩く必要があり、それに戦闘が加わるため、極度の疲労が予想されるためだ。

それでも稀に移動を強行する場合があるが、その場合でも一日で十階層を越えることはまずない。

『……両名より聴取したところ、エドガーより一階から三百階まで踏破したとの報告を受けた。また、その間、ゲートに戻ってきた形跡がないことも合わせて確認している。しかしながら、現実的にはそのような移動は困難であり、出入管理責任者の権限で硬貨を含め、すべてのドロップ品を一時預かり、更に詳細に調査を実施。その結果、マナクリスタル、硬貨を含め、記録にある各ゲートキーパー及びガーディアンのドロップ品の構成と、ほぼ一致していることが確認された……』

十階から三百階に出るゲートキーパーとガーディアンについてはすべて把握されている。また、ドロップ品についても多少の差こそあれ、何が出てくるかは判明している。今回預かった品物はすべてそれに適合していたというのだ。

（一階から三百階まで僅か四時間……非常識にも程がある。ゲートの責任者が疑うのも無理のない話だ。私が責任者であっても同じ対応をしただろう……しかし、どうやって移動したのだろうか？仮に時空魔術の使い手であっても、階層を跨ぐ転移はできないはずだ。それに転移魔術は一日数回が限界と聞く。私の知らない魔導具が存在するのだろうか……）

転移魔術は大量のＭＰを消費する魔術である。距離と消費魔力は比例し、仮に短距離であったとしても、最高位の魔術師である〝賢者〟ですら一日五回程度が限界と言われていた。

そのため、マーローは転移魔術の使用という可能性を即座に否定したのだった。

しかし、これには一般的な人族という条件が付く。転移魔術は五百メートルでも千近いＭＰを消費し、人数が増えればその倍数で消費量が増える。そんな必要ＭＰに対して、レベル四百の魔術師であってもＭＰ保有量は二万から三万程度だ。

一方、始祖竜でありレベル千を超えるウィスティアのＭＰは七億を超えている。

一度の転移でＭＰを二千ほど消費したとしても、彼女にとっては誤差のようなものであり、何百回行使しようと魔力が尽きることはない。

そのことをマーローは知る由もなく、常識的な判断でその可能性を排除してしまった。もちろん、ウィスティアのＭＰ保有量が非常識過ぎるのであり、誰も彼を非難することはできまい。

『……浅層の探索者から奪取した可能性は否定できないものの、ドロップ品以外の装備品を所持していなかったことから、犯罪の可能性は低いと考えざるを得ない。本件はブラッククランクシーカーに対するものであり、局長の指示を仰ぐ必要があると判断した。なお、エドガー、ドレイク両名には翌二十二日の午後には査定が完了すると伝達している。至急、対応方針について指示願いたい』

局長であるレイフ・ダルントンはあいにく不在だった。彼は昨日受け取った黒金貨の取り扱いを含め、ゴウたちへの対応について国王の指示を仰ぐために、朝から王宮に向かっていた。そのため、戻ってくるのは最速でも明日の夕方頃だ。

（次長に相談せねばならんが、事なかれ主義のあの人なら私に一任するだろうな。さて、どうしたものか……）

彼が悩んでいるのは、この事実をどう周知するかということだった。多数のシーカーがいるゲートで起きたことであり、今更隠蔽（いんぺい）することは不可能だ。

かといって公表するとなると、この非常識な事実も合わせて公表することになり、多くの者が疑問を持つことは間違いない。

（何事もなかったように査定をして、渡してしまうしかないか……しかし次々と厄介事を持ち込んでくれるな。個人的にはいい人たちなのだが……）

内心そう思いつつ、マーローは上司である次長に報告した。彼の予想通り、無責任な上司は彼に対応を押し付けた上で一任する。

「これはゲートで発生した事案なのだから、管理官である君の権限で処理したまえ。私は聞かなかったことにしよう。無論、局長に報告する必要はないからな」

「了解しました。では、この件はお忘れください。何も問題はなかったとして、通常通り処理します。もし、何か言う者がいたとしても、事実として不正はありませんでしたから、局の管理が問題になることはないでしょう」

「うむ。では、そのように」

マーローは次長室を後にし、事務所に向かった。

◆

同日の四月二十一日、午前九時頃。グリーフ迷宮管理局長のレイフ・ダルントンは王都ブルートンにある王宮にいた。

グリーフから王都までは約百キロメートルあり、ゴーレム馬を使っても十時間以上掛かる。休憩を含めれば十二時間は必要だが、可能な限り早急に対処するため、彼は緊急用に設置された転移魔法陣を使用した。

この魔法陣は迷宮に設置してあるものと原理的には同じものだが、大きく異なる点があった。

それは起動に必要なコストだ。迷宮のものはマナヴェインから魔力が自動的に供給されるため、転移にコストは必要ない。

しかし、迷宮以外の場所にある魔法陣を起動するためには、魔力の塊であるマナクリスタルが必要となる。それも純度の高いものが必要で、比較的近距離であるグリーフ・ブルートン間の転移でも一度に白金貨百枚、十万ソル、日本円で一千万円相当のコストが掛かる。

そのため、他国の侵略や大規模な魔物暴走(スタンピード)の発生など、国家の存亡に関わる事態以外で使用することは厳禁とされていた。

ダルントン自身、これまで使用したことは一度もなかった。使用していいものか迷ったが、ゴウたちの情報を直(ただ)ちに王宮に届け、王国としての対応方針を早急に決めるべきと判断した。

その理由は、ゴウたちを国内に留めておくことが国家にとって重要だからだ。表示されたレベルが正しいとしても現時点での王国最強クラス、何らかの手段でステータスを偽装していることを考えると、伝説級の強さである可能性が高い。

この世界の戦士の実力はレベルによって測られるが、一般にレベルが百違うと十倍の差があると言われ、レベル六百の魔術師はレベル二百のベテラン兵士一万人に匹敵することになる。

仮に最も低い見積もりであるレベル六百であっても、彼らを味方に付けるか否かで王国の行く末に大きな影響を与えることは間違いない。そう考えれば、彼の判断は妥当だと言えよう。

王宮側の転移魔法陣では、グリーフ迷宮の局長が現れたことに混乱が起きた。最初はスタンピードが発生したのかと思われたが、だとすれば現地で指揮を執る局長自らが現れることは考え難い。そのため、どのような理由で使用したのか、誰にも分からなかったのだ。

ダルントンは直ちに国王の側近、宮廷書記官長に連絡を取り、国王への謁見を求めた。

現れた書記官長に一通の報告書を手渡しながら、早口で報告していく。

「緊急事態です。黒金貨を手に入れるほど強力な〝流れ人〟が現れました。測定器に表示されたレベルは四百六十と四百五十ですが、測定直後に水晶が耐えかねて割れております。また、装備は竜種のものが使われておりました。……それらの事実から少なくともレベル六百を超えており、何らかの方法で偽装していると判断しました」

宮廷書記官長はその言葉に驚く。

「レベル六百を超えるだと！　真なのか！」

通常なら信じられない話だが、何事にも慎重なダルントンが転移魔法陣を使用してまで報告に来たことから、書記官長は真実であると確信した。

「すまぬ。今の言葉は忘れてくれ。卿が偽りを申すはずがないからな」

「ありがとうございます。何はともあれ、本件はすぐにでも陛下にご報告すべきものと愚考いたします」

「確かにその通りだ。私は陛下に報告してくるから、卿は陛下の執務室の前で待っていてくれ」

書記官長が慌ただしくその場を去り、ダルントンも王宮内を歩き始める。

閣僚でもない局長が、国王の執務室近くという王宮の最も奥まった場所を一人で歩いているという状況だが、誰にも咎められなかった。

その理由はグリーフ迷宮管理局の重要性にある。

グリーフ迷宮はトーレス王国最大の外貨獲得手段であるだけでなく、最も注意すべき管理対象でもあった。今までスタンピードは発生していないが、世界最大の迷宮が暴走した場合、グリーフ市のみならず、王都を含め、王国の主要都市の多くが壊滅すると言われている。

これは決して誇張ではない。過去には国内で中規模の迷宮でスタンピードが発生したことがあり、その際、死傷者は十万人を超えた。その数倍の規模であるグリーフ迷宮の暴走は、溢れ出る魔物の能力も桁違いと想定され、王国軍が対処することは不可能と考えられているのだ。

つまり、グリーフ迷宮管理局の局長は、国の財政と防衛のカギを握る重要なポストなのだ。近衛騎士団長や宮廷魔術師団長などと同じ、国王直属の役職に位置付けられている。

程なくして国王の執務室の前に着く。

執務室の扉はその部屋の主の性格を表すかのように、質実剛健な作りだ。ダルントンはその扉の前に立つ兵士に小さく目礼すると、兵士はちらりと見た後、何も言わず目礼を返した。

待つこと数分、突然扉が開き、書記官長が「陛下がお呼びだ」と呼び入れる。本来なら書記官長がすることではないが、極秘案件ということで人払いをしていたのだ。

中に入ると、そこには四十代半ばの武人然とした偉丈夫、アヴァディーン・トーレス国王の姿があった。ダルントンはその場で跪き、頭を垂れる。

口上を述べようとしたが、国王は右手を上げながら「よい」と言って制する。

「詳しい話を聞かせてくれんか。そなたが偽りを申すとは思わぬが、にわかには信じがたい話なのでな」

ダルントンは「それでは」と言い、懐から小さな革袋を取り出した。それを書記官長に手渡しながら、

「この中に黒金貨が入っております。ご確認を」

「これに入っているのか！」と書記官長が驚き、革袋の重さを確かめるように受け取る。

書記官長が革袋を開け、何かを包んだ布を取り出した。そしてそれを机の上に置き、ゆっくりと開いていく。包みから出てきたのは、黒曜石と金を混ぜたような美しい硬貨だ。部屋のガラス窓から差し込む光を受けて、キラリと輝く。

「まさに黒金貨であるな。これをその流れ人が持っていたというのだな」

「御意にございます」

「その者らはレベル六百を超えると聞いた。それは真なのか？　流れ人はレベル一で現れるのが常識だと思っておったのだが」

「私も同じことを考えました。しかし、水晶が耐え切れなかったことを考えれば、少なくともレベ

ル六百を超えていることは確かであります。どれほどの高みにあるかは、私程度では測り知れないとしかお答えできませんが」

国王は「うむ」と頷き、机の上の黒金貨を見つめる。

「報告書に目は通したが、どのような人となりなのだ？　流れ人は個性的な者が多いと聞く。我が王国に仇なす者でなければよいのだが」

「その点につきましてはご安心いただけるかと。特にエドガー殿は非常に紳士的な人物でございました。我らとも友好的に接してくださり、こちらから敵意を見せない限り、この関係は維持できると考えております」

その言葉に国王は安堵の表情を見せたのち、ダルントンに問うた。

「では、王家が友好関係を築くにはどうすべきか」

国王は、王家との関係と限定した。これには理由がある。

トーレス王国は比較的安定した国家だが、王家と貴族の力関係に不安な要素がないわけではない。王家は多くの利益をもたらす迷宮を多数有するものの、直轄領の人口は王国全体の三割程度に過ぎなかった。そのため、貴族が連合して王家に反抗した場合、劣勢となる可能性があるのだ。

今のところ各貴族との関係は平穏を保っているが、大貴族が力を持てば、野心を抱くことはあり得る。そこへもし世界最強と思しき彼らが取り込まれたら、何が起きるか誰にも分からない。

「私も、まだ彼らのことをすべて把握したわけではございません」

ダルントンは慎重にそう答えた。

「そうだな。愚問であった」

「しかしながら、一つだけ思いついたことがございます」

「それはなんだ？」

「エドガー殿もドレイク殿も、食に対する執着といいますか、並々ならぬ興味を持っておられます」

「食？　料理ということか？」と国王は呆けたような表情で問う。

「はい。昨日、管理局の職員に町を案内させた際には、食事処で何度も涙を流していたと報告が入っております。まだ詳細は掴めておりませんが……二人は長い時間、迷宮に閉じ込められていたのではないかと考えております」

「迷宮に閉じ込められていたから、まともなものが食べられず、それで美味い料理を食して涙したと……？」

国王は頭が付いていかず、オウム返しに聞き返す。

「御意にございます。これにつきましては私の推測に過ぎません。しかしながら、異常なまでのレベルの高さもそう考えれば辻褄は合うかと。また、食に対する執着心は紛れもなく本物です」

「つまり、余がその二人を懐柔するには美味い物を用意するべきと……そう言いたいのか、卿は」

国王がこめかみを押さえながらそう言うと、ダルントンは大きく頷く。

「御意にございます。ですが、他にも興味深い報告を受けております」

「興味深い？　今までのものも十分に興味深いが」

国王はそう言って警戒するように目を細める。

「エドガー殿は先ほど申し上げた通り、非常に紳士的で我慢強い性格でございました。しかし、若い兵士が行く居酒屋で出会ったドワーフに、酒の飲み方で意見したというのです」

「ドワーフに酒の飲み方で意見だと！　何という命知らずだ……」

「私も同じことを思いました。酒に関しては相手が竜であろうと魔王であろうと考えを変えることはないと言われているドワーフに、何と無謀なことを言うのかと。しかし驚くべきことに、そのドワーフたちはエドガー殿に謝罪したというのです。自分たちが悪かったと。そして、エドガー殿の言った通りに飲み始めたと聞きました」

「ドワーフたちが酒の飲み方を変えただと……それは真なのか……真だとすれば、神をも凌駕する存在ではないか……世界が崩壊する前触(まえぶ)れかもしれぬ……」

国王は誰に言うでもなく呟いている。ダルントンはそのやや見当違いな呟きを丁重(ていちょう)に無視し、話を続けた。

「更にドワーフたちは、自分たちの行きつけの飲み屋に二人を誘ったそうです。ドワーフがヒュームを誘うなど、私は初めて聞きました」

「余も同じだ」

そこで国王は表情を引き締め、「ダルントンよ」と言った。

「はっ！」

「その二人の情報を更に収集せよ。分かっておると思うが、無理はするな。彼らの好みそうなものを見つけ出し、余に報告せよ。これは最優先事項だ」

「御意！」と言って、ダルントンは大きく頭を下げた。

その後、ゴウたちに支払う黒金貨の対価について協議が行われ、白金貨二万枚、二千万ソル（日本円で二十億円相当）と決まった。

「さすがに一度に二万枚もの白金貨を用意することはできぬ。換金可能な宝石類とするか、王家の保証する手形とするかをエドガー殿に決めてもらおう」

「当面の資金として白金貨千枚と、それを保管するマジックバッグも渡した方がよろしいかと思います」

ダルントンの提案に「そのように手配せよ」と国王は承認する。

「では、白金貨が用意でき次第、グリーフに戻ります」

国王は書記官長が作成した書類にサインすると、ダルントンに渡した。ダルントンは国王に一礼すると、財務官の執務室に向かっていった。


ダルントンが退室すると、国王は書記官長に更に指示を出した。

「王宮の料理人に、ダルントンからの情報を適宜（てきぎ）流すのだ。彼らを歓待（かんたい）する時のためにな」

「承りました。料理長にはある程度話を通しておきます」

「うむ。他にも王都で腕に評判のある料理人を探しておいてくれ。もしかしたら、王宮では作れぬ料理があるかもしれん……他にも酒については今以上によい物を探しておくのだ。よいな」

国王は二人を国賓として扱うと宣言した。宮廷書記官長は頭を下げると執務室を出ていく。

ただ一人残った国王は今の話を思い返していた。

（ダルントンは優秀な男だ。その男でも測り知れぬというなら、何としてでもその二人を味方に付けねばならん……しかし、食に執着というがどの程度なのだろうか？　酒に対する思い入れも然り……いずれにせよ、貴族たちに知られる前に友好な関係を築かねば……）

国王は突然降って湧いた事態に混乱しながらも、最善の策を必死に考えていた。

◆

迷宮の弾丸ツアーの翌日。今日は朝から迷宮に入る予定だ。

昨夜もトーマスたちと夜遅くまで飲んだが、異常状態無効のスキルのお陰で酒は残っておらず快調そのものだ。

迷宮に入る目的は、食材確保はもちろん、シーカーという職業に慣れるためでもある。

俺たちは戦闘力こそ高いが、この世界で生きていくには常識がなさ過ぎる。だが一足飛びにあらゆる常識が身に付くはずもない。だからとりあえず〝シーカーという職業の常識〟を知っておけば、迷宮の外で多少常識がなくても、迷宮に潜り続けている変わり者という扱いになると考えたのだ。

その点、昨日は失敗したと思っている。

一階から三百階まで一気に進むなど、常識的に言ってあり得ないことをやってしまった上、それを隠しもしなかった。

四百階までのゲートキーパーとガーディアンのドロップ品の構成まで、すべて把握されていると は思っていなかった。今思えば、地図の話などからそうした情報を重視していることは自明なのだ が、あの時はそこまで頭が回らなかったのだ。

そのせいで昨日はトラブルになったが、ひとまずこれは解決した。マーロー管理官から直接連絡 があり、問題なかったことが伝えられたのだ。ただ、彼の顔に疲労の跡が見えたので、無理やり内 部で情報を抑え込んだのではないかと思っている。

午前九時半頃、管理局事務所でその話を終えた後、俺とウィズは迷宮の出入管理所に向かった。 一時間前には迷宮に入るシーカーたちの行列ができていたが、今はそれも解消されている。

「このくらいの時間に来る方がいいな。あの行列に並ぶ気にはならないから」

「そうじゃの」

「今日の予定の確認だが、二百九十一階からスタートして三百階のミスリルゴーレムを倒してから、 三百階層のフィールドダンジョンに挑戦する。それでいいな」

「我に異存はない。ミスリルを得るなら五百階層の方が効率は良いが、肉が一番の目的じゃからな」

ウィズの言う通り、五百一階からは魔法金属系のゴーレムが出るエリアになる。ミスリルだけで なく、アダマンタイトやオリハルコンなども手に入るらしい。ただ、そこに行くということはこの 迷宮の最高到達点を超えることになるため、躊躇(ちゅうちょ)しているのだ。

一方、ウィズにも言ったが三百一階からはフィールドダンジョンになる。ここにいるのは大型の獣や鳥系の魔物で、高級食材とされるグレートバイソン、サンダーバード、ブラックコカトリスなどだ。

グレートバイソンは体高三メートル、全長五メートルの巨大な牛型の魔物だ。二メートル近い鋭い角を持ち、人を見ると頭を下げて突進攻撃を仕掛けてくる。分厚い皮は飛び道具や魔法を弾き、狭い場所ではその突進を避けることも難しく、一度の突撃でパーティが全滅することもあるそうだ。

この魔物がドロップするのが〝赤身肉〟だ。赤身肉と言ってもミノタウロスより脂が乗っており、その上位のミノタウロスチャンピオンほどではないが、高値で取引されるらしい。

サンダーバードは白鳥サイズの鳥の魔物で、その名の通り〝雷〟を使って攻撃してくる。比較的小型であるため発見しにくく、草むらからの奇襲も厄介らしい。また、強力な電気系の攻撃ということで命中すると即死することもあり、それを免(まぬが)れても〝気絶(スタン)〟状態になって戦闘力を奪われてしまう。

この魔物が落とすのは鶏肉だが、どちらかと言えば野趣(やしゅ)溢れる〝野生肉(ジビエ)〟に近い味のものらしい。

最後のブラックコカトリスはコカトリスの亜種で、本来なら四百五十階層より下で現れる魔物だそうだ。その見た目は名の通り真っ黒な鳥だ。

こいつに関しては、既に特訓で何度か戦ったことがある。弱い割にレベルが高く、経験値的に美味しかったためだ。

但し、弱いというのは〝異常状態無効〟のスキルを持つ者にだけ言えることだ。

ブラックコカトリスは通常のコカトリスより強力な石化の能力を持ち、その解呪(かいじゅ)は高レベルの聖職者であっても失敗しやすいので、遭遇した場合は戦わずに逃げることが推奨されている。

この魔物がドロップするのももちろん〝鶏肉〟だ。同類の中では最高級と言われている。

サンダーバードに至っては幻の肉と言われ、いずれもほとんど市場に出回ることはないそうだ。


ゲートにある転移魔法陣で、二百九十階に飛ぶ。そこから階段を使って二百九十一階に下りるのだが、昨日とは少し趣向を変える。

昨日はそのまま次の階段室前に転移したが、今回はその前に同じ階にミスリルゴーレムがいないか探ってみて、いれば積極的に倒しに行くようにした。

ミスリルゴーレムがドロップするインゴットは非常に小さく、五百グラムくらいしかない。そのため、剣一本分にするには少なくとも四体は倒さないといけない。

幸いなことに、ミスリルゴーレムは撃破時に必ずインゴットをドロップするので、戦っても無駄になることはない。だがなかなか出会えない（エンカウントしない）魔物で、この辺りで金属のインゴットを狙うシーカーたちも苦労しているらしかった。

ちなみにそのシーカーたちはすべて前衛の戦士という異様な構成で、剣ではなくハンマーやメイスを装備しているそうだ。そんな彼らでも一日に一回出会えるかどうかのレアモンスターなのだ。

俺たちの場合、ウィズが気配察知のスキルで探してくれるし、転移魔術で移動するから空振りは少ないだろう。但し、昨日の反省を踏まえ、一日で倒すミスリルゴーレムは三体までと決めた。これくらいならビギナーズラックと言って誤魔化せるはずだ。

二百九十一階に下りたところで、「この階におるの」とウィズが教えてくれた。俺も気配察知と魔力感知を使い探ってみるが、他のゴーレムとの違いが分からない。

そのことを言うと、

「慣れじゃな。ゴーレムは魔力の色が分かりにくいから、慣れるしかないの」

ゴーレムはどの種類も土魔術で作られており、一見するだけでは判別しにくいらしい。

転移魔術で飛ぶと、目の前に銀色に輝くゴーレムがいた。身長は三メートルほどで、四角いブロックを組み合わせたような武骨な作りだ。

「なあ、今回は俺にやらせてくれないか」

「構わんが、雑魚(ざこ)に過ぎんぞ？」

怪訝な顔をしつつ、ウィズは譲ってくれた。

戦う理由だが、シーカーたちが実際に戦っている魔物の強さを実感したかったからだ。俺の場合、一番弱かった敵でもミノタウロスチャンピオンなので、それより弱い魔物と戦ったことがないのだ。

剣では破損する可能性があるので素手で戦う。金属の塊に素手というのは何とも頼りないが、これでも〝格闘術の奥義〟を持っており、厚さ一メートルくらいの石壁を拳でぶち破ることもできる。

奥義といっても例の秘孔(ひこう)を知っているわけではないので、相手が爆発するようなことはない。まあ、指先一つでダウンさせることならできるだろうが。

俺が前に出るとミスリルゴーレムは無造作に腕を振ってきた。長さ二メートルほどもある腕が空気を切り裂く音を立てて振り下ろされる。

避けてもいいが、どの程度の強度か確認するため、あえて拳で迎え撃つ。幅三十センチほどの銀色の拳の真ん中を打ち抜くと、ゴーレムの腕はその衝撃に耐え切れず、根元から吹き飛んでいった。

「こんなものか……」

予想通りの展開だったので、一気に片を付ける。

右腕を失ったゴーレムは大きくバランスを崩した。慣性で回転するように倒れ込んでいくため、先回りして頭部に跳び蹴りを放つ。バキッという音と共に銀色の頭が千切れ、壁にぶつかった。ゴーレムは光の粒子になって消えていく。

床にはマナクリスタルと金貨、そして目的のミスリルのインゴットが落ちていた。

「我が倒した方が速かったの」とウィズが言ってきた。

「どのくらいの強さか試してみたんだ。次は一撃で終わらせるよ」

実際、彼女と同じように魔術を使えば一瞬で倒すこともできる。

その後、二百九十八階でもう一体のミスリルゴーレムを見つけ、インゴットを手に入れた。これで三百階のガーディアンを倒せば今日のノルマは達成だ。

ガーディアンを瞬殺した後、三百一階に下りていく。

ここからは草原と森、湖でできたフィールドダンジョンだ。

「この階には目的の魔物はおらぬな。さっさと下りていくかの」

「ちなみに何がいるんだ？」

「草原に大牙虎(サーベルタイガー)と突撃象(ラッシングエレファント)、森に黒豹(ブラックパンサー)と迷彩毒蛇(カモフラージュドコブラ)くらいじゃの。いずれも食えぬ」

判断基準が食える食えないというのもなんだが、確かに戦う価値のあるものはいない。

三百一階から三百二十階までは肉食獣や猛禽系の魔物ばかりで、食用の魔物は出てこなかった。

「この辺りなら出ると思ったのじゃがな。小物のことなど興味がなかったからの……」

階によって出る魔物が厳格に決まっているわけではないらしいのだが、ウィズもこの辺りの階層には興味がなかったらしく、記憶があいまいなようだ。

三百二十階のゲートキーパーを瞬殺し、三百二十一階に下りたところで、ウィズが「ようやく見つけたぞ！」と喜びの声を上げる。

「何がいたんだ！」と俺もそれに釣られ、大きな声で聞き返した。

「コカトリスじゃ！　残念ながら黒ではないがの」

最高級のブラックコカトリスではないが、高級食材のコカトリスがいたらしい。

すぐにその場に転移する。森の中にいるらしく、一見それらしい魔物はいない。

「あの茂みの奥に泉がある。そこにおるぞ」

泉があるかまでは分からなかったが、俺も気配察知で場所はおおよそ把握している。

ウィズが先行し、無造作に茂みに入っていく。

コカトリスは石化のスキルを持つ厄介な魔物だが、ウィズに石化が効くはずもなく、俺たちにとっては嘴が少し鋭いだけの巨大な鶏に過ぎない。

俺が追いついた時には既に魔術で倒した後で、ウィズが満足げに肉塊を手にしていた。

「これを店に持ち込むぞ。ポットエイトで焼鳥にしてもらうかの。……だが、これだけでは足りぬの」

肉の大きさは一キロくらいあるから、二人分の焼鳥なら充分過ぎる。

「どれだけ食う気なんだ？」

「毎日食すには必要じゃろう。それにエディやリア、トーマスらにも食わせてやりたいしの」

飲み友達の分も仕入れるつもりらしい。それを聞いて俺もやる気になった。

「そういうことならやるしかないな。じゃあ、狩れるだけ狩っていくか」

それから、三百三十階に行くまでにコカトリスを三羽、グレートバイソンを四頭、ブラックコカトリスを一羽倒した。グレートバイソンは一回で五キロくらいの肉を落とすため、結構な量になっている。残念ながらサンダーバードだけは見つからなかった。

とはいえ今回も他のシーカーたちと鉢合わせしないように注意していたため、それがなければもう少し多く狩れただろう。

最後に三百三十階のゲートキーパー、バジリスクを倒して、地上に戻る。

今日はロス・アンド・ジンに夕食を食べに行くこともあり、昨日の反省を踏まえ十五時くらいでやめておいた。そのため、出入管理所はガラガラだ。

「お疲れさまでした」とエディが出迎えてくれた。今日はゲートの担当のようだ。

「マジックバッグとバックパックをお預かりします」

二度目ともなれば何となく流れが分かるので、スムーズにバッグ類を手渡していく。

「今日は三百階層付近ですか。ミスリルゴーレムのマナクリスタルにミスリルのインゴット……コカトリスのマナクリスタルが三つに肉が三……えっ？　グレートバイソンが四に、ぶ、ブラックコカトリスまで！　どうやって……」

　気をつけたつもりだったのだが、エディの反応を見る限り、今日もやってしまったようだ。

「どうかしましたか？」と窺うように聞くと、エディと彼の同僚は引きつった顔で首を横に振る。

「も、問題はありません。ただ、驚いているだけです。これだけの量の高級肉を見たのは初めてなもので……」

「そうであろう！　この肉は我らがすべて買い取る。そなたにも食わせてやるから楽しみにしておれ」

　空気を読めないウィズが満足そうにエディに告げる。

「あ、ありがとうございます」と更に顔を引きつらせ、エディは頭を下げた。

「リアさんやトーマスさん、それにマーローさんにも声を掛けるつもりですから。といっても買い取りは明日になるでしょうから、それ以降になるとは思いますけど」

　今日は予定があるので、明日の朝取りに来ると伝えて、出入管理所を後にした。

◆

　エディ・グリーンはゴウたちから採取品を受け取った後、大きく溜息を吐いた。

「あの人たちが例の〝ブラックランク〟か」と同僚に聞かれ、「そうだよ」と疲れた声で答える。

「なあ、俺がおかしいのかな。コカトリスは〝希少（レア）〟、ブラックコカトリスは〝不正規（イレギュラー）〟だったよな。ミスリルのインゴットを三つも見たのも初めてなんだが」

同僚の呟きにエディは大きく頷く。

「一昨日の夜、ウィズさんが〝肉を獲ってくるぞ〟と宣言していたんだ。その時はレッサーコカトリスかオークだと思ったんだけど、まさかこんなラインナップだとは思わなかったよ」

「……まあ、普通はそうだよな」

「それにさ。俺が教えたんだよ、ブラックコカトリスは幻の肉だって……それを宣言通り狩ってくるとは思わなかったわー」

エディはそう言って天を仰ぎ見る。

彼らが話していたように、ブラックコカトリスは〝イレギュラー〟と呼ばれている。これは本来なら更に下の階層でしか現れない魔物だからだ。そのため、ここグリーフ迷宮でも討伐報告が入るのは年に一度ほどしかない。

浅い階層で現れる原因ははっきりとは分かっていない。研究者たちは、通常のコカトリスになるはずだった個体が何らかの要因で変異するためではないか、という仮説を立てている。

レアであるコカトリスも、狩られることが少ない魔物だ。コカトリスは常に気配を消して隠れており、奇襲ができる状態でしか攻撃してこない。そのため、エンカウント率が極端に低く、達人と呼ばれる斥候（スカウト）であっても、一日に一羽発見できればよい方なのだ。また、発見したとしても有利な状況でしかシーカーたちは攻撃しないため、討伐されない日の方が多い。

気を取り直したエディが目の前の肉を見て呟く。

「またマーローさんに報告しないといけないよな。これを報告したらどんな顔をするんだろう」

胃を押さえるマーローの姿が彼の頭を過っていた。

五．和食を味わう

迷宮でコカトリスなどを狩った後、俺たちは一度宿に戻って汗を流してから店に向かった。

それでも日は傾き始めているが、まだ十七時にもなっていない。だから飲みに行く感じの者は俺たちくらいだ。その道中でウィズが楽しげに話しかけてきた。

「楽しみじゃの。ゴウの言う〝ワショク〟を食せるかと思うと、心が躍って仕方がないぞ」

今夜は昨日見つけた食事処〝ロス・アンド・ジン〟に予約を取ってある。

そこの料理人のマシュー・ロスは米の炊き方に拘るだけでなく、きゅうりの糠漬けを作るほどの知識を持つ。聞いた話だが、日本から迷い込んだ和食の料理人に師事し、美食の都と呼ばれる王都ブルートンでも知らぬ者がいないほど、有名な料理人だったらしい。

俺もウィズと同じく楽しみで仕方がない。一年間、まともなものを食べてこなかったこともあるが、それ以上に、この世界の神、〝管理者〟から日本に帰れないと聞かされており、二度と和食を食べることはできないと落胆していたためだ。

それが一流の料理人が作る和食を食べられると聞き、心躍らずにはいられないのだ。

もちろん、不安もある。確かに米は美味かったし、糠漬けも完璧だったが、日本と同じ食材が揃っているとは限らないからだ。調味料として醤油と味噌があることは分かっているが、昆布などの和食に使う出汁があるのかは分からない。もしなければ、記憶にある味と異なる可能性が高い。

もっとも俺は、ライターとして記事を書いていた程度で美食家じゃない。味が違ったとしても俺の舌がおかしくなっている可能性もある。それに日本全国の料理を食べ歩いたわけでもないから、知らない土地の料理と言われれば案外納得できてしまうかもしれない。

「ところでワショクというのはそもそもどのような料理なのじゃ？　聞きそびれておったわ」

今更な感もあるが、和食の正確な定義を知らないため、どう説明したものかと考えてしまう。

「俺がいた国、日本の伝統的な料理なんだが、どう言ったらいいだろうな……」

ウィズは目を輝かせて聞いている。

「……まず特徴的なところは味付けだな。一昨日食べた焼鳥のタレに使われていた醤油を使うことが多い。他にも、豆や米から作る味噌って調味料も使うことが多いな」

「ショウユか……あの独特の香りのものだな、うむうむ」と味を思い出しているようだ。

「素材の味を可能な限り生かすというのも特徴かもしれないな。あとは、出汁を多用するところくらいか。これで旨味が決まると言ってもいいからな」

「ダシとはなんじゃ？」

「簡単に言うと旨味成分だな。動物系のイノシン酸、植物系のグルタミン酸、キノコに含まれるグアニル酸とかなんだが、これを引き出すために専用の鰹節（かつおぶし）や昆布、干し椎茸（しいたけ）なんかを使う。他の国の料理でも旨味成分を生かす工夫をしているんだが、和食はそれを極限まで追求して、素材を生かす料理だと思っている」

「イノシンサン？　グアニル？　難しい言葉じゃの。ともかく、その旨味成分とやらを生かす料理ということなのじゃな」

「そういうことだな。ともかく俺が知っている和食なら、昨日までの料理とは全く違うはずだ」

そんな話をしているうちに、店に到着した。入口の扉には〝貸し切り〟という札が出ている。俺たちの料理のために他の客は入れないらしい。

少し早いが、中に入ると、店主のマシューが出てきた。

「早過ぎましたか？」と聞くと、「いらっしゃいませ。いえ、お待ちしておりました」とニコリと笑みを浮かべてくれた。どうやら、余裕を持って準備してくれていたようだ。

女性店員に案内され、店の一番奥に向かう。そこは仕切りがある特別席のようで、一応テーブル席だが、掛け軸や花瓶に活(い)けられた花など、和風なテイストがそこかしこにちりばめられていた。

席に着いたところで、「お飲み物は」と聞かれる。

「日本酒(サケ)をお願いします」と頼むと、メニューを渡してくれた。

酒は五種類あるようで、その中には懐かしい〝ジュンマイ〟や〝ジュンマイギンジョウ〟といった言葉が並んでいた。

「そうですね。では、この〝オーガキラー〟を冷酒で」

名前からして辛口だろうと当たりを付けて頼む。最初はスッキリとした辛口でいってから、あとは料理に合う物を頼めばいいだろう。

まずはビールという選択肢もないわけではないが、和食には最初から日本酒でいくことが多かったから、ここでも今までの流儀を貫く（つらぬ）ことにした。

すぐに二合くらいの徳利と冷酒用のグラスが二つ用意される。俺はウィズのグラスに酒を注ぎ、自分のグラスにも手酌（てじゃく）で注ぐ。見ると、色はほんのり山吹（やまぶき）色で濁りは全くない。

「乾杯」と言ってグラスを掲げ、口に運ぶ。

温度は五度くらいとよく冷えているが、口に含むと日本酒らしいふくよかな香りが口に広がる。飲み込むと、鼻に抜ける時に花のような香りを感じ、思ったより華やかな酒に驚いた。

俺が感想を言う前にウィズが口を開く。

「よい香りじゃの。グリーフマサムネとは違う香りに感じるが、どうなのじゃ？」

一昨日飲んだ地元の日本酒、〝グリーフマサムネ〟との違いを聞いてきた。

こんな会話をしていると、彼女が竜であることを忘れそうだと笑いつつ、俺は自分の感じた違いを説明する。

「あれよりだいぶ華やかな香りだな。酵母（こうぼ）と熟成のさせ方の違いだろう」

もう一口飲んだところで、「ツキダシをお持ちしました」と出されたのは、ほうれん草のような濃い緑の葉と貝の和え物（あえもの）だった。

「二枚貝をボイルしたものに酢ミソを掛けております。よく混ぜてお召し上がりください」

ナイフ、フォークと箸が用意されているが、ウィズは箸が使えないので、俺が混ぜて渡した。

「済まんの」と言って、ウィズはフォークで掬って口に運ぶ。

「美味じゃ！　この酸味と甘味が癖になるぞ！」

そう感嘆して、酒を呷る。

「この酒にはこれがなんともよく合う！　うむ。これは期待できるぞ！」

蕩けるような笑みを浮かべて、何度も頷いていた。

俺も和え物に箸をつける。彼女の言う通り、酸味と甘味のバランスがよく、更に貝の出汁がよく利いており、しんなりとした菜っ葉の青味が爽やかだ。

酢味噌の中には、細くて硬いものが入っていた。噛むと爽やかさが更に増す。

「この柑橘（かんきつ）は何だろう？　こっちの世界にも柚子（ゆず）があるのかな？」

その呟きが女性店員に聞こえたのか、答えが返ってきた。

「ごく少量ですが、野生のレモンの皮を使っています。しかし、よくお分かりですね」

「いえ、和え物には柑橘の皮を入れるのが定番ですから」とだけ答えておく。

続いてオーガキラーを口に含むと、酒の旨味が口に広がった。貝の出汁と酒の旨味が相乗（そうじょう）効果を生んでいるのだ。

「本当に美味い……これは期待できるぞ」

ウィズと同じセリフを言ってしまうほど絶妙だった。

和え物を食べ終えると、次に漆塗（うるし）りの椀（わん）が出てきた。

「漆器（しっき）ですか……」と思わず声が出る。まさかこういう工芸品まであるとは思わなかった。

椀はシンプルな黒で蒔絵の類はないが、丁寧な作りに見える。

「今日は白身魚のウシオジルでございます」

ふたを開けると、透明な汁の中に白身魚の切り身と香草が少しだけ入っていた。香りはまさしく潮汁で、魚の出汁の香りをほのかに感じる。

「これは、先にスープの味を楽しんでから、身を食べるんだ」

ウィズが戸惑っていたように見えたため、助言しておく。

汁をすすると磯の香りが口いっぱいに広がる。その後に出汁の複雑な旨みがこれでもかと押し寄せてきた。

「魚だけじゃないな。貝の出汁も入っているのか……」

鯛のような濃厚な魚の香りにアサツキの香りが混じり、更に僅かだがハマグリの出汁のような香りがあった。ストレートな魚介の香りに日本を思い出し、少しだけ切ない気持ちになる。

「これも美味いの。じゃが、少な過ぎる」

「会席料理のスタイルなんだ。これからいろいろな調理法で出てくるから楽しみにしていろよ」

そう言っている俺も楽しくなっていた。

オーガキラーがなくなったので、次の酒に切り替える。

会席料理の流れだと刺身が出てくるはずだが、異世界で生ものが出てくるのか分からない。

「すみません。次の料理に合う酒がほしいのですが」と尋ねてみると、店員は「少々お待ちください」と言って厨房へ確認しに行った。

「店主が言うには温かい酒が合うとのことですが、いかがなさいますか？」

燗酒も出してくれるようだ。

「それでお願いします。温度もお任せします」

個人的にはぬる燗が好きだが、酒によっては熱燗の方が美味い場合もある。ここは店主に委ねる方がよいだろう。

すると既に燗を付けていたのか、短時間で新しい徳利が出てくる。

「〝イエローブロッサム〟です。ヌルカンですが、お好みでアツカンにすることもできますよ」

徳利と共に猪口が出てきた。ウィズが何やら興味深げに眺めている。

「また小さな器じゃの」

「こういう酒は、これで飲むのが普通なんだ。まあ、俺も面倒だから大きめのぐい呑みの方がいいんだが、温めた酒、燗酒にはこれが一番いい」

「そういうものか」と言いながら、ウィズは猪口を突き出してくる。

彼女も何となく飲み方が分かってきたようだ。俺が酒を注ぐと、すぐに口を付ける。

「うむ。これは何とも言えぬ味じゃの。香りが先ほどのものとは全く違う」

俺もぬる燗に口を付ける。

アルコールの刺激が鼻をくすぐり、舌先から仄かな酸味と辛さ、そして米の旨味が広がっていく。

それらがまた食欲をそそる。

次の料理が出てきた。白身魚の薄造りだが、微妙に表面がぬめっている。

「ヒラメの昆布締めかな？」

「オヒョウの昆布締めですよ。ワサビを載せてそのままお召し上がりください。お醤油は好みでどうぞ」

ヒラメではなくオヒョウだった。地球なら北の海で獲れる大型のカレイのことだが、世界が違うので同じものとは限らない。

「これも美味いの！　ゴウよ、これを獲りに行くぞ！」

「気持ちはわかるが、たぶんこれは海まで行かないと獲れない魚だぞ」

食材を見るとすぐ獲りに行きたくなるらしい。

俺も昆布締めを味わう。程よく締められており、表面の食感がねっとりとしている。身はヒラメよりざらついた感じだが、白身魚の旨味と、昆布の旨味のバランスが絶妙だ。

これに酒を合わせてみる。ぬる燗のまろやかさが口の中の旨味と混じり合い、更に味を引き立てていく。

「本当に美味いな。まさか昆布締めまで食べられるとは思わなかった……」

久しぶりの生魚に涙が出てくる。そして昆布があったことにも嬉しくなった。

(出汁昆布があった。だとすれば鰹節もあるはずだ。これは本当に期待できるぞ……)

傍から見ると、泣き笑いのような変な表情に見えるはずだ。

その後、八寸、焼物、炊き合わせと続き、白米とみそ汁、香の物まで出された。ほぼ完璧な会席料理だった。

酒も爽やかな純米吟醸（じゅんまいぎんじょう）、まろやかな熟成酒、更には搾りたてと思しき微発泡のものまであった。

最後に水菓子（デザート）としてイチゴが出され、店主であるマシューが現れた。

「ご満足いただけましたでしょうか」

「我は満足じゃ！　これほどの料理を食したのは初めてじゃ！」

「私も大満足です！　素晴らしい会席料理でした。本当にありがとうございました！」

俺はそう答えながら、思わず彼の両手を取る。

「そ、それはよかったです」

俺の勢いにマシューは若干引き気味だ。

そこで俺も冷静さを取り戻した。この店で今後も食事をするなら、俺の秘密を話しておいた方がいいと思ったのだ。

「今日いただいた料理はすべて私の故郷の味でした。いいえ、これほど美味い和食を食べたのは元の世界も含めて初めてです。……ここまで言えばお分かりと思いますが、私は流れ人なんです」

「ええ。師匠と同郷の方では、と先日から思っておりました。それにしても、料理人をされていたのですか？　食材もほとんど分かっておられたようですが」

「いえいえ」と笑いながら手を振って否定する。

「仕事で、料理についていろいろと書いていただけです。多少知識がある程度ですよ」

「そうですか。もし料理人なら、新たな料理を教えていただこうと思ったのですが……」

「本は二冊持っていますが、和食の本じゃありませんし……他に資料もあったんですが、それを見るための機械が動かせないんですよ。残念ですが」

「機械ですか？　もしかしたら、〝たぶれっと〟とか〝すまほ〟と呼ばれるものでは」

その名称が知られていることに驚きつつ、答える。

「ええ、タブレットのことですが、それが何か」

「それならば動かせるかもしれません！　昔の流れ人が魔力で動かせる道具を作っていたんです。師匠もそれを使っていましたから」

詳しく聞くと、驚いたことに百年以上前に迷い込んだ技術者が、魔力で動く充電器を作ったそうだ。その設計図は世に公開されており、彼の師匠ジン・キタヤマ氏も使っていたと教えてくれた。

「それなら、王都に行けば手に入るということですか」

「私もそれほど詳しいわけではないのですが、王都でなくてもここグリーフの魔導具店でも作れるはずです。私の店の調理器具の調整を行ってくれた店を紹介しましょう」

「本当ですか、ありがとうございます」

俺としても、タブレットやスマホが使えるようになればと思っていたので、渡りに船だ。

「それでその資料が見られるようになったら、私に新しい料理を教えてくれませんか。カイセキのようなものでなくてもいいのです。師匠のいた世界の料理を少しでも知りたいので」

マシューは向上心のある料理人だった。

「もちろん構いません。私も美味い料理が食べられるなら何でも協力します」

二人でがっちりと握手をし、魔導具店への紹介状を書いてもらうことになった。

「二人とも、その前に今後の料理の話じゃ。今日獲ってきた肉をここで調理してもらおうぞ。我はマシューの料理が気に入った」

割り込んできたウィズに、「肉ですか？」とマシューが首を傾げる。

「そう言えば、エドガーさんたちはシーカーでしたね」

「ええ、コカトリスとグレートバイソン、ブラックコカトリスも少しあります。和食の店で肉ばかりというのもなんですが、調理していただけるとありがたいです」

「ぶ、ブラックコカトリスもですか！　コカトリスとグレートバイソンは扱ったことがありますが、ブラックコカトリスは師匠が調理しているのを一度見ただけですよ！」

エディも驚いていたから珍しいだろうとは思っていたが、一流の料理人でも滅多に見られないものだったらしい。量を伝えると、更に驚かれてしまった。

「ヒュームの友人二人とドワーフの友人四人を連れて来たいのですが」

「そうですね……仕込みに二日ほど掛かりますから、三日後ではいかがでしょうか。もちろん、それ以降ならいつでも構いません。私もマジックバッグを持っていますから」

この世界のいい点は収納魔術があることだ。冷蔵庫や冷凍庫とは異なり、時間を止められるからいつまでも鮮度が落ちない。

最終的にコカトリスとブラックコカトリスを一キロずつ、グレートバイソンを十キロ預けることにし、エディたちと日程を調整した後また連絡することにした。

店を出た後、「残りの肉はどうするのじゃ」とウィズが聞いてきた。

「カールさんのシーカーズ・ダイニングに持ち込もうかと思っている。あそこも美味かったからな」

相談の結果、コカトリス二キロ、グレートバイソン十キロを持ち込むことにした。


会席料理を楽しんだ翌日。

まずは、マシューに教えてもらった魔導具店に行った。想像とは異なり、インテリアや家電製品を売るおしゃれな店という感じだった。そこでタブレットの充電用魔導具を注文し店を出る。

「よし、あとはカールさんの店に行って料理の依頼だな。それから一緒に行く面々に連絡を取って、いつ行くかの調整だ」

「そうすると、今日は肉を獲りに行けぬのか……残念じゃ」

「いや、時間的には短いが、行けないことはないと思うぞ」

「そうか！　それはよかった。では、あとで頑張らねばの」

最強の元迷宮主は、完全な食いしん坊キャラになっていた。高級肉を食べたらどれだけやる気になってしまうのか、今から恐ろしい。

シーカーズ・ダイニングに行き、肉料理の依頼をした。

「コカトリスとグレートバイソンの持ち込みだと！」

「もちろん、持ち込み料はお支払いします。明日の夜、八人で予約したいのですが、大丈夫ですか？」

「予約は大丈夫だが、どんな料理が希望だ？」

カールは未だに茫然としており、声がぎこちない。

「お任せします。できれば、お酒も合わせていただけると嬉しいですね。予算は、持ち込み料込みで白金貨四枚でどうでしょう」

すると「白金貨四枚!?」と驚かれる。確かに八人で四十万円は高いかもしれないが、ドワーフは軽く三人分くらいは食べるので、二十人前だと思えば驚くほどでもない。

「ドワーフが四人もいますので、量は多めでお願いします」

肉は後で持ってくると伝え、その足でシーカータウンにあるトーマスの工房に向かった。

話をすると、驚きつつも一緒に行くことを快諾してくれた。

「ありがたく食わせてもらうぞ。その代わり二次会は儂らの奢りじゃ。ライナスにはお前があっと驚くようなものを用意しておけと言っておく。楽しみにしておれ。ガハハハッ!」

それだけ言うと、トーマスは作業に戻っていった。

「ドワーフとは面白い奴らよの。このような者たちがいるのなら、滅ぼすのではなかったな……」

ウィズが小さく零すのが聞こえた。過去にドワーフの上位種族、古小人族（エルダードワーフ）を抹殺したことを後悔しているようだ。

「済んだこと――と言うにはデカ過ぎるが、何を言っても生き返らないんだ。同じことを繰り返さないように、今後はいろいろな交流を持つべきだろうな」

「うむ。一括りにして考えてはいかんということだな。今後は気をつけよう」

迷宮を出てから、明らかに彼女の思考には変化が起きている。何となく、神の狙いが分かった気がした。

トーマスたちを誘った後は、管理局へ向かう。

昨日の戦利品、つまり〝肉〟を受け取り、エディとリアを誘うのだ。

管理局の受け取り窓口に行くと、すぐに職員が対応してくれる。

「ミスリルのインゴットと肉類は引き取るということでよかったでしょうか。その場合、査定額で買っていただくことになります。肉の分で一万ソル、白金貨十枚ですね……」

鶏肉が四キログラムに牛肉が二十キログラムだが、査定額は白金貨十枚、日本円で百万円にもなるらしい。更にこれに税金が掛かる。税率は二割だから白金貨二枚だ。

査定額で買うということは、国に引き取ってもらう場合に比べ、二倍の金額を出していることになる。もっともオークションに出せば、二倍以上になることは確実なので、シーカーにとっても損ではないのだが、何となく納得できない。

あとで聞いたのだが、シーカーができるだけ買い取らないようにするシステムらしい。

「……肉の査定価格ですが、ブラックコカトリスが三千ソル、コカトリスが一つ千ソル、グレートバイソンも同じく一つ千ソルとなっています……」

つまりブラックコカトリスは一キロ三十万円、コカトリスが一キロ十万円、グレートバイソンが一キロ二万円ということになる。

キロ二万円の牛肉なら分かるが、キロ三十万円の鶏肉というのは理解の範疇を超える。

「続いてミスリルのインゴットですが、こちらの査定価格は合計で三万ソルです。税金と合わせて三万六千ソル、白金貨三十六枚になります……」

ミスリルのインゴットは肉より高く、五百グラムの塊で一万ソル、百万円だ。グラム当たり二千円なので元の世界の金と同じようなものと考えれば、それほど違和感はない。

この買い取りのお陰で、手持ちの金は白金貨五枚ほどになってしまった。ただ、これでも五十万円くらいだし、迷宮に入れば金を稼ぐことは難しくないのであまり気にしていない。

素材を受け取った後、人目に付かない場所でアイテムボックスに入れ、エディとリアに迷宮で得た肉を一緒に食べないかと誘うことにした。

リアは受付にいたので、その旨を伝えると、目を丸くする。

「ブラックコカトリスを一緒に！　そんな高いものを奢っていただくわけには……」

「気にせずともよいぞ。我らが好きで狩ったものゆえな。明日はカールの店、明後日はマシューの店で集合じゃ。夜は空けておくのじゃぞ」

ウィズが強引に話を進めていくが、リアは「えっ？　そんな……」とパニクっている。

「彼女の言う通りですよ。私たちで狩ってきたものですから気にせずに。それに一度に多くの量を調理した方が美味しくなることも多いですから、一緒の方が私たちにとっても都合がいいんです」

俺がそう畳みかけると、彼女は「そ、そうなんですか」と言うが、すぐに手を振りながら「やっぱり無理ですよ」と困り顔になる。

「では、こうしましょう。代わりにリアさんの知っている店を何軒か紹介してください。私たちはこの町の情報に疎いので助かるんです」

「それがよい！　まだまだ美味いものを食わせてくれる店はあるはずじゃ。その情報を得られるなら肉などいくらでも食わせてやる」

「私とウィズならこの程度の肉はいつでも手に入れられます。だから一緒に行きましょう」

その一言でリアも折れた。

「分かりました。紹介するお店についてもいろんな人に聞いて探しておきます」

エディも見つけ、同じように誘うが、彼も最初は尻込みをしていた。

それでもリアと同じように説得すると、

「確かにそうですよね。一日であれだけ狩れるんですから、お二人にとっては大したものじゃないっていうのは分かりました」

そう納得してくれたので、一緒に行くことになった。

そこへ別の職員が現れる。少し焦った感じで、用件を言ってきた。

「局長が、お時間のある時にお会いしたいと申しております」

「急ぎなんでしょうか？」と聞くが、職員も内容は知らなかった。

最初は黒金貨の話かと思ったが、渡してからまだ三日しか経っていないから違うはずだ。

王都ブルートンまでは百キロくらいあるらしいし、国王にすぐに謁見できるわけでもないだろう。

ともかく職員の様子を見る限り、すぐに会った方がいいような気がした。

「局長さんが呼んでいるなら、行っておこうか。肉を獲るのは明日でも問題ないし」

「そうじゃな。昨日狩った肉もあることじゃし、急ぐことはあるまい」

この後の予定はカールとマシューの店に肉を持っていくだけで、他に急ぎの用事はない。

職員と一緒に事務所に行くと、すぐに応接室に通される。

二分ほど待っていると、局長のレイフ・ダルントンが事務員らしき男性と共に入ってきた。

「時間を取っていただき、申し訳ない」とダルントンが頭を下げる。

「いえ、こちらも特に急ぎの用事はないので問題ありません。今日はどのような用件でしょうか」

俺の問いに、ダルントンはすぐに説明を始めた。

「提供いただいた黒金貨の件です。急ぎ国王陛下と相談してまいりました。王国としましては二千万ソルで譲っていただきたいと考えておりますが、いかがでしょうか」

もう国王まで話が行っているとは思わなかった。二千万ソルというと、およそ二十億円だ。聞いていた相場と大差ないので問題はないし、ちょうど手持ちの現金が減ったところなので都合がいい。

「それで構いません」

俺の言葉にダルントンは安堵の表情を見せる。

「ありがとうございます。ただ、二千万ソルといいますと、白金貨でも二万枚になります。王国といえども一度に用意することが困難な量なのです。そこで提案なのですが、まず白金貨一千枚をお渡しし、残りは王国が保証する為替(かわせ)手形、もしくは金額相当の宝石類で代えさせていただく、というのはいかがでしょうか」

確かに硬貨二万枚は結構な量だ。白金貨は直径三センチほどで、正確な重さは分からないが、欧米などで見かける一オンス金貨くらいはあった。一オンスは三十一グラムだから、二万枚で六百キログラムを超えることになる。

手形にするか、宝石にするかだが、いずれこの国を出ていくつもりなら宝石の方がいい。しかし、今のところ、ここが気に入っているから出ていく気はないし、防具などの装備を整えるのに金は掛かるからほとんど使い切れるだろう。

それに王国としては、俺たちに残ってもらいたいと考えているらしいから、手形でもらう方が彼らも安心できるはずだ。あとはどのくらい使えるかを確認すれば充分だ。

「私としてはどちらでも構いませんが、その為替手形というのはどこでどの程度使えるものなのでしょうか？」

「相手にもよりますが、大手の商会であればほとんどのところが取引に応じてくれるはずです」

「ドワーフの鍛冶師はどうでしょうか？　装備を整えるのに使いたいのですが」

「それも問題ないですな。他にも小規模商店でも管理局が間に入れば、間違いなく取引に応じてくれます……」

詳しく聞くと、迷宮管理局には銀行に近い機能もあり、為替手形の他に約束手形なども扱っていると教えてくれた。これは高ランクのシーカーは購入する武具が高価であり、百万ソル、白金貨千枚ほどの物も珍しくないためだ。そのため、鍛冶師たちも日常的に手形を使っている。

ちなみに本当の銀行は、商業組合に加盟している者、つまり商人しか利用できないそうだ。これは信用の問題がある他に、銀行を含めた資本家が力を持つことを王国政府が嫌ったためらしい。

「それなら手形でお願いします。宝石の価値は分かりませんので」

ダルントンが事務員に目配せをすると、革製のマジックバッグがテーブルに置かれた。

「この中に白金貨千枚が入っておりますので、ご確認ください。為替手形につきましては今から用意してまいります。少しお待ちを」

事務員はそう言い、手続きをするためか退室した。

俺はマジックバッグから白金貨を取り出す。ダルントンを待たせないよう、すぐに確認を始めた。

白金貨はコインケースのような木の箱に百枚ずつ入れられており、すぐに数え終わる。

「確かに千枚確認しました」

そう言ってマジックバッグを返そうとすると、

「このバッグごと進呈いたしますよ。千枚もの白金貨を運ぶのは大変でしょうから」

豪気なことに、一千万円もする魔導具をただでくれるらしい。

買えないことはないし、王国に借りを作るのはどうかと思ったが、今後の王国との関係を考え、今回は相手の厚意を素直に受けることにした。

「助かります。明日にでも買おうと思っていましたので」

俺とウィズの魔力をマジックバッグに登録して譲渡が完了する。そこへ事務員が戻ってきた。

「お待たせしました。あとは局長と代表の方のサインを頂ければ、手形の発行は完了です」

そう言って書類を見せてくる。

「少しお時間を」とダルントンが言い、書類を確認していく。

「問題ないな。では、エドガー殿、ドレイク殿、書類の確認をお願いします」

そう言って渡してくるが、ウィズは「ゴウに任せる」と言ってきた。始祖竜は商取引などしないだろうから仕方がない。

書類を確認するが、特に不備はないので承認した。ダルントンと俺が二通の手形にサインし、すんなりと発行手続きが終わった。

帰ろうとすると、ダルントンが「もう少しお時間を頂けませんか」と言ってきた。

特に断る理由もないので浮かせかけた腰を下ろす。

「グリーフ迷宮での新たなブラックランクシーカー登録を公表する件です。お二人に異存がなければ、本日中に行いたいのですがよろしいでしょうか？　公表する内容はお二人の名前と登録日のみです。これはブラックランクが移動した場合に行われる通常の手続きと同じです」

ブラックランクは貴重な戦力であるだけでなく、迷宮深部の珍しいアイテムを供給する者だ。そのため、それらを扱う商人にとっては非常に重要な情報と言える。

「私たちに異存はありません。既にある程度は広まっていると思いますので。それよりも流れ人ということの公表はどうなるのでしょうか？」

「そのことも相談させていただきたいのです。王国としましては国王陛下に謁見していただき、そのタイミングで公表したいと考えております」

「陛下に謁見ですか……」

流れ人であることの公表については特に拘りはないが、国王に会うというのが引っかかった。

政治的に利用しようとしている感じがするし、俺もウィズも宮廷の作法に疎い。特にウィズはいつもの調子で話すだろうから、不敬罪に問われかねない。

もしそういう理由で捕らえようとして、ウィズがへそを曲げた場合、王国が火の海になる可能性すらある。そうなる前に俺が介入するにしても、大きなトラブルになることは間違いない。

俺が渋っているのに気づいたのか、ダルントンが明るい表情で補足する。

「謁見と申しましても、非公式の場での会談とお考えください。現国王のアヴァディーン陛下は気さくな方ですから、細かな儀礼を気にされることはございません」

そう言われてもあまり乗り気になれない。

「とおっしゃいましても……」

俺が断ろうと口を開くと、ダルントンが慌てて話し始める。

「そ、それと、陛下より会食の提案がございました。ご存じかは分かりませんが、王都ブルートンは美食の都とも呼ばれており、王宮の料理人はブルートンでも選りすぐりの者たちばかりです。食材は厳選されておりますし、美酒も数多く取り揃えております。いかがですかな？」

最後は俺ではなく、ウィズに向かって話していた。俺が渋るのでターゲットを変えたのだろう。

「我は構わんぞ」

ウィズはあっさりとダルントンの言葉に乗せられていた。

「これまでの食事処と違って王宮は堅苦しいんだぞ。そのことを分かっているのか？」

ウィズが俺に答える前に、ダルントンが口を挟む。

「どうかご心配なく。非公式な会食ですし、ご希望でしたら少人数にすることも可能ですから」

「この町もよかったが、マシューが修業した都であれば、更に美味いものがあるはずじゃろう」

彼女は完全に行く気になっている。こうなっては無理に止めるのは難しいので、問題が起きた時のために言質を取っておくことにする。

「分かりました。謁見と会食の件はダルントンさんにお任せします。ただ、私も彼女も宮廷の作法をほとんど知りません。もし、それが原因でトラブルになった場合は、不問とまでは言いませんが、国外追放程度で許していただけませんか」

「その点はご安心を。無礼講での会食という条件で陛下に上申いたしますので。仮にトラブルになるようなことがあったとしても、不問に付されるようにいたします」

その後、日程の調整を行い、約半月後の五月十日に決まった。色々と安心し切れない部分はあるが、ウィズの機嫌を大きく損ねるようなことがなければ、大ごとにはなるまいと自分に言い聞かせる。

思ったより時間に余裕があったため、その後は短時間だが迷宮に入ることにした。昨日と同じくミスリルゴーレムとコカトリス、グレートバイソンを狙うつもりだ。

◆

ダルントンはゴウたちとの会談の後、直ちに王宮に伝令を送った。ゴウたちが会食を了承したこと、そして五月十日に王宮を訪れることを伝えるためだ。

会談の翌日の四月二十四日の午後、伝令は無事到着した。

すぐに国王アヴァディーン・トーレスのもとに報告書が届けられる。

報告書を見た国王は満足げに頷くと、腹心である宮廷書記官長アンドレアス・リストン伯爵にそれを渡した。

「ダルントンは上手くやってくれたようだな。半月後であれば、準備も間に合うだろう。あとは情報の管理を徹底すればよい。今のところフォーテスキュー家もウィスタウィック家も気づいておらぬ。奴らに知られる前にエドガーたちと良好な関係を築かねばな……」

国王が名指ししたフォーテスキュー侯爵家とウィスタウィック侯爵家は、トーレス王国の二大貴族と言われ、それぞれ大きな派閥を率いていた。

兵力や資金力などを総合的に評価すると、トーレス王家派が四十、フォーテスキュー派が二十五、ウィスタウィック派が二十、その他中小派閥が十五という比率になる。

今のところ王家が優勢だが、フォーテスキュー家とウィスタウィック家が中小派閥に手を伸ばしており、楽観できるほどの優位はない。

「リストン、準備状況はどうなっておる」

「料理長は、流れ人であっても満足させることは難しくないと自信を持っております。念のため、食材を集めるように指示しておりますが、既に多くの珍しい食材を確保しているとのことでした」

国王の問いにリストン伯は自信を見せる。

国王はその答えに満足したのだが、翌日届いた情報に二人は頭を抱えることになる。

翌四月二十五日の午後、ダルントンからの第二報が届いた。

『去る四月二十二日に、ゴウ・エドガー殿、ウィスティア・ドレイク殿が、ジン・キタヤマの最後の弟子であるマシュー・ロスの料理店にて二千ソルの特別料理を食したとの情報をつい先ほど得た。職員が聞き取った情報によれば、ロスはエドガー殿の知識に感服し、料理に関し教えを乞いたいと伝え、了承されたとのことである……』

「あの天才マシュー・ロスがか……」と国王は呻くように呟く。

『……更に二人は幻の食材ブラックコカトリスの肉を入手し、ロスに調理を依頼したことも判明した。また、サンダーバードを狙うとも公言しており、彼らをよく知る迷宮管理官は、数日以内には入手する可能性が高いとの見解を示した……至急、宮廷料理長に本情報を伝え、対応を検討いただきたい……』

その報告書に国王はこめかみを押さえる。

「ジン・キタヤマと言えば、伝説の料理人ではないか。余も一度料理を食したことがあるが、確かにあれは芸術的な料理であった。その最後の弟子はキタヤマが天才と称したと聞く。その者と既に懇意になっておるというのか……」

リストン伯も顔を青ざめさせていた。

「それよりもブラックコカトリスの肉のことの方が重要です。料理長がどのような食材を用いるつもりかは分かりませんが、ブラックコカトリスとサンダーバードといえば、王宮でも国賓を招いた時に供されるかどうかという食材です。それを天才料理人が調理したとなれば……」

最後は言葉にならない。料理長の自信が全くあてにならない状況になったことは明らかだった。

「料理長にこの情報を直ちに伝えよ！　今回の会食は王国の命運を左右しかねない、重要なものであることを理解させるのだ！」

リストン伯は「御意」と頭を下げ、慌ただしく退室していった。


その後、書記官長室に呼び出された料理長ユアン・ハドリーは、ダルントンからの情報を耳にし、茫然とした。

「あのロスが……あの天才が教えを乞いたいと言ったのですか……ジン・キタヤマの再来ではありませんか！」

「そのようだな。ブラックコカトリスの件はまだ情報が入っていないが、ロスが失敗することはあり得ぬ。そなたもそれに負けぬ素材と料理を考えねばならんぞ。これは陛下よりの勅命（ちょくめい）である」

ハドリーは目の前が真っ暗になる思いだった。だが彼にも王国一の料理人というプライドがある。

「お任せください！　私の知識、経験、技量のすべてを注（そそ）ぎ込んだ最高の一品を用意してみせます！」

「頼むぞ。追加の情報があれば必ず伝える」

「助かります！　可能でございましたら、そのエドガー殿、ドレイク殿が何を好まれるかを調べていただけないでしょうか。方向性だけでも分かれば、何とかしてみます」

リストン伯はそれに大きく頷くと、ダルントンへの返信にその旨を記載した。

六．レア食材

迷宮管理局での用事を済ませ、カールとマシューの店に肉を届けた後、俺たちは再び迷宮に入った。

時間が短かったので三百三十階層を中心に狩りを行ったが、目的であるブラックコカトリスとサンダーバードは見つからなかった。

「明日は朝からそやつらを狩りにいくぞ。次は必ず仕留めてみせる！」

食に目覚めたウィズが力強く宣言し、その日はそれで撤収した。

朝九時過ぎから迷宮に潜れば、六時間以上は滞在できる。昨日までの効率を考えれば、コカトリスとグレートバイソンは充分過ぎるほど狩れるだろうが、希少種（レア）であるブラックコカトリスとサンダーバードが見つかるかは運次第だろう。

「狩りに行くこと自体はいいが、カールさんの店に行くんだからな。時間になったら狩れなくても切り上げるぞ」

「無論じゃ」とウィズは呆れ顔で言い、「肉を食うために狩るのじゃ。狩りのために肉が食えんのでは本末転倒であろう」と付け加えた。

確かにその通りだが、災厄竜（ディザスター）と呼ばれた存在の言葉ではないなと思った。

翌日。朝食を摂った後、迷宮に向かうため弁当を受け取った。

弁当は俺たちの泊まる宿〝癒しの宿〟で作ってもらったものだ。

このホテルはこの町一番の宿らしく、高レベルのシーカーが多く宿泊している。彼らのために弁当を作るサービスがあり、前日までに頼んでおけば朝受け取れると知って、頼んであったのだ。

「こちらをどうぞ。ご注文の品が入っております」

フロントで、支配人のバーナード・ダンブレックがランチボックスを手渡してくる。

バーナードは五十代の紳士で、灰色の髪をオールバックにし、シックな色の燕尾服で背筋がピンと伸びている。その姿はいかにも高級ホテルの支配人という感じだ。

頼んであったのはサンドイッチとチーズ、そして赤ワインだ。ピクニックに行くようなラインナップだが、他にも迷宮に酒を持ち込む者は多いそうで、おかしな目で見られることはなかった。

「厳選した素材を使用した特別メニューでございます。お気に召せばよいのですが」

さすがにやり手の支配人らしく、昨日頼んだ時には既に、俺たちが異常に食に執着していることを聞きつけていた。特別メニューもできると言われたのでそうしてもらったのだ。

弁当の料金は二人前で金貨二枚、日本円で二万円もするが、一日の収入が数十万円もあるからあまり気にしていない。礼を言って受け取り、宿を出た。

高級ホテルというだけあって料理人の腕がいいから注文したが、金銭感覚がおかしくなっている自覚はある。それでも迷宮という名の〝牢獄〟に一年間囚われていた反動なので、当分はこの生活でもいいだろうと開き直っている。

それからすぐに迷宮の出入管理所に向かった。到着した時には九時を過ぎており、俺たちのようにのんびり入る者は少ないため、入域待ちのシーカーが多少残っている程度で空いていた。

手続きを終え、転移魔法陣を使って三百三十階に飛ぶ。

昨日までは三百二十一階から三百三十階で探索したが見つからなかったので、今回は三百三十一階から三百五十階を探索する範囲にしたのだ。

三百三十一階に下りると、それまでのフロアと同じように草原と林が広がっていた。

「グレートバイソンはおるが、ブラックコカトリスとサンダーバードはおらぬのう」

眉を八の字にしてウィズは残念そうにそう言うが、切り替えも早く「では牛肉を獲りに行くぞ」と言って、俺の手を掴み転移魔術を使う。

いきなりだが、昨日までも同じ感じだったため、もう驚かない。

目の前に巨大な牛の魔物が鎮座していたが、次の瞬間、鳴き声一つ上げる間もなくウィズの魔法で消し炭にされる。

ウィズは肉の塊を拾うと、「では次の階じゃ！」と言ってくる。俺は慌てて落ちている金貨とマナクリスタルを拾った。

「肉と一緒に拾ってくれればいいじゃないか」とぼやくが、ウィズは「肉以外に興味はない」と真剣な表情で言い切り、取り付く島もない。

次の階層に行くが、ここにも目的の魔物はおらず、コカトリスを一羽狩って次の階に向かった。

その後、三百四十階に到達するが、いつものコカトリスとグレートバイソンだけで、ブラックコカトリスとサンダーバードは一羽も見つからなかった。

「やはり見つからぬの。四百五十階より下に行った方がよいかもしれんぞ」

元迷宮主に聞くと、本来なら四百五十一階から五百階の間で出現するそうだ。

ちなみにその階層で出る魔物の主力は巨人系で、ジャイアントやサイクロプスだという。ブラックコカトリスとサンダーバードは、サポートをするかのように巨人たちの足元に潜み、石化や麻痺による奇襲を行うそうだ。

異常状態に陥ったところで巨人が襲いかかり、破壊力のある攻撃を繰り出してくるため、多くのシーカーが命を落としており、攻略はこの階層で停滞しているらしい。

「行けないことはないんだが、あまり目立つのもな……」

俺とウィズならこのグリーフ迷宮を完全攻略することが可能だから、その辺りの階層に行くことは容易(たやす)い。ただ、現在の最高到達階層は四百七十階付近であり、そこまで行くと非常に目立つ。そのことが気になっており、乗り気になれなかった。

「いずれ我らの実力は知られるのじゃ。それが早いか遅いかの違いであろう？　気にすることはないと思うのじゃが」

彼女の言うことも一理あるが、単に肉を手に入れたいだけで提案している気がして仕方がない。

「肉だけが食材じゃないんだ。俺としては今のところ肉よりも他の食材の方に興味があるしな」

ブラックコカトリスについては訓練中に何度か食べている。しっかりとした肉質の中に旨味の強いきれいな脂が潜んでいるという絶品の鶏肉だった。

その時は塩すらなく、素材そのままを焼いて食べただけだ。だから、腕のいい料理人が調理したらどうなるのかと興味は尽きないが、それでも食べたことがある食材より未知のものに興味があることに変わりはない。

「そうじゃな。確かに魚も野菜も、料理次第で信じられぬくらい美味くなることが分かったのじゃ。そう考えれば、新たな食材を探すのも一興かの」

「あと二週間はこの町にいるんだ。その間はこの辺りの階層で探して、どうしても見つからなかったら王都から戻った後に下に行く、という感じでどうだ？」

「うむ、それならよかろう」

約二週間後――五月十日には国王に謁見する予定が入っており、その二日前には出発する。

俺たちだけなら風魔術の〝飛行〟を使えば一時間ほどで着くのだが、王国が馬車を用意するということなので、それに乗って移動するため時間が掛かるのだ。

ちなみに今日は大陸暦一一二〇年の、四月二十四日だ。

この世界の暦も地球のグレゴリウス暦と同じで、一年は三百六十五日、四年に一回閏年があるらしい。この事実から、この星は地球か、地球の平行世界である可能性が高い。ただ、検証する術がないのであまり気にしないようにしている。

そんな話をしながら迷宮内を探索する。三百四十階のゲートキーパー、風狼王をいつも通り瞬殺し、三百四十一階に下りていく。

風狼は馬ほどもある狼の魔物で、俊敏なだけでなく、その名の通り風魔術を使う。

ゲートキーパーはその王と取り巻きが五頭で、広いフィールドを疾駆しながら〝風刃〟を放ってくるため、普通のパーティでは結構てこずるらしい。

だがウィズの場合、ボス部屋に入った直後に百メートル四方もあるフィールドを焼き尽くしており、敵は機動性を生かすことなく焼き殺されていた。

フィールド全体ということは当然俺にも炎が襲ってくるのだが、魔法無効のスキルによってダメージは受けていない。

続く三百四十一階も空振りだったが、更に下りていくと、ウィズが嬉々とした声で叫ぶ。

「ブラックコカトリスがおるぞ！」

レアモンスターを見つけたらしい。しかし、いつもならすぐに使う転移を行わない。

「どうしたんだ？」

「他のパーティが近くにおるんじゃ」

今回の探索でもそうだが、彼女には他のパーティがいるところに乱入しないように言ってある。苦戦しているなら助けに入るという名目は立つが、それ以外では相手の獲物を横取りする行為になるためだ。

「戦っているのか？」

「否。十メートルほどしか離れておらぬが、戦っている感じはない。気づいておらぬかも知れぬな」

諦めようと言おうとした時、彼女は「奇襲を受けたようじゃ」と淡々とした口調で言ってきた。

慌てて俺も気配察知を使って場所を探る。二百メートルほど離れた場所で魔物と六人組のパーティが戦っているのが感じられた。

「二人ほど石化したの……否、更にもう一人やられたようじゃな」

彼女の解説を聞くまでもなく、俺にも分かった。石化は異常状態であり死ではないが、その微妙な感じが気配として伝わってきたのだ。

「残りは逃げるようじゃな。どうするかの？」

「助けに行こう。このままだと全滅する」

六人パーティの半数が石化し脱落した状態で、魔法陣のある二階層上まで上がるのは至難の業だろう。

「向こうから見えないところに転移してくれ」

「了解じゃ」と言うと彼女は即座に転移魔術を発動する。

転移した先は林の中で、シーカーたちの焦りを含んだ声が聞こえた。

「待ってくれ！　あいつらを見捨てるのか！」

「セリーナがやられたんだ！　神聖魔術が使える奴がいないのにどうやって助けるんだよ！」

「確かにそうだが……」

「今は俺たちが生き延びることを考えてくれ。奴を見つけられなかったことは仕方ないが、これ以上奇襲を受けるのはごめんだからな……」

二人の男の声の後に若い女性のか細い声が聞こえる。

「どうしてこんなことに……真ん中にいたセリーナが最初に……」

どうやら完全な奇襲を受けて、パーティの回復の鍵となる神官が倒されてしまったらしい。

三人は早足で近づいてくる。

「待て！　この先に何かいる」という鋭い声が聞こえた。俺たちに気づいたらしい。

「大丈夫ですか？」と声を掛ける。

「誰だ！　見かけない顔だが……」と大きな尾を持つ犬系の獣人（セリアンスロープ）の男が剣を構えながら誰何（すいか）してきた。三十代前半で片手剣と小型の盾を持つ軽戦士のようだ。

「私たちは、最近ここに登録されたシーカーです」

俺はそう言いながら探索者登録証を出す。

「ブラック⁉　……もしかして、肉収集狂（ミートマニア）の二人？」

エルフの女性魔術師が目を見開く。

〝肉収集狂（ミートマニア）〟という言葉に苦笑しかけるが、それを抑えて話を続ける。

「この先にブラックコカトリスの気配があったのですが、我々が討伐してもいいでしょうか？」

犬系獣人の男が「別に構わないが……」と困惑している。

「もしよろしければ、お仲間を助けることもできますが」

「助ける？　石化している奴をどうやって？　ポーションでも持っているのか？」

猫に似た尾を持つ小柄な獣人の男が警戒しているが、ウィズは「奴が逃げてしまう。我は先に行くぞ」と歩き始めてしまった。

「……助けてもらえるのでしたらお願いします。お礼は必ずしますので、どうか助けてください」

エルフの女性がそう言って大きく頭を下げる。

「分かりました。一緒に来てもいいですし、ここにいてもいいですが、上の階に上がるのは少しだけ待ってください」

それだけ伝えてウィズを追う。いつの間にか彼女は転移魔術を使っており、姿が見えない。ようやく見つけたから逃(のが)したくないという気持ちは分かるが、置いていくことはないだろうと苦笑が漏れる。

目的の場所に到着すると、既に肉の塊を手に満足そうにしているウィズがいた。

「逃げられずに済んだぞ！」

その横には驚愕した表情のまま固まっている石像が三体あるが、彼女は一切興味を示していない。

俺は白金貨とマナクリスタルを拾い、石像の前に立つ。

「解呪(ディスペル)は初めて使うんだが、上手くいくかな」

解呪(ディスペル)の他に治癒(ヒール)や解毒(キュア)、高揚(ライズモラール)といった神聖魔術を習得してはいるが、そもそも俺がダメージを負ったのはウィズと戦った時だけなので、使う機会がほとんどなかったのだ。

一応、神聖魔術は奥義までカンストしているし、それに伴って〝聖者〟の称号もあるから問題ないはずだ。とはいえ失敗したらどうなるのかと不安になる。

「この程度の解呪など難しくはないぞ。まあ練習だと思ってやってみるのじゃな」

ウィズも神聖魔術が使えるのだがやる気はないようだ。

練習台にされる三人には悪いが、放っておいて死ぬよりはマシだろう。

最初に手近な女性シーカーに〝解呪（ディスペル）〟を無詠唱で掛けた。灰色だった皮膚に徐々に赤みが差していく。ＣＧを見ているようで不思議な感じだが、五秒ほどで完全に戻った。

見開いていた瞼（まぶた）がパチリと動く。

「助かったの……？」と茫然としているが、問題なさそうなので残りの二人も解呪する。

二人目からは何となくコツが掴め、三秒も掛からずに元に戻った。

三人とも、助かったことが信じられないのか、自分たちの手を見たり、動きがおかしくないか身体を曲げたりしていた。

「次に行くぞ」とウィズが言ってきたので、俺はその場から立ち去ろうとした。

すると「待ってください！」と、最初に解呪した神官らしい装備の女性に呼び止められる。

振り返ると、大きく頭を下げている。残りの二人に加え、先ほど出会った三人も合流しており、全員が同じように頭を下げていた。

「ありがとうございました！　このご恩は一生忘れません。外に戻りましたら可能な限りのお礼をさせていただきます」

「いえ、偶然近くにいただけですから、気にしないでください」

ウィズがせっつくので、それだけ言ってその場を離れた。

更に肉を求めて迷宮を進んでいく。その姿は俺たちの異名〝肉収集狂（ミートマニア）〟に相応（ふさわ）しい、と心の中で笑ってしまったほどだ。

迷宮に入ってから三時間、時刻にして十二時頃、三百四十六階に下りたところで、休憩を取る。疲れてはいないが、先ほどのパーティを救助してから肉をドロップする魔物に遭遇できなかったため、仕切り直すのだ。

階段室の出口付近にレジャーシート代わりの布を敷き、その上に座る。落ち着いたところで、宿で用意してもらったランチボックスを取り出した。

ランチボックスは取手が付いた籐(とう)の籠(かご)で、赤ワインのボトルの先が少し出ている。

「サンドイッチと言っておったな。何が挟んであるのだ？」

ウィズもサンドイッチは朝食で食べたことがあり、興味があるらしい。

この世界のパンは、カンパーニュに似た少し硬い田舎風のものもあるが、柔らかい食パンも普及していた。これも流れ人が長年掛けて改良してくれたものだそうだ。

俺が来るまでにどれほどの流れ人がいたのかは分からないが、この世界に多大な貢献(こうけん)があるから保護されるという説明は、今なら素直に頷ける。

サンドイッチは食べやすいように一口サイズに切ってあった。切ってあると乾きやすいのだが、マジックバッグで時間が止められるため、出来立てのしっとりした感触のままだ。

「ハムとキュウリのシンプルなサンドと、パストラミビーフとレタスのサンド……他にもツナサンドと玉子サンドもあるぞ。ウィズの好みを完全に押さえているな」

ウィズも「そのようじゃな」と笑みを浮かべ、手を伸ばしてきた。

「まだワインを開けていないぞ」

俺が軽く咎めると、「そうであった」と手を引っ込める。

ワインのボトルはガラス製で、コルクできちんと栓がしてあった。

これは高級ワインの特徴で、長期熟成が可能なほど密閉性が高い。ちなみに安いワインの場合は陶器製のボトルに木で蓋がしてあるだけだ。

籠に入っているスクリューを取り出し、コルクを抜く。金属製のゴブレットに注ぐと黒ブドウの甘い果実香が鼻をくすぐった。

「いい香りだな……」

「どれどれ」とウィズが身を乗り出してくる。

半分ほど俺に乗りかかっており、傍から見ている者がいれば、カップルがピクニックでじゃれ合っているように見えたかもしれない。

「うむ。確かによい香りじゃ」

口を付けてみると、ボルドーの高級ワインとまではいかないが、イタリアのバローロ辺りの上質なものに近い、芳醇な香りと甘みを感じる。

「これにはサンドイッチよりチーズが合いそうだな。何が入っているんだ？」

木でできた円形の容器を取り出す。

すると「何か匂うぞ」とウィズが顔をしかめる。確かにアンモニア臭に近い匂いが漂っていた。

「ウォッシュタイプのチーズのようだな。ちゃんとスプーンも入っている」

蓋を開けると薄茶色い表面から強い匂いが立ち上がってくる。

入っていたのは、エポワスとかモンドールを思わせる、ウォッシュタイプのチーズだった。ウォッシュという名の通り、白カビのチーズの表面を塩水や酒などで洗いながら熟成させるもので、発酵食品独特の香りが特徴だ。

「腐っておるのではないのか？」

「いや、こういうチーズなんだ。さすがはバーナードさんだな。このワインにウォッシュを合わせてくるとは……」

濃い赤ワインにウォッシュチーズは鉄板の組み合わせなのだが、まさか迷宮で食べられるとは思わなかった。俺たちが酒に強く、美味いものに飢えていることから選んでくれたのだろう。

表面の茶色い皮を剥がし、中のトロトロになったチーズをスプーンで掬う。香りは更に強くなるが、構わず口に放り込む。

ミルクの香りにやや強い塩分、更に舌を僅かに刺すような刺激があり、何とも言えない複雑な香りが口に広がる。

そこへ続けて赤ワインを口に含む。

「美味い！　この蜂蜜(はちみつ)のような甘さがやめられないんだよな……何年ぶりに食ったかな……」

赤ワインと合わせると濃い蜂蜜のような甘みが現れ、ブドウの香りが更に強くなるのだ。

「本当に美味いのか？」とウィズは訝しむが、俺が美味そうに食っているのを見て、恐る恐るスプーンでチーズを掬った。鼻にしわを作りながら、スプーンを口に入れる。

「うむ。匂いよりはマシじゃな」

それからワインを口に含んだと思うと、大きく目を見開く。

「これはどういうことなのじゃ！　なぜこのように甘くなる!?　確かにこれは癖になる味じゃ！」

それからチーズとワインのコンボが始まった。

「サンドイッチを挟むとまた味が変わって美味くなるぞ」とアドバイスすると、

「おお、忘れておった！　どれどれ……」

そう言ってシンプルなハムサンドを手に取る。

「確かにこれはよい！　帰ったらバーナードに礼を言わねばの」

その後、二本目のワインも開けつつ、のんびりとチーズとのマリアージュを楽しんだ。

「では仕切り直したことだし、サンダーバードを探すか」

「チーズとワインで気分がよくなった。何となくじゃが、見つかる気がするの」

気持ちは分からないでもないが、その言い方に思わず笑ってしまった。


三百四十六階にはコカトリスしかおらず、一応それを狩ってから次の階に向かう。

そして三百四十七階に下りた時、ウィズが大きく叫んだ。

「ついに見つけたぞ！　サンダーバードじゃ！」

「本当か！」と俺のテンションも上がる。

すぐに転移魔術で目的地に飛ぶが、最初はどこにいるのか分からなかった。

「その茂みの中におる。目で見るより気配察知を使うのじゃ」

言われた通り前方の気配を探ると、カモフラージュされた茶色い鳥を見つけた。思ったよりサイズがあり、白鳥より大きいくらいだ。全体的には少し丸っこい見た目だが、猛禽(もうきん)のような鋭い嘴(くちばし)と凶暴そうな目つきで可愛げは全くなかった。

サンダーバードと聞いて何となく日本の〝雷鳥(らいちょう)〟を思い浮かべていたので、騙(だま)された気分だ。

十メートルほどまで近づいたところで、鳥は〝ピィー〟というホイッスルを吹いたような鳴き声を上げ、俺とウィズに向けて稲妻(いなずま)を放ってきた。

一本の稲妻が俺の胸を直撃する。しかし、衝撃は全くなく、冬場にセーターを脱ぐ時に感じる静電気ほどの威力もなかった。

確認できただけでも稲妻は十本ほどあり扇状に広がっていた。この距離では回避することは難しく、六人パーティなら全員に命中するだろう。どの程度の威力かはよく分からないが、少なくとも気絶(スタン)状態になるそうだから普通のシーカーにとっては厄介な敵だ。

だがそんなことを考えている間に、ウィズが魔術で撃ち殺していた。

「肉が落ちておるぞ。ようやく手に入った！」

ドロップした肉は鶏の骨付きもも肉と同じような形で、二本あった。コカトリスの場合は開いたもも肉の形をしていたが、種類が違うとドロップ品の形も変わるらしい。

重さは一キロくらいで、骨の分、こちらの方が可食部は少なそうだ。

「これでは少ないのぉ。あと二、三羽は狩りたいところじゃな」

二人で食べるには十分な量だが、これもみんなで食べるつもりらしい。そのことを言うと、はにかんだような表情を浮かべる。

「二人きりでもよいのじゃが、皆で飲み食いした方が楽しい気がするのでな」

「それもそうだな。なら、もう少し頑張って狩るか」


それから一時間ほど、何度か階層を変えてチャレンジする。

そこで気づいたのだが、一度狩った階でも戻ると復活していることがあり、何となくだが、特定の場所に出やすい気がしていた。そのことをウィズに話す。

「そう言われればそうじゃな……マナの濃さと地形が関係するのかもしれんの」

更に一時間ほど検証すると、特定の魔物が出現しやすい場所が分かってきた。ブラックコカトリスとサンダーバードは、奇襲に向く茂みがあり、マナの濃い場所に現れることが多い。

ウィズは迷宮の構造を把握しているし、マナの濃さも読み取れるから、わずか二時間で更に三羽のサンダーバードと、二羽のブラックコカトリスを狩ることに成功した。

「そろそろ時間だ。それにしてもよく狩れたな」

「うむ。今日は満足いく成果じゃな」

今日の戦果はブラックコカトリス三羽、サンダーバード四羽、コカトリス五羽、グレートバイソン六頭だ。他にもゲートキーパーを倒しているが、俺たち肉収集狂（ミートマニア）の戦果には入らない。

十五時くらいに出入管理所に帰ってきた。するとエディが俺たちを見つけ、対応してくれる。

「今日の夜はよろしくお願いします」

彼はそう言って軽く頭を下げる。カールの店でコカトリスとグレートバイソンを一緒に食べる約束をしているからだ。

「今日は驚きませんよ。どれだけ肉を手に入れてきたんですか」

俺が渡したマジックバッグを開けて、中の物を取り出していく。

「コカトリスが五、グレートバイソンが六、ブラックコカトリスが……三⁉　これは何の肉なんですか！　初めて見ますが……」

「サンダーバードじゃ。なかなかに見つけづらい奴らじゃった」

「サンダーバードなんて初めて見るんですけど……それに四羽分あるように見えるんですが……」

エディと彼の同僚は口を開けたまま固まってしまった。

「早うせんか。夜にはカールの店に行かねばならんのじゃ」

その言葉でエディたちが再起動する。

「は、はい！　では確認します。ブラックコカトリスの肉とマナクリスタルが……」

手元にあるリストに一つずつ書き込んでいく。

「……はい、以上です。ご確認ください。問題なければサインを……」

ざっと見るが特に問題がないのでサインをする。

「肉はいつも通り引き取りますので」

「了解しました。引継ぎ書に書いておきます」

「次はサンダーバードを一緒に食すぞ。時間を空けておくのじゃぞ」

ウィズの言葉にエディは「えっ？　あ、はい」と混乱しながら返事をした。

出入管理所を出ようと振り返ると、昼に助けたパーティの六人がいた。

今のやり取りを見て目を丸くしているが、すぐに我に返り、リーダーらしき犬系の獣人の男が俺たちの方に歩いてきた。

「少し時間を頂いてもいいだろうか」

「これから肉を食いに行かねばならん。あまり時間はないぞ」

「彼女の言う通り予定はありますが、十分や二十分なら大丈夫ですよ」

ウィズを宥めつつそう答え、管理局事務所の打ち合わせスペースに向かう。

椅子に座ったところでパーティ全員が大きく頭を下げ、再び感謝の言葉を口にした。

「こちらは偶然通りかかっただけですから、あまり気にしないでください」

そう言ってから互いに自己紹介をした。六人はミスリルランクのシーカーで、種族こそ違うものの、隣国ハイランド連合王国の出身者として昔から一緒に行動しているそうだ。

「……あのままでは、我々はここにいなかった。石化した三人はもちろん、俺たちもだ。その恩を返したいのだが、何か希望はあるだろうか。装備を整えたばかりで金銭はあまり払えないが……」

リーダーの獣人の青年が、丁寧な口調で聞いてくる。

「お金には困っていませんし、特にないですね……いえ、一つだけあります」

「それは？」

「皆さんはこの町に来て長いんですよね。なら、美味い料理や酒を出す店を教えてほしいんですが」

俺の言葉に六人がポカンとした表情になる。

「美味い料理屋を教えてほしいと？　それだけでいいのか？」

「ええ、私たちはこの町に来たばかりで、ほとんど店を知らないんです。さっき対応してくれたエディさんや受付のリアさんに聞いてはいるんですが、二人ともお若いですからね。皆さんくらいのベテランの方が行く店はあまり知らないと思うんです」

「うむ。確かにそうじゃな。我も新たな店の情報がほしいぞ」

「わ、分かった。では、みんなで相談して紹介できる店を考えてみる。宿は俺たちと一緒だから明日の朝にでも伝えよう」

獣人の青年は疲れたような、あるいは呆れているような表情に見えるが、死の淵から生還したところだから、そう見えるのだろう。

◆

狼獣人のキースは、ブラックコカトリスと遭遇した時、自分たちの運の悪さを呪った。

（くそっ！　こんなところに〝黒い死神〟が……）

ブラックコカトリスはミスリルランクのシーカーたちから〝黒い死神〟と呼ばれ、恐れられていた。理由は隠密性が高く、優秀な斥候でも発見が難しいことと、現れた瞬間に強力な石化攻撃を仕掛けてくるため回避が難しく、運がよくても一人は犠牲になるからだ。

そして今回は更に不運だった。唯一石化を解除できる神官のセリーナが最初に石化してしまったのだ。

（何とか助けられないか……いや、ここで無理をすれば全滅する……）

パーティのリーダーであるキースは、一瞬だけ逡巡したが、即座に撤退の指示を出した。

「全力で逃げろ！」

しかし、鬼人族の重戦士ゲイリーとヒュームの槍戦士のパットは動かなかった。それに釣られ、斥候である猫獣人のサムソンと、エルフの魔術師ナタリーの足も止まる。

彼らは同郷であると共に、十年以上にわたって一緒にこの迷宮に挑んできた戦友だった。セリーナを見捨てて逃げることができなかったのだ。

「何をしている！　奴の石化は防ぎようがないんだ！　一旦引け！」

ブラックコカトリスの石化能力は通常のコカトリスの三倍以上と言われ、抵抗することが難しい。そのことはベテランであるゲイリーたちも当然知っている。

「セリーナは諦めろ！　このままだと全滅するんだぞ！」

キースにしても苦渋の選択だったが、リーダーとして全滅だけは防がなければと心を鬼にして叫ぶ。

その声にようやく四人が動こうとしたが遅く、前衛のゲイリーとパットが石化を受けてしまった。

「ゲイリー！　パット！」

ナタリーの悲鳴が響く。彼女の腕を引っ掴んで、「今は逃げるんだ！」とキースは走り出す。

サムソンも我に返り、キースの後を追った。幸いなことにブラックコカトリスが少し離れた位置にいたことから、次の攻撃を受ける前にスキルの影響範囲から逃れることに成功する。

二人のシーカーと遭遇したのは、そうして命からがら脱出した直後だった。

のんびりとした表情のヒュームの中年男を見て、気が立っているキースは未知の魔物が化けているのではないかと警戒する。

その男は彼の警戒に気づき、探索者登録証を見せてきた。その色は漆黒だった。それでキースは彼らの正体に気づいたが、ナタリーが先に口にする。

「肉収集狂（ミートマニア）の二人？」

ゴウたちが迷宮で活動し始めてまだ三日ほどだが、ここまで知れ渡っていたのには訳がある。

昨日、迷宮管理局がブラックランクの新規登録を発表してからというもの、シーカーたちの間ではその話で持ち切りだったためだ。

断片的な情報が飛び交い、その中で二人がキースたちと同じ階層で活動しているという話を耳にしていた。それだけではなく、自分たちなら間違いなく避けるコカトリスとグレートバイソンばかりを狙い、大量に肉を確保しているという話も聞いた。

そんな話が出た時、誰かが〝肉収集狂（ミートマニア）〟と呼び始め、それを覚えていたのだ。

驚くキースたちに、男はブラックコカトリスを狩っていいかと言う。最初、キースは何を言っているんだと思ったが、獲物の横取りにならないように言ってきたのだと気づき、了承する。

その時、キースは仲間を見捨てたという罪悪感に苛まれており、立ち去りたいという気持ちが強かった。そのまま迷宮を脱出するつもりだったのだが、仲間を助けられると告げられ戸惑った。神官でもない男にできるとは思えなかったからだ。

サムソンはポーションを使う可能性を口にしたが、石化を解除できるポーションは非常に高価で、キースには正当な対価を払える自信がなかった。それでもキースは仲間が助かるならと思い、ナタリーが大きく頭を下げて頼む後ろで、同じように頭を下げた。

肉収集狂の二人がブラックコカトリスのもとに向かった後、三人は恐る恐るその後を付いていった。

現場に到着すると、既に戦いは終わっており、男がセリーナを解呪しようとしていた。

石化の解呪は非常に難しく、〝導師〟と呼ばれる高位の神聖魔術の使い手でなければ成功率は低い。しかし、心配する間もなく男は易々と解呪を成功させると、ゲイリーとパットの解呪もあっさりと成功させ、そのまま何事もなかったかのように立ち去ろうとした。

キースたちは慌てて呼び止めて礼を言ったが、男に同行していた女性が先を急いでおり、碌に話もできないうちに、二人は迷宮の中に消えていった。

「……俺は生きているんだよな」

石化から回復したパットがポツリと呟く。

「あれは誰なんだ？」と事情が呑み込めないゲイリーが頭を振りながら尋ねる。

ナタリーが彼らのことを簡単に説明すると、三人は驚きのあまり言葉を失った。黒い死神をあっさりと倒しただけでなく、石化まで簡単に解除したことが事実とは思えなかったのだ。

「今日は戻ろうか」とキースが提案すると、全員が即座に頷いた。

本来なら迷宮内で野営し、三百五十階を目指す予定だったが、精神的な疲れが大きく、これ以上進もうという気にならなかったのだ。

帰り道は魔物に五回遭遇し、そのうち戦ったのは三回だった。

戦闘を回避した相手はコカトリスだ。斥候のサムソンが敵より先に発見し、有利なポジションにいたが、誰も戦う気にならなかった。今日の幸運は既に尽き、ここで戦えばまた石化し、今度こそ助からないのではないかと何となく思っていたからだ。

精神的に疲れ切っていた彼らが出入管理所に辿り着いたのは、午後三時を過ぎた頃だった。

いつもより早い帰還に、職員から何かあったのかと聞かれたが、六人は小さく首を横に振るだけで何も言わなかった。

ドロップ品の手続きなどを終え、宿に戻ろうとした時、職員が驚く声が聞こえた。振り返ると、そこには彼らを助けた肉収集狂(ミートマニア)の二人がいた。

「このタイミングで会えたのだから謝礼の話をするべきだろうな」とキースが言うと、パーティメンバーたちも無言で頷く。

彼らの手続きが終わるのを、出入管理所の壁際に立って待つ。しかしその間、目の前で繰り広げられた異様な光景に思わず見入ってしまった。

「どれだけ肉を集めてきたんだ……」とゲイリーが低い声で呟く。鬼人族である彼は二メートル五十センチを超える身長で、その視点からは作業台の様子がはっきりと見えていた。

「まだ出てくるのか……本当にいくつあるんだ？」

そこで耳がいいエルフの魔術師ナタリーが「えっ！」と驚きの声を上げる。

「今サンダーバードと……それも四つですって……？」

「本当なのか」とキースが小声で確認する。

「ええ、エディ君はそう言っているわ。ブラックコカトリス三羽、サンダーバードが四羽、コカトリス五羽、グレートバイソン六頭って……他にもウインドウルフキング、キラーマンティスも倒しているみたい。これって、三百三十一階から三百五十階まで進んだってことよね。私たちがあんなに苦労しているところなのに、それを一日で……」

「そうだな」とキースが力なく呟く。

彼らのパーティはここ三ヶ月ほど三百四十階層で停滞していた。ようやく準備が整い、三百五十階層に挑もうとしていたところだったのだ。

「しかし本当に肉ばかりね。肉収集狂（ミートマニア）と呼ばれるだけのことはあるわ」

自分たちとの差を忘れたいかのように、呆れ気味にナタリーが呟いていた。

手続きが終わったところで二人に声を掛けると、短時間なら対応可能という答えが返ってくる。

管理局事務所の打ち合わせスペースで謝礼の話を持ち掛けたが、料理店を紹介してほしいという要求にキースは戸惑うしかなかった。

とりあえず、自分たちの知っている店を紹介すると約束し、彼らと別れたものの、六人の表情は冴えない。宿に戻った後、皆で相談を始めた。

「美味しい店を教えてほしいってことでしたけど、本当にそれだけでいいのでしょうか。命の恩人なのですが」

　生真面目な神官のセリーナが疑問を口にする。斥候のサムソンが「俺もそう思う」と同意しつつ、更に言葉を続けた。

「ただ、金はいらないっていうのは本音じゃないかな」

「どういうことだ？」とゲイリーが尋ねる。

「今日見た肉だけでいくらになると思う？　奴らは俺たちが出せる謝礼の何十倍も稼げるシーカーだ。俺たちが駆け出し（ブロンズランク）から金を取らないのと同じ理屈なんだろう」

　その言葉で、皆が自分たちとの力の差を再認識する。

「ブラックは化け物揃いだと聞いたが、それ以上だな」

　キースの呟きに全員が頷いた。そこでそれまで黙っていた槍戦士パットが発言する。

「……なら、言われた通り、行きつけの店を紹介するしかないだろう」

「けどよ。俺たちの行く店ってハイランド料理の店ばかりだぞ。俺たちにとっては懐かしい故郷の料理だが、こっちのもんにとっちゃ大したことがないと思うんだが」

　サムソンが反論するが、ナタリーがそこでポンと手を打つ。

「いいえ、その方がいいかもしれないわ」

「どういうことだ？」

「あの人たちがどこから来たのかは知らないけど、この町の人がハイランド料理の店を紹介することってまずないでしょう？　だから、そういうお店を紹介した方が逆に新鮮なんじゃないかしら」

彼らの出身地ハイランド連合王国はここトーレス王国の北に位置する。名前の通り標高が高い土地で、森林が国土の大半を占め、大きな湖もある。

また、ヒュームが多いトーレス王国とは異なり、エルフ、鬼人族、獣人族なども多く住む多種族国家であり、各種族に伝わる独特な料理が多いことも特徴だった。

彼らはナタリーの意見を受け入れ、どこを紹介するか真剣に話し合った。そして、明日の朝にゴウたちにその店を紹介することにした。

◆

ウィスティアが簡単に狩ったサンダーバードは、ブラックコカトリス以上に危険視されている魔物だ。

高い隠密性と数百万ボルトという高電圧の攻撃により、出会った瞬間に感電死させられてしまうことが多く、運よく即死しなかった場合でも、感電による麻痺でほぼ確実に行動不能になる。

その後止め（とど）を刺されたり、雷の音によって寄ってきた他の魔物に麻痺状態で襲われたりと、遭遇したほとんどのシーカーが命を落としていた。

幸い、出現確率が低いことと一定の範囲内に入らなければ積極的に攻撃してこないことから、犠牲者の数自体は多くない。

エディが肉を見たことがなかったのは、シーカーたちが三百五十階層付近でこの魔物に出会っても、全滅するか、運よく先に見つけられても決して手を出さないためだ。また、本来の出現場所である四百五十階層にチャレンジするシーカーがここ十数年いないことも大きな理由だった。

そういうわけで管理局の査定はベテラン職員が行うことになったが、十数年ぶりのことであり、査定は困難を極めた。もしオークションに出せば、どれほどの値段が付くか分からないためだ。

ゴウたちの担当となってしまった管理官のエリック・マーローは、またしてもその対応に頭を悩ませることになった。

七．肉料理

迷宮で大量に肉を獲ることに成功した。途中でミスリルランクのシーカーを助けるという予定外のイベントが発生したが、当初の計画通り十五時過ぎに迷宮を出ている。

宿への帰り道、俺はウィズと雑談をしながら歩いていた。

「これだけあれば、とりあえず充分だろう。それにどこに行けば狩れるか分かったんだから、これから肉の確保で苦労することもないしな」

「そうじゃな。では、今後の目標はどうするのじゃ？　更に下層のミノタウロスを狩るのも一興じゃが」

「それもありだが、オークの上位種を狙うのもいいかもしれない。牛肉と鶏肉はいいのが手に入ったが、豚肉だけはまだだからな」

「うむ。確かにそうじゃ。だが、他の迷宮に行くという選択肢はないか？　我はこの迷宮のことは大概知っておるが、他の迷宮のことは全く知らぬ。我の知らぬ美味い魔物が他の迷宮におるかもと思うと気になってての」

「確かにそうだが、他の迷宮のことをどうやって調べればいいんだ？」

「カールに聞いてみようぞ。肉のことなのじゃ、料理人に聞くのが一番であろう」

今からカールの店、〝探索者の台所（シーカーズ・ダイニング）〟に向かうため、そこで話を聞けばよいと提案してきた。

「それはいいな。他の迷宮はもちろんだが、迷宮以外にも美味いものはあるはずだ。それを買い付けに行ってもいい」

「うむ。近々王都に行くのであれば、そこで仕入れることもできよう。何といっても〝美食の都〟と呼ばれるくらいじゃからな」

そんな話をしていると定宿〝癒しの宿（ヒーリング・イン）〟に到着した。

ロビーに入るとすぐに支配人のバーナードが出迎えてくれる。

「お帰りなさいませ」

いつも通り柔らかな笑みを浮かべ背筋を伸ばした姿に感心しながら、ランチが入っていた籐の籠を渡す。

「とても美味しかったです。特にチーズとワインの組み合わせは絶品でした」

「うむ。我もあれには驚いたぞ。明日も美味いものを頼む」

「お口に合ったようで何よりです。明日も朝から迷宮に入られるのでしょうか？」

「ええ、そのつもりです」

「では、何かご要望はございますか？」

「バーナードに任せる。それでよいな、ゴウ」

俺にも異存はないので、「お任せします」と伝えた。

装備を外し、シャワーを浴びて軽く汗を流す。ウィズは面倒くさがり屋なので、生活魔術の〝清潔(クリーン)〟を使うだけだ。

その方が効率的ではあるのだが、元の世界からの癖か、シャワーがあるとどうしても使いたくなるのだ。本当は風呂に浸かりたいものの、グリーフの町の宿にはどこにもないそうだ。

さっぱりしたところで、他の参加者と待ち合わせる。

今日の参加者は守備隊の兵士エディ、管理局の職員リア、ドワーフのトーマスら鍛冶師四人だ。世話になっている管理官のマーローも誘ったのだが、多忙ということで断られている。

これは後でリアに聞いたことだが、明確には答えてくれなかったものの、多忙の原因は俺たちらしい。何が原因かは分からないが、申し訳ない気持ちでいっぱいだ。

宿のロビーで待っていると、トーマスたち四人がやってきた。

「おう二人とも！　今日は楽しみじゃな。コカトリスなど久しぶりじゃ」

工房主で高所得者の四人でも、さすがにキロ十万円の鶏肉を頻繁に食べることはないらしい。

「よい肉は王都に流れていくからのう。儂らも奮発したい時はあるんじゃが、なかなか口に入らぬ」

兜（ヘルメット）専門の鍛冶師ガルトが零す。もう二人——全身鎧専門のルドルフと槍専門のダグも、大きく頷いていた。

食べたくても肉が回ってこない、ということらしい。この辺りは、都会にいい魚が流れてしまい、漁港の地元民が食べられないという事情に近いかもしれない。

そんな話をしていると、エディとリアがやってきた。

「お待たせしました」とリアが言うが、まだまだ時間に余裕はある。

全員が揃ったので店に向かうものの、ほとんど隣なのですぐに着いてしまう。まだ開店していないようだが、顔見知りであるリアがドアを開けて声を掛けた。

「あのぉ……ちょっと早いんですが、大丈夫ですか？」

すると奥からヒュームの中年女性が、エプロンで手を拭きながら出てきた。カールの妻マギーだ。

「あら早かったわね。でも大丈夫よ。もうそろそろ準備は終わるから」

そう言いながら席に案内してくれる。

既にテーブルはセッティングされており、四人掛けのテーブルを繋げて八人掛けにしてある。

他のテーブルには何も置いていないので、貸し切りになるようだ。そのことを尋ねると、

「食材は持ち込みな上に、白金貨四枚も出してもらうのだもの。それに見合った料理を出そうと思ったら、他のお客さんの相手をしている余裕なんてないわよ」

一日の売り上げがいくらかは知らないが、確かに材料代抜きの調理と酒だけで四千ソル、日本円で四十万円もの売り上げになるなら充分だろう。

席に着くと、コック服姿のカールがやってきた。整えられた髭とコック帽がよく似合う。

「要望通り、コカトリスとグレートバイソンの肉三昧だ。とはいえ肉ばかりだと飽きるだろうから、いろいろと考えてみた」

彼に渡した肉はコカトリスが二キロ、グレートバイソンが十キロだ。ドワーフが四人いるとはいえ、八人に出す肉の量としては多過ぎたのかもしれない。

「飲み物もこっちで勝手に合わせるつもりだが、それでいいんだな？」

カールは、一瞬トーマスたちドワーフの方に視線を向けてから俺に確認してきた。

「それでいいですよね」と俺もトーマスたちに確認すると、四人は大きく頷く。

「奢ってもらう料理に注文を付けるほど儂らも非常識ではないわい。それにゴウがよいというならそれが最善なのじゃろう」

「本当にいいのか……」とカールが唖然としている。

「ああ構わん。だが、ゴウを満足させるものを頼むぞ。儂らもそれを楽しみにしておるのじゃからな」

「そこまで信頼されているのか……分かった。最高の組み合わせで全員を唸らせてみせる」

カールは力強くそう言うと厨房に戻っていった。彼の料理人魂に火が点いたらしい。

「それにしても凄いですね。ゴウさんは」とリアが言ってきた。

俺が首を傾げると、ニコリと微笑み、

「だって、トーマスさんたちがお酒のことで信頼しているんですよ。ドワーフがヒュームにお酒の注文を任せるなんて聞いたことがないですから。フフフ……」

彼女の言葉にエディも大きく頷いている。

そんな話をしていると、マギーが一杯目の酒を持ってきた。

「最初はフォーテスキューのスパークリングワインだよ。普通のよりちょっと重めだね」

そう言いながら、フルート型のシャンパングラスを並べていく。フォーテスキューは王国の東部にある土地の名前だそうだ。

グラスが並んだところで俺に視線が集中する。乾杯の音頭(おんど)を取れということなのだろう。

俺はグラスを手に取り、軽く掲げる。

「では美味しい料理とお酒を楽しみましょう。乾杯」

「「カンパイ」」とウィズたちが唱和する。

そのままグラスに口を付けると、炭酸が弾けて上がる柔らかなミストが鼻に当たり、白ブドウ独特の爽やかな香りに包まれた。

(ちょっと甘い感じだが、美味いな。甘口のワインでも糖分無添加(ノン・ドサージュ)だとここまで甘くならないはずだから、やっぱり糖分添加(ドサージュ)しているのかな？　それにしてもこの甘さがブドウの酸味をいい感じに和(やわ)らげてくれる……)

以前、ワイン専門店を取材したことがあり、スパークリングワインの作り方は一応知っている。

ボトルの中で二次発酵させた際に炭酸ガスが発生するのだが、その時に糖分が消費されてしまう。

そのため澱引き（デゴルジュマン）の際、甘みと風味を足すため、リキュールを加えることがある。これをドサージュ、日本語で〝糖分添加〟とか〝補糖〟という。

「少し甘いが、これはこれで美味いの」

今まで辛口の酒が多かったので、ウィズにとっては新鮮なようだ。

そんなスパークリングワインを楽しんでいると、料理が運ばれてきた。

前回と同じくシェアするスタイルらしく、大皿が二つテーブルに置かれる。グリーンリーフやルッコラのような野菜が山盛りになっているが、その下には赤みを帯びた肉が隠れていた。

更に、カリカリに焼かれた薄切りのパンも出てきた。

「グレートバイソンのローストビーフのサラダ風だ。ソースはベリーとビネガー、あとはいろいろと香辛料が入っている。好きなように食べてみてくれ。肉だけでもいいし、野菜と一緒でもいいし、パンの上に載せても面白いだろう」

カールはそれだけ言うと厨房に戻っていった。

俺はウィズの皿に肉と野菜、パンを取り分け、自分の皿にも同じように置く。

「やはり肉から行くべきなのか？」とウィズが聞いてきたので、大きく頷く。

肉は美しいロゼ色で、目で楽しんだ後、ナイフで一口サイズに切り、その上にソースを少しだけ掛ける。

口に入れると最初に、ベリーの爽やかな甘みとビネガーの鼻に抜ける酸味を感じた。肉を噛むとその絹のようなきめ細かさに驚くが、それでいてしっかりとした歯ごたえを感じる。

脂はほとんど感じず、牛肉独特の旨味だけが口に広がっていく。

「美味い！　これだけ美味い牛肉は久しぶりだ……」

スパークリングワインを口に含めば、炭酸がソースの爽やかさを増し、肉の香りを引き立てる。

それからは、野菜と一緒に食べ、更にはパンに載せ……といった風に、味の変化が楽しくてほとんど無言で食べ続けていた。

顔を上げると、他のメンバーも同じように黙々とローストビーフを食べていた。美味い料理だから仕方がないだろう。

「本当に美味いの。あのグレートバイソンが、これほど美味いとは思わなんだぞ」

「俺は初めてですよ。普段食っている肉が何なんだと思うくらい柔らかいし味が濃い。連れてきてもらえて本当によかった……」

ウィズは感心した様子で、エディは誰に言うでもなく呟いている。リアは上品に食べてはいるが、幸福感がもろに顔に出ていた。トーマスたちドワーフは肉とワインを交互に口に運んでおり、既に二度ワインをお代わりしている。

「肉にはビールか赤ワインじゃと思っておったが、白でもよいものなんじゃな」

トーマスがそう聞いてきた。

「普通の白ワインだと牛肉に負けるかもしれませんけど、スパークリングなら相性のいいものを選べば大丈夫ですね。他にも日本酒（サケ）でも合うと思いますよ」

日本酒とローストビーフは相性がいい。特にソースに少し醤油が使ってある場合は赤ワインより合うと個人的には思っている。あっという間に大皿のローストビーフがなくなった。

「もう少しほしいのじゃが」とウィズが悲しげな目で訴えてくる。

「まだまだ一品目だぞ。これからもっと美味いものが出てくるはずだ」と答えると、「そうじゃな」と納得し、表情をコロッと変え、笑顔になった。

そんな話をしていると、二杯目の酒が出てきた。今度は赤ワインのようだ。

「セオール川近くの軽めの赤ワインだよ。ヴィンテージは一一一八年。まだ二年も寝かせていない若い奴だね」

マギーに詳細を聞く。セオール川はここから三十キロメートルほど西にある川で、川沿いにはブドウ畑が多く、王国でも有数のワイン生産地だそうだ。

大ぶりのグラスに注がれたワインは透明度の高いガーネットのような美しさだ。

香りを嗅ぐと、芳醇さよりも黒ブドウの甘さを含んだ爽やかさを感じた。口を付けるとさらっとした感じで舌の上を流れ、柑橘のような香りが僅かに残る。

「確かにライトな赤ワインだな。料理は何だろう？」

すぐに皿が運ばれてきた。

今度は平らな皿にピンク色の薄切りの生肉が並べられ、その上にオリーブオイルらしい油と黒胡椒、粉チーズが掛けられている。

「グレートバイソンのカルパッチョだ。そのまま食べてくれ」

「生肉も食べるんですね」と思わず聞いてしまった。

何となく古いヨーロッパの印象を受けるこの国で、生肉が当たり前に受け入れられていることに、違和感を持ったのだ。安全に調理できる現代でこそ、ヨーロッパでも生の肉や魚は普通に食べるが、それほど昔からというわけではなかったはずだ。

「割と昔から食っておるぞ。挽肉(ひきにく)に香辛料を混ぜて味を付けたものだがな」

トーマスが教えてくれた。どうやらタルタルステーキのようなものはあったらしい。

興味深く思いながら、皿の肉をフォークで掬って口に入れる。最初にレモンのような柑橘の酸味と香りが広がり、噛むとオリーブオイルとチーズのコク、黒胡椒の辛みが加わり、口の中が複雑な味と香りに支配される。

しかし、肉の味はしっかりと残っていた。柔らかさの中に弾力がある食感で、例えるなら状態のいいクジラの赤身のような、肉本来の旨味と脂の味で、生臭さは一切感じない。

肉を呑み込んだ後にライトな赤ワインを口に含むと、ブドウの香りがソースのように絡んでくる。生に近い肉にフルボディの赤ワインという組み合わせだと、生臭さを感じることが多いのだが、このくらいフレッシュ感が強いと旨味を引き出してくれるようだ。

「生肉はそれほど好きじゃなかったんだが、これは美味い！」

「うむ。これは癖になる味じゃ」

ウィズも満足げに何度も肉を頬張っていた。

「儂は焼いた牛肉が好きじゃが、これはこれでありじゃな」

ドワーフのルドルフが頷いている。

「でも、これは迷宮産の肉でしかできないそうですよ。普通の牛を使うと、食あたりをすると聞いたことがあります」

リアがグラスを傾けながら説明してくれた。

迷宮産の肉はドロップ品として〝肉の塊〟として落ちてくる。その際、食肉加工場から出荷されたかのようにきれいに処理されており、ビニール袋のような半透明の皮膜に覆われているのだ。

更にすぐにマジックバッグに収納されるため、非常に状態がいい。だから、生で食べられると言えるかは微妙だが、迷宮産の肉には細菌や寄生虫が存在しないらしい。

カルパッチョを食べ終えると、白ワインが出てきた。

「肉なのに白ワインなんですか？」とリアが首を傾げる。

「そうみたいだね。これもセオール川沿いのワインだよ。ヴィンテージは一一一六年。白にしては結構寝かせているものだね」

黄金（こがね）色を薄めた感じの濃い白ワインだった。

口を付けると、最初に酸味と木の香りを強く感じる。樽（たる）での熟成が長かったためだ。

「これはあまり好みではないの」とウィズはお気に召さなかったのか、鼻にしわを寄せている。

「それはこいつを食べながら飲むものだからな」とカールは言い、大きな深皿を置いた。

深皿の中身はスープで、大きく切った肉の塊と野菜が浮かんでいる。

「グレートバイソンのポトフだ。野菜は蕪（かぶ）と玉ねぎ、それにキャベツだ。好みで白胡椒を振ってくれ」

「ポトフですか。そうくるとは思いませんでした！」

「こいつくらい美味いとスープも絶品なんだ。まあ、スープだけ出すとつまみにならんから、具材と一緒に出しているが」

日本人のポトフに対するイメージは鍋料理だが、本場のポトフは肉が主役の料理だ。本来ならスープと肉などの具材を別々に出すのだが、つまみにするため一緒に出してくれた。

取り皿に肉と野菜を取り分ける。それだけで肉の出汁と香味野菜の香りに包まれる。

肉を小さく切り、口に放り込む。今までの食感とは全く違い、同じ肉とは思えないほど柔らかく、すぐに解(ほぐ)れていく。

解れた繊維(せんい)を噛むと、肉の旨味とゼラチンの甘味が溢れ出てきた。香味野菜と白胡椒、ハーブの香りがそれに加わり、思った以上にコクがある。

そこで白ワインを口に含む。

「なるほど……」と思わず言ってしまうほど、絶妙だった。

最初に感じた木の香りは、スープのコクによって全くと言っていいほど気にならなくなった。逆に強い酸味が肉のゼラチンを流し、それまでは感じなかったブドウ本来の甘味が現れてくる。

「本当じゃな！　この料理と一緒に飲むと信じられぬくらい味が変わった！　何ということじゃ！」

ウィズはさっきの残念な表情から打って変わり、満面の笑みでグラスを傾けている。

「豚肉に白ワインは割とありだと思っていたけど、これもありだな。さすがは一流の料理人だ」

「しかしグレートバイソンばかりじゃな。コカトリスはどうなったんじゃ？」

ウィズの疑問に俺を含めた全員が頷いている。

「この次がコカトリスだよ。うちの旦那が唸るくらい美味いから楽しみにしておくんだよ」

食器を片づけに来たマギーがそう言って俺たちを煽った。

すぐに、コカトリスを使った料理に合わせるワインが出てきた。

「今度は王都ブルートンのフルボディの赤だよ。ヴィンテージは一一一六年。まだ四年、フルボディにしては若いね」

カルパッチョの時に出てきた赤ワインに比べ、紫色が強い。

口を付けると黒ブドウの甘く芳醇な香りが上がってくる。口に含むとビロードのような滑らかさを舌に感じ、その後に少しだけ渋みが残った。

「確かに若い感じだな……そうだな。あと五年くらい寝かせたい。そうすればもっと美味くなる……」

俺のコメントに料理を持ってきたカールが「なかなか分かっているじゃないか」と感心している。

「適当に言っているだけですよ」

カールは「まあいい。次の料理だ」と言って、全員の前に皿を置いていく。今回はシェアするわけではないようだ。

「シンプルにコカトリスのソテーだ。味付けも塩と胡椒、ほんの少しのレモンだけだ。コカトリスそのものを味わってほしいと思ってな」

皿の上には皮目がカリッと焼かれたソテーがあった。付け合わせは何もなく、見た目は今までの中で一番シンプルだ。

美しいきつね色に焼き上がっており、立ち上ってくる湯気から鶏皮を焼いた時の独特の香ばしい脂の香りを感じる。

ナイフで肉を切ると、ジュワリと透明な肉汁が溢れてくる。切った感触は思った以上に弾力があった。軍鶏(しゃも)に近い肉質のようだ。

切り口はほんのりロゼ色で、ギリギリ火が通っている絶妙の焼き加減だった。

口に入れると、脂に溶けた塩が舌を刺激し唾液が湧き上がるが、僅かな柑橘の香りが上品さを引き立てる。そのまま肉を咀嚼すると、強めの塩味と肉が混じり、爆発的な旨味が口の中を支配した。

「これほど美味いとは……迷宮で食ったのは何だったたんだ……」

一年間の訓練中、コカトリスの希少種であるブラックコカトリスを食べたことはあった。しかしその時は塩すらなく、熱を発する斧でただ焼いて食べただけで、美味い肉だとは思ったものの、これほどの旨味があるとは思わなかったのだ。

呟いた直後、〝迷宮で食べた〟と言ってしまったことに気づいて後悔する。

本来、迷宮内でドロップ品を食べることはなく、何をしていたのかと疑念を持たれるためだ。しかし、他の者たちも肉の味に衝撃を受けており、俺の呟きに気づかなかったようで、誰からもツッコミを受けなかった。

皆で一心不乱にコカトリスのソテーを食べていく。

最初は〝牛肉の後に鶏肉を食べるのか？〟と疑問に思ったのだが、食べてみたらカールの意図は容易に理解できた。

確かにグレートバイソンの肉も、今まで食べた牛肉の中で一番と言えるほど美味かった。脂の旨味というより肉の旨味が強く、どれだけ食べても飽きがくる気がしなかったほどだ。

しかし、コカトリスはその印象を打ち消すほど美味い。鶏肉の繊細な旨味と溢れ出る肉汁、カリッと焼いた皮の香ばしさ……言葉では表現できないほどの味だ。

ワインを口に含んだところで、思わず感想が口をついて出る。

「このワインを選んだ理由がようやく分かった」

「どういうことじゃ？」とウィズが反応する。

「肉の味がこれほど濃いと、白ワインはもちろん、さっき飲んだ軽い赤ワインでも肉に負けてしまう。逆に熟成した赤ワインだと、コカトリスの肉の旨味と喧嘩してしまう。でもこの赤ワインは、ボディがしっかりしている割に若く、ブドウの香りと渋みが強いんだ。これがシンプルなコカトリスの旨味と脂に合っていると思う」

ウィズは俺の言葉を受け、改めてグラスに口を付けて味を確かめた。

「そう言われると、そうかもしれんな」

その時、他の者も俺に注目しているのに気づいた。

「ゴウさんって凄いですね。本当に料理人じゃないんですか？　シーカーよりよっぽど似合っていると思いますよ」

リアが笑いながら言ってきた。

「シーカーらしくないということは否定しませんけど、料理を作る方は本当に素人なんですよ」

そこで話題を変えるためにトーマスに話を振った。

「トーマスさんたちは以前も食べたことがあるんですよね」
「そうじゃ。だが、これほど肉の味を前面に出してきた料理を食ったのは初めてじゃな。今までで
これが一番であったと断言できる」
トーマスは腕を組んで何度も頷きながら答えた。
「そうなんだ……これで更に美味しいって言われているブラックコカトリスを食べたらどうなるん
でしょう。もう安い鶏肉が食べられなくなる気がします」
リアがそう言うと、エディも同意する。
「本当、そう思うよ。俺みたいなペーペーの兵士がこんな贅沢をしていいいんだろうかって。明日の
ロス・アンド・ジンが楽しみなような怖いような……」
「何を言うか。我らは更に美味いものを探すつもりじゃぞ。それにサンダーバードも既に狩ってお
る。それを食す時にはそなたらにも付き合ってもらうつもりじゃからな」
堂々と言い渡したウィズに、「今日獲ってきたサンダーバードをですか！　マジで……」とエディ
が絶句している。
「サンダーバードまで討伐したとなると、この後は何を狙うつもりなんじゃ？」
槍専門の鍛冶師のダグが聞いてきたので、今後の計画を少し話す。
「実はまだ決めていないので、カールさんやマシューさんに聞こうと思っています。まあ、ミノタ
ウロスの上位種は狙うつもりでいますけど」
「ミノタウロスの上位種と言えば、四百階に近いところの魔物ではないか。いかにブラックとはい

え、二人では危険ではないのか」

トーマスが心配してくれるが、ウィズは「心配無用じゃ」と軽く流す。

「我らに掛かればミノタウロスなど、ただ肉を運ぶ獲物に過ぎぬ。そうじゃな、ゴウよ」

話を振られてどう答えようか困るが、ここまで自信満々に言われたら合わせるしかない。

「ええ、彼女の言う通りです。そのくらいの階層なら何も問題はありません」

「四百階じゃぞ……ミスリルランクの連中が命懸けで挑むところなんじゃが……」

トーマスの言葉に、俺たち以外が大きく頷いている。

「まあ、この話はまた後で。次の料理が出てきそうですよ」

いいタイミングで次のワインが出てきた。

「次もブルートンのフルボディの赤だよ。ヴィンテージは一一一〇年。このくらいが一番力強いってうちのが言ってるわ」

今度は十年物だ。グラスを灯りにかざして色を見る。さっきの若いものより深いルビー色で、ワインの表面とグラスが接する部分に透明な輪、〝リム〟がある。リムは美味いワインの証だ。

口に含むと熟成された赤ワインの優しい香りが広がり、滑らかな舌触りと独特の甘みでそのまま喉に落ちていく。しかし、それで終わることはなく、飲んだ後も鼻の奥から香りが上がり続ける。

「これは素晴らしい赤ワインですね。渋みが全く感じられないですし、まだ全然枯れてなくて十分に力強い。何より最後に上がってくる香りが素晴らしい」

「確かにね」とマギーは頷くが、すぐに呆れた表情を浮かべる。

「でも本当にシーカーなのかね。ワインの買い付けをやっている商人でもそこまで分かってる奴は少ないよ」

「感じたことを言っているだけですよ」

実際、この程度のことを言える人はいくらでもいるはずだと思う。

そんな話をしていると、カールが料理を持ってやってきた。

「次はグレートバイソンの赤ワイン煮だ。肉料理はこれで最後になる」

そう言いながら一人一人に皿を配っていき、マギーがパンを別の皿に置いていく。

「まだ皿が熱いから気をつけてくれ」

ウィズが皿を持とうとしていたのでカールが注意したが、俺は放っておく。伝説の古代竜（エンシェントドラゴン）がこの程度の熱でダメージを受けることはないだろう。

真っ白な深皿の上に、よく煮込まれた牛肉の塊が鎮座していた。濃い茶色のデミグラスソースがたっぷりと掛けられ、更に生クリームが少量垂らしてある。

ナイフを入れるとホロッという感じで簡単に崩れる。しかし、口に入れた食感は肉の繊維がしっかりと残っており、思った以上に歯ごたえがあった。

濃厚なソースの味に適度な脂を感じ、噛むほどに肉の旨味が口に溢れ出てくる。

「これも美味い。よく煮込まれているのに肉の旨味がしっかり残っている……」

そう言いながらソースにパンを浸す。デミグラスソースの旨味が染み込んだパンを食べ、続いて熟成感があり重厚な赤ワインを口に含む。

「ソースも絶品だし、ワインに最高に合うな。肉料理の締めに持ってきた理由が分かるよ」

「それはどういうことじゃ？」

俺のコメントにすぐ、食の探究者、好奇心の塊と化したウィズが聞いてくる。

「ワインと料理の相性——俺のいた世界だと〝マリアージュ〟と呼ぶんだが、それを完璧なまでに見せてくれたんだ」

「よく分からぬの。さっきのコカトリスも絶句するほど美味かったのではないか？」

「確かにコカトリスも美味かった。だが、あれは素材の美味さだ。料理と酒の組み合わせを楽しむ点で言えば、こっちの方がよく考えられている」

「ふむ……つまりじゃ。我やトーマスたちのように、酒を楽しみたい者のこともしっかりと考えてくれたということか？」

「そういうことだな」

その後、デザートとしてプリンが出てきた。もちろん、日本のスーパーで売っているようなゼラチンで固めたものではなく、蒸し焼きのクラシックなタイプのものだ。加えて、最初に飲んだスパークリングワインも出てきた。

しっとりとしたプリンにとろっとしたカラメルソースが掛かっていて、甘みとほろ苦さのバランスが絶妙だ。スパークリングワインの爽やかさとも相性がいい。

「コーヒーか紅茶が定番なんだが、これも結構合うな」

俺の呟きに、カールが意図を説明してくれる。

「今回は酒で合わせてくれっていうオーダーだったからな。酒ならブランデーでもよかったんだが、どうせこの後、ドワーフと一緒に飲みに行くんだろ。そっちで蒸留酒を飲むならと、あえてスパークリングワインにしてみたんだ」

言われた通り、酒ならブランデーか、カルヴァドスが合うと思っていたので、カールの正確な予測に舌を巻く思いだった。

料理がすべて出終わったため、カールも加わって雑談している。

いい機会だと思い、聞きたかった肉について質問した。

「また肉を調達に行くつもりなんですが、お勧めのものってありますか？」

「肉か……ブラックコカトリスとサンダーバードは手に入れたって言っていたな。だとすれば、ミノタウロスの上位種、ウォーリア、グラップラーなんかが良いだろう。こいつらはグレートバイソンよりも美味い。まあチャンピオンが一番なんだが、奴は四百階にしか出ないそうだから量を確保するのは難しいだろう……」

「よし、そうとなれば明日はミノタウロスを狩りに行くぞ」とウィズがやる気になっている。

「あとは、迷宮以外だと何かありますか？　肉に限らず何でもいいんですが」

そう尋ねると、カールは顎に手を置いて「そうだな……」と言って考え、

「この辺りだと、セオール川にいる〝切り裂き蟹(リッパークラブ)〟が美味いな」

詳しく聞くと、リッパークラブは甲羅(こうら)の幅が一メートルほどある大型の蟹(かに)の魔物だそうだ。鋭い

爪で漁師たちの仕掛けた網を破る厄介者だが、硬い甲羅と見た目以上の素早さから、駆除が難しいと教えてもらった。

「他にはちょっと離れているが、野生種のオーク、それも上位種は迷宮産より味が濃いっていう話だ。あいにく俺は扱ったことがないが」

「野生種というのは？」

「ああ、迷宮から溢れ出た魔物が外で定着した奴のことだ……あれ、お前さんシーカーだったよな？」

どうやら常識だったらしく、カールに怪訝な顔をされてしまう。

この店はこれからも利用するつもりなので、カミングアウトすることにした。

「一応そうなんですが……これは内密にお願いしたいんですけど、私は流れ人なんです」

視界の隅では、リアとエディが額に手を当てて首を振っている。またばらしたのかと思っているようだ。しかし、カールは予想していたようで、すんなりと納得した。

「そうじゃないかと思っていたんだ。料理や酒には詳しい割に、常識がないからな。まあ、事情がありそうだからこれ以上は突っ込まないが、話をしたら大抵の奴は勘づくと思うぞ」

事実なので笑って誤魔化すことしかできない。

「話を戻しますが、野生種ってどこにいるんですか？　オーク程度なら場所さえ分かれば簡単に狩れますが」

「うーん、俺より王国関係者の方が詳しいと思うが……」とカールはリアたちの方を見る。

それに応えるように、リアが小さく頷いて話し始めた。

「野生種の魔物は、管理されていない迷宮から溢れ出ますから、辺境に多く生息しています。有名なのは隣国のベレシアン帝国の中央部ですが、ここトーレス王国でも、アレミア帝国に近い東部や、南部のカーフォード近くの森では野生種が繁殖していますね」

ベレシアン帝国は大陸の北部に位置する大国だが、人口の割に面積が広く、管理が行き届いていない地域が多くある。特に大陸中央部の山岳地帯には多くの迷宮が存在し、そのほとんどが管理されていないらしい。

トーレス王国は迷宮管理局がしっかりしているため、管理されていない迷宮は少ない。だがアレミア帝国との国境紛争が起きている東部では、帝国が勝手に入植しないよう、あえて迷宮を放置しているところもあるらしい。

また、南部の都市カーフォード近くでは深い森が広がっており、多くの未管理迷宮が存在するという。〝魔の森〟と呼ばれるほど魔物が多いそうだ。

「そこに行けば野生種の魔物がいるということですか。もしかしたら、コカトリスとかサンダーバードとかもいるんでしょうか？」

「どうでしょう……どのみち普通のシーカーでは対応できないですから、討伐したという話は聞いたことがありません。ですが、いる可能性は充分にあると思います」

「おお、野生種を狩りに行くのも一興じゃの」とウィズはまた意気込む。

「まずは近場のリッパークラブだろう。何匹くらい獲ったらいいんでしょうか？」

「でかいから一匹あれば十人は余裕で食えるぞ。それに、何匹も狩れるものじゃないと聞いてる」

カールの言葉にエディが「お二人なら分かりませんよ」と言い、

「何といっても一回迷宮に入るだけで、これだけの肉を獲ってくるんですから」

「確かにこいつらなら何匹でも獲ってきそうじゃな。ガハハハッ！」

そう言ってトーマスが大声で笑った。

シーカーズ・ダイニングで肉三昧の料理を楽しんだ後。そろそろお暇（いとま）しようという頃合いに、トーマスが立ち上がって宣言する。

「次は儂らの番じゃな！」

二次会はドワーフたちの行きつけのバー、〝ドワーフの隠れ家（ドワーフズ・ヒドゥン・バー）〟に行くことになっていた。

「エディとリアはどうするのじゃ？」とウィズが尋ねるが、二人は慌てた様子で大きく両手を振る。

「ドワーフの皆さんと一緒に飲むなんて、普通のヒュームには自殺行為ですよ！」

リアがそう言うとエディも大きく頷く。

「俺たちにしたら、これでも結構飲んでるんですよ。お二人みたいにドワーフ並みに飲めるならともかく、俺はこれ以上飲んだら間違いなく潰れてしまいます」

竜であるウィズと、異常状態無効のスキルを持つ俺なら酒で潰れることはない。だが普通の人間、つまりヒュームがドワーフの豪快な飲み方に付き合えば、確実に急性アルコール中毒になるだろう。

「何じゃ情けない」とドワーフの鍛冶師ガルトが言うが、こういう意見を放置すると人命に関わるから注意しておいた。

「無理を言ってはいけませんよ。楽しく飲めるうちに切り上げるのはいい飲み方だと思います」

「そうじゃ。無理強いはよくないぞ」とウィズも合わせてくれたので、ドワーフたちもそれで納得してくれた。エディはあからさまに安堵の表情を浮かべている。

支払いを済ませて、カールに感謝を伝えた。

「本当に美味しかったです。またよろしくお願いします」

「いや、こっちこそ儲けさせてもらったよ。それに久しぶりにいい食材を使えて、楽しかった」

コカトリスは一キロ白金貨一枚、十万円もする高級食材だ。ここグリーフでは出回ることも少なく、腕のいい料理人でもなかなか扱えないことを考えると、カールの言うことは本音なのだろう。


店を出た後、リアとエディの二人と別れ、次の店へ向かう。

「さて、どんな酒を飲ませてもらえるのかの」とウィズがニコニコと笑っている。

「儂も楽しみじゃ」とトーマスも頷いている。

彼はバーのマスターに、俺を驚かせる酒を用意するよう頼んでいるそうだ。

「私も楽しみです。こちらの酒には馴染みがないので、どんなものが出てきても新鮮ですから」

そんな話をしながら歩くが、狭いシーカータウンであり、すぐに目的地に到着する。

地下に下りていく階段で気配を探ると、十人近くの気配を感じる。

中に入ると、若いバーテンダーが〝予約席〟と書かれた札の置かれた席に案内してくれた。

いつも通りおしぼりを受け取ったところで、マスターであるライナスがやってきた。エルフらしい柔らかな笑みを浮かべて「いらっしゃいませ」と軽く頭を下げる。

「今日はいろいろと用意しておりますが、事前のご依頼通り、こちらで選んだものを出していくということでよろしかったですか？」

「無論じゃ。今日はライナスにすべて任せる」とトーマスが大きく頷く。

「それでは少々お待ちください」

ライナスはきれいに一礼すると、バックヤードに入っていく。

一分ほどすると、一本のボトルを持って戻ってきた。彼の後ろにいた若いバーテンダーが琥珀色の液体が入ったグラスを配っていく。

「サウスハイランドのヘイルウッド蒸留所の十二年をお持ちしました。トーマスさんたちがいつも飲まれるヘストンベックに近いところで作られた、シングルモルトウイスキーです」

ボトルにはシンプルなラベルが貼ってあり、〝ヘイルウッド十二年〟という名と〝シングルモルト〟とだけ書かれている。

サウスハイランドはハイランド連合王国の南部を指し、ウイスキーの名産地だ。蒸留所のあるハリング市は、ヘストンベックと同じく深い森に囲まれた町だそうだ。

「では飲むかの」とトーマスが言い、軽くグラスを掲げる。

それに合わせて俺もグラスを掲げ、ゆっくりと口を付けた。

だが次の瞬間に「これは！」と思わず声が出た。

ヘストンベックと同じくスモーキーさがない〝ノンピート〟タイプだが、その味は全く異なり、独特の甘さを感じたのだ。

「こちらにもシェリーがあるんですね」

「お分かりになるのですか……」とライナスが驚いている。

「この香りは甘口のシェリー樽で仕上げた(フィニッシュした)ものではないでしょうか？　この少し重めな、ドライフルーツのような甘い香りが大好きなんですよ」

一時期、シェリー樽(カスク)——それも甘口のシェリーであるペドロ・ヒメネス、通称〝ＰＸ〟の樽で仕上げたスコッチにはまったことがあった。

はずれだと樽の苦みが出るような酷いものもあったが、良質なものは独特のトロピカルなフルーティ感の中にビターチョコレートのような香りがあって、本当に美味い。

「ヘイルウッドはシェリー樽仕上げが得意な蒸留所です。個人的にはもう少し寝かせたものの方がよかったのですが、流通量が少なくて十二年しか手持ちにありませんでした。この香りはエルフが好むのですが、お口に合ったようでよかったです」

「我にはよく分からぬが、いつものものとは何が違うのじゃ？」とウィズが聞いてきた。

「特殊な作り方をした、甘口のワインの樽で仕上げているんだ。新品(フレッシュ)のオーク樽でも複雑な味と香りは付くんだが、シェリー樽やバーボン樽なんかを使うと、香りがより複雑になって絶妙に美味いウイスキーになることがある。この酒はその成功例だな」

「うむ……そう言われれば香りがよい気がするが……トーマスよ、そなたには分かるのか？」

グラスに鼻を入れたりしながら、ウィズがトーマスに質問する。

「儂に分かるわけがなかろう。まあ、美味いウイスキーだということは分かるがな」

「ゴウさん、先ほどの話で出てきた〝バーボン〟というのはどのような酒なのでしょうか？」

ライナスにそう聞かれて初めて、迂闊だったと反省する。

「大麦の他にトウモロコシを使った蒸留酒なんですが、この辺りでは造っていませんか？」

「トウモロコシでしたら、コーンウイスキーというものがあります。確かにコーンウイスキーの樽を使ったモルトウイスキーは、独特のライトなフルーティ感やバニラのような甘い香りがありますから、ハイランドでも人気ですよ」

バーボンという名は、アメリカの土地の名前からついたものだ。記憶は定かではないが、その土地の名も、元を辿るとフランスのブルボン朝から取られていたはずだ。

そう考えれば、この世界に同じような酒があったとしても、同じ名前が付いている方がおかしいだろう。流れ人が一から再現して命名していれば同じになったかもしれないが、そういうわけでもなさそうだ。そう言えば、〝シェリー〟も地名にちなんだ名のはずだが、普通に使われているので、何か別の由来があるのかもしれない。

一杯目を飲み切ると、すぐに二杯目が用意される。

「これは、王都ナレスフォードに近い、キトンフォードにあるリトルバーン蒸留所の八年です」

先ほどと同じように若いバーテンダーがグラスを配っていく。

その時、トーマスらドワーフたちの表情が苦々しいものに変わっていることに気付いた。

「ナレスフォードやキトンフォードの酒は安酒ではないか。本当に美味いのか？」

バーテンダーが去るのを尻目に、「どういうことじゃ?」とウィズが聞く。

「あの辺りのウイスキーは、大量に作られる安物ばかりなんじゃ。バクリー河を使って世界中に輸出しておるから分からんでもないが、儂らが飲む酒ではないように思うのう」

バクリー河はハイランド連合王国の中央部から、トーレス王国を通って貿易海に流れ込んでいる、大陸最大の河川だ。前回来た時、ハイランドのことを知らなかったので地図を見せてもらい、その際に教えてもらったのだ。

大量輸送に適したマジックバッグがあるとはいえ、ゴーレム馬車より帆船の方が速くて安全なので、河川や海が交易に利用されることは多いそうだ。

ウイスキーは世界中のドワーフに愛されている酒で、ハイランド連合王国はその一大産地だ。大陸に住むドワーフは三百万人とも四百万人とも言われ、ハイランドから輸出したウイスキーを愛飲していると教えてもらった。

トーマスたちのようなベテランの鍛冶師は高所得者だが、収入が少ない若い鍛冶師や鉱夫などは安い酒を飲むしかない。しかし、ドワーフがビールやワインで満足できるはずはなく、大都市であるナレスフォード周辺では連続蒸留器を使った蒸留酒を大量に生産しているそうだ。

そのため、トーマスたちにとってはその辺りのウイスキーは安酒のイメージが強いらしい。

「リトルバーン蒸留所はキトンフォードでは珍しく、昔ながらの単式蒸留器を使っているところです。十年ほど前に経営者が代わったそうで、野心的なウイスキーを作り始めているようですよ」

ライナスが酒を注ぎ、諭すようにそう言った。

「そうなのか……では味わってみるかの」

ドワーフたちはそれを聞いて、訝しみながらもグラスに口を付ける。

「ほう！　これはよいの！」

「うむ。これは美味いぞ」

それまでの表情を一変させて、各々が声を上げる。

俺も口を付けると、まずそのスモーキーさに驚いた。

「ピーテッドですか！　こっちに来て初めて飲みましたよ！」

この店には二度来ているが、その時にはノンピートタイプのウイスキーしか飲んでいない。そのため、この世界にはスモーキーなピーテッドタイプのウイスキーは存在しないと思っていた。そのことについて、ライナスが説明してくれる。

「ピーテッドは百年ほど前の流れ人が始めたのですが、ハイランド国内のピートが枯渇してしまったので、少量しか作られていなかったんです。ですが、最近になってベレシアン帝国の西部でピートが見つかり、それを輸入してピーテッドを復活させたそうで……」

ピートは泥炭とも呼ばれ、湿地帯などで見つかる質の悪い炭だ。

そのピートを焚いて麦芽を乾燥させるのだが、その煙でスモーキーなフレーバーになる。

しかし、ハイランドではピートが激減したため、魔導具による乾燥が多くなり、スモーキーさのないノンピートタイプのウイスキーが主流になったそうだ。

「リトルバーン蒸留所は割と大きな蒸留所ですから、じきにピーテッドウイスキーだけでなく、それを使ったブレンデッドウイスキーも作られるようになると思います。このウイスキーはブレンド用の原酒にした方が面白いのではないかと、個人的には思いますね」

「確かにその方がいいかもしれませんね。ピートの香りの後に変わった香り、香水を使ったかのような香りがありますから」

いわゆる〝パフューム香〟と言われる香りが後から出てくる。そのため、誰もが美味いと唸るウイスキーではない。だがパンチを利かせるためのアイテムとしてなら、充分に使えるだろう。

その後の三杯目はハイランド東部のコーンウイスキー、四杯目はトーレス王国のブランデー、五杯目はなんとテキーラだった。テキーラは南半球にある別の大陸で作られたもので、琥珀色の長期熟成タイプだった。

味のよさもさることながら、俺はその種類の多さに驚きを隠せない。

「それにしてもずいぶんと種類があるのですね」

「ええ、いろいろと集めているうちにすっかり増えてしまいました」

そう言ってライナスは苦笑するが、ネット通販がないこの世界でここまで集められるものなのかと思い、そのことを尋ねると、

「私自身で探したものもあるのですが、ドワーフの皆さんの口コミを聞いて仕入れながら、各地を売り歩く行商人がいるんですよ。蒸留所や輸入業者から買い付けるより割高なんですが、ドワーフの方たちの情報は侮れませんので……」

ドワーフたちの酒に対する執念が、酒販ネットワークを作ったということらしい。

「しかし、酒とは面白いものよの」とウィズが感慨深げに呟く。

俺が首を傾げると、ウィズは続けて話す。

「カールの店で飲んだワインもそうじゃが、ここで飲む蒸留酒もいろいろなものがあって興味深い。飲み方も千差万別。料理に合わせると美味くなるものもあれば、逆につまみがない方がよいものもある。我もお前やドワーフほどではないが、酒を飲むということが楽しくなってきたぞ」

「飲む量ならば負けるつもりはないが、ゴウの拘りには敵わぬ。こやつほど拘っておる者は知らぬぞ。ガハハハッ！」

鍛冶師仲間のダグが豪快に笑うが、俺としてはそこまで拘りがあるわけではない。

「酒は好きですが、そこまで拘っていませんよ。もちろん美味しいものを飲みたいという気持ちはありますけど」

そこでライナスが笑いながら口を挟んだ。

「ドワーフの皆さんにそこまで言われるんですから、拘りは絶対にありますよ。話を聞く限りでは、お酒だけでもなさそうですし」

「おお、そうじゃな。確かにゴウは料理にも拘っておる。今度、ライナスも一緒に食べに行こうぞ。珍しい肉を手に入れたゆえ」

ウィズが誘うが、「残念ですが、店がありますので」と断られた。

「定休日はないんですか？」

「年中無休ですね。一応、スタッフには休みはありますが、私がいないと皆さんが困りますので。まあ、年に一度、ハイランドに買い付けに行きますから、それが休暇と言えなくもないですが」

周囲のドワーフに視線を送りながら、ライナスはそう言った。

「儂らは毎日同じ酒を飲むからあまり困らんが、ライナスがおらんと困る奴はおるじゃろうな」

鎧専門の鍛冶師ルドルフが頷く。

「しかし、今日は楽しませてもらいました。これほど多くの蒸留酒があると思っていませんでしたので。またよろしくお願いします」

二次会はそうしてお開きになった。

まだ見ぬ酒と料理、そして食に目覚めたウィズの今後にも、楽しみが増した一日だった。

◆

ゴウたちと別れ、二次会には行かなかったリア・フルードとエディ・グリーンの二人は、シーカーズ・ダイニングを出た後、行きつけの居酒屋ポットエイトに入った。

食事や酒が足りなかったわけではなく、ある相談をするためだ。

深刻な表情をしたリアが口火を切る。

「新しいお店を紹介するっていっても、私には無理だわ」

今回の食事会に参加する際、ゴウとウィスティアが出した条件が料理店の紹介だった。

「俺もそう思う。ゴウさんの知識って半端ないし、そんな人に奨められる店なんて誰に聞いても出てこないよ」

「そうよね……」とリアが溜息を吐く。

「カールさんも腕のいい料理人だけど、マシューさんなんか王都でも有名な凄腕の料理人だろ。そんな人たちが最高の食材を使うんだ。どこの名店でも勝てっこない」

「ビール二丁、お待ち！」

暗い声の二人の間に、威勢(いせい)のいい声と共にビールが届く。

「とりあえず飲むか」と言ってエディはジョッキを傾け、リアが応じる。

「でも困ったわ。甘味ならって思ってたんだけど、カールさんのプリンを食べた後だと、私が行っている甘味屋さんでは太刀打ちできないし……」

その時、別のテーブルに運ばれていく料理の匂いが漂ってきた。濃厚なソースの香りだ。

「お待たせしました！　ヤキソバ二人前！」

二人の視線の先にあったのはソース焼きそばだった。

「俺にはああいう料理がお似合いなんだがな……」

その瞬間、リアがガタンと椅子を鳴らして立ち上がった。

「それよ！」

大声に周囲の客が一斉に視線を向けるが、リアはそれに構うことなく、エディに顔を近づけて言い放つ。

「ジャンク系のもので勝負するのよ！」

そこで周囲の視線に気づき、座り直すと、小声で話を続ける。

「ウィズさんは分からないけど、ゴウさんにとってヤキソバとかオコノミヤキとかは、案外懐かしいんじゃないかしら。この間だって唐揚げや焼鳥を懐かしいって言ってたじゃない？」

そこで話の流れが分かったエディが大きく頷く。

「確かに！　なら、〝ウインドムーン〟とか〝シルバーオクトパス〟なんかがいいんじゃないか。その二つは流れ人が始めたって話だし」

リアは首を大きく横に振る。

「いいえ。それだと当たり前過ぎるわ。もっと庶民的なお店の方が、ゴウさんは喜んでくれる気がする」

エディもその意見に「そうかもな」と頷き、

「なら、俺たち若い兵士が行く店なんてどうだ？　銅貨三枚から食べられる店なんて、ブラックのシーカーはまず行かないだろ」

「それがいいわね。他にもホットドッグのお店やヌードルのお店なんかもいいかも……」

二人はゴウたちに紹介する店の候補を決めるため、遅くまで話し合いを続けた。

◆

時は、ゴウたちが迷宮から脱出した当日、四月二十日に遡る。

魔王軍四天王の一人〝魔眼(まがん)のベリエス〟は、迷宮都市グリーフで、ある重要な任務に就いていた。

魔王軍はかつてこの大陸を支配した魔王直属の軍であったが、無謀にも〝豪炎の災厄竜(インフェルノディザスター)〟と呼ばれることになる始祖竜(オリジンドラゴン)に挑み、完膚(かんぷ)なきまでに叩き潰された。僅かに生き残った魔人族たちは千年の時を掛け、再び軍を組織するまでに至ったが、それほどの時を経ても、災厄竜への恐怖は消えておらず、災厄竜が封印されたグリーフ迷宮を監視し続けていた。

ベリエスは魔人族(デーモロイド)のうち、吸血鬼族(ヴァンパイア)の魔術師である。

種族固有スキルである〝変身〟を持つだけでなく、認識阻害(そがい)系や探知系のスキルを多数所持しているベテランの諜報員(ちょうほういん)だ。

彼はヒュームの商人に化け、グリーフで雑貨商を営(いとな)んでいた。

だがその日突然、それまで感じていた災厄竜の魔力が消失したことに気づいた。

(災厄竜の魔力が消えた⁉　一年ほど前から魔力の質が変わってはいたが、一体何が起きたというのだ……)

その後すぐ、災厄竜の魔力が一瞬だけ復活したが、また消えた。

(一度復活したようだが、また完全に消えている……一日様子を見て、変わらぬようなら陛下にお伝えせねば)

翌、四月二十一日になっても災厄竜の魔力は消えたままだった。

一度目に魔力を感じられなくなったのは災厄竜、すなわちウィスティアがゴウによって倒された時だ。そして二度目はウィスティアが人の姿になったタイミングであるが、いずれもベリエスは知る由もない。

迷宮にいる間、ウィスティアは魔力を抑えておらず、優秀な探知系スキルを持っていれば迷宮外からでも感知可能だった。しかし、竜から人に姿を変えた際、不自然にならないよう初めて魔力を意図的に抑えた。その結果、通常の方法では感知できなくなったのだ。

だがこれはベリエスの能力が低いからではない。ウィスティアの魔力制御が異常過ぎるのだ。

ベリエスはレベル六百を超える魔術師であり、〝鑑定〟の上位で非常に希少なスキルである〝上位鑑定〟を有している。

この大陸に、彼に匹敵する鑑定能力を持つ者はほぼいない。ゴウとウィスティア、それにウィスティアの眷属である古代竜数体がいるだけだ。人族としてはベリエスが最高レベルの能力であった。

しかし、ウィスティアの魔力の偽装は、その能力ですら看破できないほど優れていたのだ。

ベリエスは自らの能力に絶対の自信を持っており、魔力を感知できなくなったのは災厄竜が消滅したためだと判断した。

その日の午後。彼は時空魔術の転移を使って、魔王アンブロシウスと魔人族の住む、ストラス山脈に向かった。

大陸南西部にあるグリーフから、中央部のストラス山脈までは千五百キロメートルほどもあり、高位の魔術師であるベリエスをもってしても一気に飛ぶことはできない。

転移を繰り返して彼が到着したのは、二日後の四月二十三日の夕方だった。

ベリエスは休む間もなく、魔王の執務室に入っていく。

そこには一人の妖魔族(デーモン)の美丈夫(びじょうぶ)が、豪華な椅子に座っていた。ベリエスは魔王の前で跪くと大きく頭(こうべ)を垂れて、声が掛かるのを待つ。

「何が起きたのだ。そなたが任務地を離れるほど重要なことなのだな？」

魔王アンブロシウスが静かに問う。彼はレベル七百三十を超えており、一人で国を滅ぼせるほどの力を持っている。その魔王の圧力(プレッシャー)を受けながらも、ベリエスは笑みを浮かべたまま報告を行った。

「御意。先日、災厄竜の魔力が消失いたしました。何らかの原因により、災厄竜が消滅したと判断し、報告に上がった次第でございます」

剛毅な魔王だが、この思いもよらぬ事実に、持っていた錫杖(しゃくじょう)を取り落とす。

そして立ち上がり、ベリエスに詰問した。

「それは真なのか？　間違いでは済まされぬぞ」と凄みを利かせて迫る。

ヴァンパイア族の青年の姿に戻っているベリエスは表情を変えることなく、毅然とした態度で答える。

「相違ございません」

その自信に満ちた側近の言葉に、魔王は事実であると確信する。そして、他の四天王である〝魔将軍ルートヴィヒ〟、〝妖花(ようか)ウルスラ〟、〝魔獣将ファルコ〟を招集した。

魔王は四天王が待つ謁見の間に、ゆっくりとした足取りで入っていく。四人の側近が頭を下げて迎えた。

　玉座についた魔王は鷹揚に「頭を上げよ」と命じ、

「緊急の報告があった。ベリエス、そなたの口より三人に伝えよ」

　ベリエスは「御意」と答えると、魔王に背を向け、同僚に顔を向ける。

「某が監視しておりました豪炎の災厄竜の魔力が消えました。某の持つ感知スキルをすべて使い、様々な方法で試みましたが、災厄竜の魔力を感知することは叶いませんでした。結論を言わせていただくならば、少なくともこの大陸に災厄竜は存在しておりませぬ」

　ベリエスの声が止まった後、沈黙が謁見の間を支配する。四天王たちにとっても衝撃的な事実だったのだ。

　魔王と同じ妖魔族の偉丈夫、四天王筆頭のルートヴィヒが最初に声を上げた。

「つまり災厄竜は消滅したと言いたいのか」

「少なくとも、某が感知できる範囲にはおりませぬ」

　そこに肉感的な肢体を持つ妖艶な美女、ウルスラが話に加わる。

「あなたが見逃しただけでは？　噂に聞く災厄竜なら、自力で脱出することもできるのではありませんこと？」

「その可能性が全くないとは申しません。しかし、グリーフ迷宮から自力で脱出したと仮定した場合、必ず一度は迷宮の転移魔法陣を使い、外に出る必要がございます。ご存じの通り、迷宮内では階層を跨ぐ転移魔術は使えないためです。ですが、あれほど強大な魔力の持ち主が外に出たのであれば、この場であっても感知できたのではないでしょうか。陛下を始め、皆様方が何も感じておられぬということは、消滅したと考えるのが妥当かと思われます」

「確かにそうですわね。妾たちならともかく、強大な力をお持ちの陛下が感知なされぬことは考えられませんわ」

ウルスラの追従に他の二人も頷く。

「陛下にお尋ねする」と獅子の頭を持つ悪魔、ファルコが頭を垂れた後、魔王に質問する。

「最大の懸案事項である災厄竜が消滅したとして、いかがなされるおつもりか」

魔王は僅かに間を置いた後、

「無論、大陸の正統な支配者として覇を唱える」

その言葉に四天王全員が頭を垂れて賛意を示す。

「「「その先陣を我（妾）に！」」」と、ベリエスを除く三人が同時に声を上げる。

ベリエスは諜報・暗殺部隊の長であるが、他の三人はそれぞれ魔戦士部隊、魔術師部隊、魔獣部隊を率いている。それらの戦闘力は一部隊で、トーレス王国などの小国の全兵力を凌駕する規模を誇る。

「余自ら出陣する。手始めにハイランドを落とす」

ストラス山脈から見て西にはハイランド連合王国、南にアレミア帝国、北と東にベレシアン帝国があるが、北と東には広大な草原しかなく、南も主要都市までは数百キロメートルにわたり荒野が広がっているだけだ。

南のアレミア帝国は強国であり侵攻に時間が掛かることから、比較的小国であり豊かなハイランドを標的に選ぶことは自然な流れだった。

「いきなり攻撃するのでは芸がない。まずは我に膝を屈するよう勧めてやろうと思う」

「陛下はお優しいですわね。ホホホ」としなを作るようにしてウルスラが微笑む。

「しかしながら力の一端をお示しにならねば、降伏せぬのではありますまいか」

ベリエスがそう指摘する。

「うむ。ベリエスの言には聞くべきところがある。どうすべきだと思うか」

「陛下がハイランドの王都、ナレスフォードで力をお示しになれば、彼の地の者どもは必ずやひれ伏すことでしょう」

「それなら陛下がお出にならずとも、我らで充分はないか?」とルートヴィヒが反論するが、ベリエスはすぐに応じた。

「ハイランドの占領だけであれば、お三方でもよろしいとは思いますが、陛下の圧倒的なお力を目の当たりにすれば、他国も恐れ慄くことでしょう。さすれば、その後の処理が容易になることは間違いないかと」

「陛下の圧倒的なお力を見せつけ、抵抗が無駄だと悟らせるということですわね」

「左様です」

魔王はその言葉に頷くと、力強く命じた。

「大陸全土を震え上がらせる。ルートヴィヒ、ウルスラ、ファルコ。そなたらも同行せよ」

「「「ありがたき幸せ！」」」

三人は声を合わせて頭を下げる。

「ベリエスよ。そなたは迷宮都市に戻り、今一度、災厄竜が消えたことを確認するのだ。万が一、消えておらねば我らが危うい」

「御意」

ベリエスは翌日の二十四日の早朝、グリーフに向けて出発した。

一方、魔王は飛行可能な戦力を集めた。その数は一万五千を超え、そのほとんどがレベル三百を超える精鋭であった。

二十四日の午後、つまりゴウとウィスティアが、迷宮でブラックコカトリスを狩っている頃。

魔王軍はハイランド連合王国の王都ナレスフォードに向け、出発した。

更にグリーフ迷宮の深層でも、異変が起きつつあった。

豪炎の災厄竜（インフェルノディザスター）と呼ばれた存在が地上に出たことにより、世界は大きく動き始めていた。

余りモノ異世界人の自由生活

勇者じゃないので勝手にやらせてもらいます

［著］藤森フクロウ
Fujimori Fukurou

幼女女神の押しつけギフトで快適！
辺境ソロ生活！

第13回
アルファポリス
ファンタジー小説大賞
特別賞
受賞作!!

勇者召喚に巻き込まれて異世界転移した元サラリーマンの相良真一（シン）。彼が転移した先は異世界人の優れた能力を搾取するトンデモ国家だった。危険を感じたシンは早々に国外脱出を敢行し、他国の山村でスローライフをスタートする。そんなある日。彼は領主屋敷の離れに幽閉されている貴人と知り合う。これが頭がお花畑の困った王子様で、何故か懐かれてしまったシンはさあ大変。駄犬王子のお世話に奔走する羽目に!?

●ISBN 978-4-434-28668-1 ●定価：本体1200円＋税 ●Illustration：万冬しま

この作品に対する皆様のご意見・ご感想をお待ちしております。

おハガキ・お手紙は以下の宛先にお送りください。

【宛先】

〒150-6008 東京都渋谷区恵比寿 4-20-3 恵比寿ｶﾞｰﾃﾞﾝﾌﾟﾚｲｽﾀﾜｰ 8F
（株）アルファポリス　書籍感想係

メールフォームでのご意見・ご感想は右のＱＲコードから、
あるいは以下のワードで検索をかけてください。

アルファポリス　書籍の感想 

ご感想はこちらから

本書はWebサイト「アルファポリス」（https://www.alphapolis.co.jp/）に投稿されたものを、改題・加筆・改稿のうえ、書籍化したものです。

迷宮最深部（ラスボス）から始（はじ）まるグルメ探訪記（たんぼうき）

愛山雄町（あいやま　おまち）

2021年 3月 31日初版発行

編集－本永大輝・矢澤達也・宮田可南子
編集長－太田鉄平
発行者－梶本雄介
発行所－株式会社アルファポリス
〒150-6008 東京都渋谷区恵比寿4-20-3 恵比寿ｶﾞｰﾃﾞﾝﾌﾟﾚｲｽﾀﾜｰ8F
TEL 03-6277-1601（営業）　03-6277-1602（編集）
URL https://www.alphapolis.co.jp/
発売元－株式会社星雲社（共同出版社・流通責任出版社）
〒112-0005 東京都文京区水道1-3-30
TEL 03-3868-3275
装丁・本文イラスト－匈歌ハトリ（https://www.pixiv.net/users/9200）
装丁デザイン－AFTERGLOW
印刷－図書印刷株式会社

価格はカバーに表示されてあります。

落丁乱丁の場合はアルファポリスまでご連絡ください。

送料は小社負担でお取り替えします。


ISBN978-4-434-28661-2 C0093